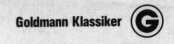

Goldmann Klassiker

W9-BJE-395

Gotthold Ephraim Lessing
in der Taschenbuchreihe
Goldmann Klassiker:

Emilia Galotti. Ein Trauerspiel
Miß Sara Sampson. Ein bürgerliches Trauerspiel
Philotas. Ein Trauerspiel
(7565)

Minna von Barnhelm oder das
Soldatenglück. Ein Lustspiel
(7591)

Nathan der Weise. Ein dramatisches Gedicht
(7586)

G. E. Lessing

Nathan der Weise

Ein dramatisches Gedicht

Wilhelm Goldmann Verlag

Vollständige Ausgabe nach dem Wortlaut des zweiten Bandes
der von Paul Rilla herausgegebenen
„Gesammelten Werke" Gotthold Ephraim Lessings (Berlin 1954–58)

Nachwort, Zeittafel, Anmerkungen und bibliographische Hinweise:
Professor Dr. Joachim Bark, Universität Stuttgart

Umschlagbild: August Wilhelm Iffland als Nathan. Kolorierter Kupfer-
stich von Johann Friedrich Jügel nach einer Zeichnung von Heinrich An-
ton Dähling, aus der Sammlung „Kostüme auf dem Königlichen Nationaltheater in Berlin" (Berlin 1805 ff.)

1. Auflage Juli 1979   ·   1.–12. Tsd.
2. Auflage Januar 1983 · 13.–20. Tsd.

Made in Germany
© für den Dramentext 1954 beim Aufbau-Verlag, Berlin und Weimar
© für Nachwort, Zeittafel, Anmerkungen und bibliographische Hinweise 1983
beim Wilhelm Goldmann Verlag, München
Umschlagentwurf: Atelier Adolf & Angelika Bachmann, München
Umschlagfoto: Theatermuseum (Abteilung des Bayerischen Nationalmuseums),
München
Druck: Presse-Druck Augsburg
Verlagsnummer: 7586
Lektorat: Martin Vosseler · Herstellung: Sebastian Strohmaier
ISBN 3-442-07586-6

INHALT

NATHAN DER WEISE

Ein dramatisches Gedicht in fünf Aufzügen

Introite, nam et heic Dii sunt!

APUD GELLIUM

PERSONEN

Sultan Saladin
Sittah, dessen Schwester
Nathan, ein reicher Jude in Jerusalem
Recha, dessen angenommene Tochter
Daja, eine Christin, aber in dem Hause des Juden,
  als Gesellschafterin der Recha
Ein junger Tempelherr
Ein Derwisch
Der Patriarch von Jerusalem
Ein Klosterbruder
Ein Emir nebst verschiednen Mamelucken des Saladin

Die Szene ist in Jerusalem

ERSTER AUFZUG

—

ERSTER AUFTRITT

Szene: Flur in Nathans Hause

Nathan von der Reise kommend, Daja ihm entgegen

DAJA:

Er ist es! Nathan! – Gott sei ewig Dank,
Daß Ihr doch endlich einmal wiederkommt.

NATHAN:

Ja, Daja; Gott sei Dank! Doch warum endlich?
Hab' ich denn eher wiederkommen wollen?
Und wiederkommen können? Babylon
Ist von Jerusalem, wie ich den Weg,
Seitab bald rechts, bald links, zu nehmen bin
Genötigt worden, gut zweihundert Meilen;
Und Schulden einkassieren, ist gewiß
Auch kein Geschäft, das merklich födert, das
So von der Hand sich schlagen läßt.

DAJA: O Nathan,

Wie elend, elend hättet Ihr indes
Hier werden können! Euer Haus ...

NATHAN: Das brannte.

So hab' ich schon vernommen. – Gebe Gott,
Daß ich nur alles schon vernommen habe!

DAJA:

Und wäre leicht von Grund aus abgebrannt.

NATHAN:

    Dann, Daja, hätten wir ein neues uns
    Gebaut; und ein bequemeres.

DAJA: Schon wahr! –

    Doch Recha wär' bei einem Haare mit
    Verbrannt.

NATHAN: Verbrannt? Wer? meine Recha? sie? –

    Das hab' ich nicht gehört. – Nun dann! So hätte
    Ich keines Hauses mehr bedurft. – Verbrannt
    Bei einem Haare! – Ha! sie ist es wohl!
    Ist wirklich wohl verbrannt! – Sag nur heraus!
    Heraus nur! – Töte mich: und martre mich
    Nicht länger. – Ja, sie ist verbrannt.

DAJA: Wenn sie

    Es wäre, würdet Ihr von mir es hören?

NATHAN:

    Warum erschreckest du mich denn? – O Recha!
    O meine Recha!

DAJA: Eure? Eure Recha?

NATHAN:

    Wenn ich mich wieder je entwöhnen müßte,
    Dies Kind mein Kind zu nennen!

DAJA: Nennt Ihr alles,

    Was Ihr besitzt, mit ebenso viel Rechte
    Das Eure?

NATHAN: Nichts mit größerm! Alles, was
    Ich sonst besitze, hat Natur und Glück
    Mir zugeteilt. Dies Eigentum allein
    Dank' ich der Tugend.

DAJA: O wie teuer laßt

    Ihr Eure Güte, Nathan, mich bezahlen!
    Wenn Güt', in solcher Absicht ausgeübt,
    Noch Güte heißen kann!

NATHAN: In solcher Absicht?

    In welcher?

DAJA: Mein Gewissen ...

NATHAN: Daja, laß
Vor allen Dingen dir erzählen ...

DAJA: Mein
Gewissen, sag' ich ...

NATHAN: Was in Babylon
Für einen schönen Stoff ich dir gekauft.
So reich, und mit Geschmack so reich! Ich bringe
Für Recha selbst kaum einen schönern mit.

DAJA:
Was hilft's? Denn mein Gewissen, muß ich Euch
Nur sagen, läßt sich länger nicht betäuben.

NATHAN:
Und wie die Spangen, wie die Ohrgehenke,
Wie Ring und Kette dir gefallen werden,
Die in Damaskus ich dir ausgesucht:
Verlanget mich zu sehn.

DAJA: So seid Ihr nun!
Wenn Ihr nur schenken könnt! nur schenken könnt!

NATHAN:
Nimm du so gern, als ich dir geb': – und schweig!

DAJA:
Und schweig! – Wer zweifelt, Nathan, daß Ihr nicht
Die Ehrlichkeit, die Großmut selber seid?
Und doch ...

NATHAN: Doch bin ich nur ein Jude. – Gelt,
Das willst du sagen?

DAJA: Was ich sagen will,
Das wißt Ihr besser.

NATHAN: Nun so schweig!

DAJA: Ich schweige.
Was Sträfliches vor Gott hierbei geschieht,
Und ich nicht hindern kann, nicht ändern kann, –
Nicht kann, – komm' über Euch!

NATHAN: Komm' über mich! –
Wo aber ist sie denn? wo bleibt sie? – Daja,

Wenn du mich hintergehst! – Weiß sie es denn,
Daß ich gekommen bin?

DAJA: Das frag' ich Euch!
Noch zittert ihr der Schreck durch jede Nerve.
Noch malet Feuer ihre Phantasie
Zu allem, was sie malt. Im Schlafe wacht,
Im Wachen schläft ihr Geist: bald weniger
Als Tier, bald mehr als Engel.

[handschriftliche Notiz: wir sind klein, ohne Macht, abhängig von Gott]

NATHAN: Armes Kind!
Was sind wir Menschen!

DAJA: Diesen Morgen lag
Sie lange mit verschloßnem Aug', und war
Wie tot. Schnell fuhr sie auf, und rief: „Horch! horch!
Da kommen die Kamele meines Vaters!
Horch! seine sanfte Stimme selbst!" – Indem
Brach sich ihr Auge wieder: und ihr Haupt,
Dem seines Armes Stütze sich entzog,
Stürzt' auf das Kissen. – Ich, zur Pfort' hinaus!
Und sieh: da kommt Ihr wahrlich! kommt Ihr wahrlich! –
Was Wunder! ihre ganze Seele war
Die Zeit her nur bei Euch – und ihm. –

NATHAN: Bei ihm?
Bei welchem Ihm?

DAJA: Bei ihm, der aus dem Feuer
Sie rettete.

NATHAN: Wer war das? wer? – Wo ist er?
Wer rettete mir meine Recha? wer?

DAJA:
Ein junger Tempelherr, den, wenig Tage
Zuvor, man hier gefangen eingebracht,
Und Saladin begnadigt hatte.

NATHAN: Wie?
Ein Tempelherr, dem Sultan Saladin
Das Leben ließ? Durch ein geringres Wunder
War Recha nicht zu retten? Gott!

[handschriftliche Notizen: 81-98; miracle; miracle; could taken a lesser miracle?]

DAJA: Ohn' ihn,
    Der seinen unvermuteten Gewinst
    Frisch wieder wagte, war es aus mit ihr.

NATHAN:
    Wo ist er, Daja, dieser edle Mann? –
    Wo ist er? Führe mich zu seinen Füßen.
    Ihr gabt ihm doch vors erste, was an Schätzen
    Ich euch gelassen hatte? gabt ihm alles?
    Verspracht ihm mehr? weit mehr?

DAJA: Wie konnten wir?

NATHAN:
    Nicht? nicht?

DAJA: Er kam, und niemand weiß woher.
    Er ging, und niemand weiß wohin. – Ohn' alle
    Des Hauses Kundschaft, nur von seinem Ohr
    Geleitet, drang, mit vorgespreiztem Mantel,
    Er kühn durch Flamm' und Rauch der Stimme nach,
    Die uns um Hülfe rief. Schon hielten wir
    Ihn für verloren, als aus Rauch und Flamme
    Mit eins er vor uns stand, im starken Arm
    Empor sie tragend. Kalt und ungerührt
    Vom Jauchzen unsers Danks, setzt seine Beute
    Er nieder, drängt sich unters Volk und ist –
    Verschwunden!

NATHAN: Nicht auf immer, will ich hoffen.

DAJA:
    Nachher die ersten Tage sahen wir
    Ihn untern Palmen auf und nieder wandeln,
    Die dort des Auferstandnen Grab umschatten.
    Ich nahte mich ihm mit Entzücken, dankte,
    Erhob, entbot, beschwor, – nur einmal noch
    Die fromme Kreatur zu sehen, die
    Nicht ruhen könne, bis sie ihren Dank
    Zu seinen Füßen ausgeweinet.

NATHAN: Nun?

DAJA:

Umsonst! Er war zu unsrer Bitte taub;
Und goß so bittern Spott auf mich besonders...

NATHAN:

Bis dadurch abgeschreckt...

DAJA: Nichts weniger!

Ich trat ihn jeden Tag von neuem an;
Ließ jeden Tag von neuem mich verhöhnen.
Was litt ich nicht von ihm! Was hätt' ich nicht
Noch gern ertragen! – Aber lange schon
Kommt er nicht mehr, die Palmen zu besuchen,
Die unsers Auferstandnen Grab umschatten;
Und niemand weiß, wo er geblieben ist. –
Ihr staunt? Ihr sinnt?

NATHAN: Ich überdenke mir,

Was das auf einen Geist, wie Rechas, wohl
Für Eindruck machen muß. Sich so verschmäht
Von dem zu finden, den man hochzuschätzen
Sich so gezwungen fühlt; so weggestoßen,
Und doch so angezogen werden; – Traun,
Da müssen Herz und Kopf sich lange zanken,
Ob Menschenhaß, ob Schwermut siegen soll.
Oft siegt auch keines; und die Phantasie,
Die in den Streit sich mengt, macht <u>Schwärmer</u>,
Bei welchen bald der Kopf das Herz, und bald
Das Herz den Kopf muß spielen. – Schlimmer Tausch! –
Das letztere, verkenn' ich Recha nicht,
Ist Rechas Fall: sie <u>schwärmt</u>.

[marginalia: dizzy w/emotion]

DAJA: Allein so fromm,

So liebenswürdig!

[marginalia: yet so pious]

NATHAN: Ist doch auch geschwärmt!

[marginalia: mag das nicht]

DAJA:

Vornehmlich e i n e – Grille, wenn Ihr wollt,
Ist ihr sehr wert. Es sei ihr Tempelherr
Kein irdischer und keines irdischen;

Der Engel einer, deren Schutze sich
Ihr kleines Herz, von Kindheit auf, so gern
Vertrauet glaubte, sei aus seiner Wolke,
In die er sonst verhüllt, auch noch im Feuer,
Um sie geschwebt, mit eins als Tempelherr
Hervorgetreten. – Lächelt nicht! – Wer weiß?
Laßt lächelnd wenigstens ihr einen Wahn,
In dem sich Jud' und Christ und Muselmann
Vereinigen; – so einen süßen Wahn!

NATHAN:

Auch mir so süß! – Geh, wackre Daja, geh;
Sieh, was sie macht; ob ich sie sprechen kann. –
Sodann such' ich den wilden, launigen
Schutzengel auf. Und wenn ihm noch beliebt,
Hiernieden unter uns zu wallen; noch
Beliebt, so ungesittet Ritterschaft
Zu treiben: find' ich ihn gewiß; und bring'
Ihn her.

DAJA: Ihr unternehmet viel.

NATHAN: Macht dann
Der süße Wahn der süßern Wahrheit Platz: –
Denn, Daja, glaube mir; dem Menschen ist
Ein Mensch noch immer lieber, als ein Engel –
So wirst du doch auf mich, auf mich nicht zürnen,
Die Engelschwärmerin geheilt zu sehn?

DAJA:

Ihr seid so gut, und seid zugleich so schlimm!
Ich geh'! – Doch hört! doch seht! – Da kommt sie selbst.

ZWEITER AUFTRITT

Recha, und die Vorigen

RECHA:

So seid Ihr es doch ganz und gar, mein Vater?
Ich glaubt', Ihr hättet Eure Stimme nur
Vorausgeschickt. Wo bleibt Ihr? Was für Berge,

[handschriftliche Randnotiz:] Wahrheit immer besser als Wahn

Für Wüsten, was für Ströme trennen uns
Denn noch? Ihr atmet Wand an Wand mit ihr,
Und eilt nicht, Eure Recha zu umarmen?
Die arme Recha, die indes verbrannte! –
Fast, fast verbrannte! Fast nur. Schaudert nicht!
Es ist ein garst'ger Tod, verbrennen. O!

NATHAN:
Mein Kind! mein liebes Kind!

RECHA: Ihr mußtet über
Den Euphrat, Tigris, Jordan; über – wer
Weiß was für Wasser all? – Wie oft hab' ich
Um Euch gezittert, eh das Feuer mir
So nahe kam: Denn seit das Feuer mir
So nahe kam; dünkt mich im Wasser sterben
Erquickung, Labsal, Rettung. – Doch Ihr seid
Ja nicht ertrunken; ich, ich bin ja nicht
Verbrannt. Wie wollen wir uns freu'n und Gott,
Gott loben! Er, er trug Euch und den Nachen
Auf Flügeln seiner unsichtbaren Engel
Die ungetreuen Ström' hinüber. Er,
Er winkte meinem Engel, daß er sichtbar
Auf seinem weißen Fittiche, mich durch
Das Feuer trüge –

NATHAN *(bei Seite):*   Weißem Fittiche!
Ja, ja! der weiße, vorgespreizte Mantel
Des Tempelherrn.

RECHA: Er sichtbar, sichtbar mich
Durchs Feuer trüg', von seinem Fittiche
Verweht. – Ich also, ich hab' einen Engel
Von Angesicht zu Angesicht gesehn;
Und meinen Engel.

NATHAN: Recha wär' es wert;
Und würd' an ihm nichts Schönres sehn, als er
An ihr.

RECHA *(lächelnd):* Wem schmeichelt Ihr, mein Vater? wem?
Dem Engel, oder Euch?

NATHAN: Doch hätt' auch nur
Ein Mensch – ein Mensch, wie die Natur sie täglich
Gewährt, dir diesen Dienst erzeigt: er müßte ·
Für dich ein Engel sein. Er müßt' und würde.

RECHA:
Nicht so ein Engel; nein! ein wirklicher;
Es war gewiß ein wirklicher! – Habt Ihr,
Ihr selbst die Möglichkeit, daß Engel sind,
Daß Gott zum Besten derer, die ihn lieben,
Auch Wunder könne tun, mich nicht gelehrt?
Ich lieb' ihn ja.

NATHAN: Und er liebt dich; und tut
Für dich, und deines gleichen, stündlich Wunder;
Ja, hat sie schon von aller Ewigkeit
Für euch getan.

RECHA: Das hör' ich gern.

NATHAN: Wie? weil
Es ganz natürlich, ganz alltäglich klänge,
Wenn dich ein eigentlicher Tempelherr
Gerettet hätte: sollt' es darum weniger
Ein Wunder sein? – Der Wunder höchstes ist,
Daß uns die wahren, echten Wunder so
Alltäglich werden können, werden sollen.
Ohn' dieses allgemeine Wunder, hätte
Ein Denkender wohl schwerlich Wunder je
Genannt, was Kindern bloß so heißen müßte,
Die gaffend nur das Ungewöhnlichste,
Das Neuste nur verfolgen.

DAJA *(zu Nathan)*:   Wollt Ihr denn
Ihr ohnedem schon überspanntes Hirn
Durch solcherlei Subtilitäten ganz
Zersprengen?

NATHAN: Laß mich! – Meiner Recha wär'
Es Wunders nicht genug, daß sie ein Mensch
Gerettet, welchen selbst kein kleines Wunder
Erst retten müssen? Ja, kein kleines Wunder!

[handwritten margin note: so many, don't appreciate it anymore]

Denn wer hat schon gehört, daß Saladin
Je eines Tempelherrn verschont? daß je
Ein Tempelherr von ihm verschont zu werden
Verlangt? gehofft? ihm je für seine Freiheit
Mehr als den ledern Gurt geboten, der
Sein Eisen schleppt; und höchstens seinen Dolch?

RECHA:

Das schließt für mich, mein Vater. – Darum eben
War das kein Tempelherr; er schien es nur. –
Kömmt kein gefangner Tempelherr je anders
Als zum gewissen Tode nach Jerusalem;
Geht keiner in Jerusalem so frei
Umher: wie hätte mich des Nachts freiwillig
Denn einer retten können?

NATHAN: Sieh! wie sinnreich.
Jetzt, Daja, nimm das Wort. Ich hab' es ja
Von dir, daß er gefangen hergeschickt
Ist worden. Ohne Zweifel weißt du mehr.

DAJA:

Nun ja. – So sagt man freilich; – doch man sagt
Zugleich, daß Saladin den Tempelherrn
Begnadigt, weil er seiner Brüder einem,
Den er besonders lieb gehabt, so ähnlich sehe.
Doch da es viele zwanzig Jahre her,
Daß dieser Bruder nicht mehr lebt, – er hieß,
Ich weiß nicht wie; – er blieb, ich weiß nicht wo: –
So klingt das ja so gar – so gar unglaublich,
Daß an der ganzen Sache wohl nichts ist.

NATHAN:

Ei, Daja! Warum wäre denn das so
Unglaublich? Doch wohl nicht – wie's wohl geschieht –
Um lieber etwas noch Unglaublichers
Zu glauben? – Warum hätte Saladin,
Der sein Geschwister insgesamt so liebt,
In jüngern Jahren einen Bruder nicht
Noch ganz besonders lieben können? – Pflegen

Sich zwei Gesichter nicht zu ähneln? – Ist
Ein alter Eindruck ein verlorner? – Wirkt
Das Nämliche nicht mehr das Nämliche? –
Seit wenn? – Wo steckt hier das Unglaubliche? –
Ei freilich, weise Daja, wär's für dich
Kein Wunder mehr; und deine Wunder nur
Bedürf... verdienen, will ich sagen, Glauben.

DAJA:
Ihr spottet.

NATHAN: Weil du meiner spottest. – Doch
Auch so noch, Recha, bleibet deine Rettung
Ein Wunder, dem nur möglich, der die strengsten
Entschlüsse, die unbändigsten Entwürfe
Der Könige, sein Spiel – wenn nicht sein Spott –
Gern an den schwächsten Fäden lenkt.

RECHA: Mein Vater!
Mein Vater, wenn ich irr', Ihr wißt, ich irre
Nicht gern.

NATHAN: Vielmehr, du läßt dich gern belehren. –
Sieh! eine Stirn, so oder so gewölbt;
Der Rücken einer Nase, so vielmehr
Als so geführet; Augenbrauen, die
Auf einem scharfen oder stumpfen Knochen
So oder so sich schlängeln; eine Linie,
Ein Bug, ein Winkel, eine Falt', ein Mal,
Ein Nichts, auf eines wilden Europäers
Gesicht: – und du entkömmst dem Feur, in Asien!
Das wär' kein Wunder, wundersücht'ges Volk?
Warum bemüht ihr denn noch einen Engel?

DAJA:
Was schadet's – Nathan, wenn ich sprechen darf –
Bei alle dem, von einem Engel lieber
Als einem Menschen sich gerettet denken?
Fühlt man der ersten unbegreiflichen
Ursache seiner Rettung nicht sich so
Viel näher?

*daß sie
an eine Engel glaubt*

NATHAN: <u>Stolz</u>! und nichts als Stolz! Der Topf
Von Eisen will mit einer silbern Zange
Gern aus der Glut gehoben sein, um selbst
Ein Topf von Silber sich zu dünken. – Pah! –
Und was es schadet, fragst du? was es schadet?
Was hilft es? dürft' ich nur hinwieder fragen. –
Denn dein „Sich Gott um so viel näher fühlen",
Ist Unsinn oder Gotteslästerung. –
Allein es schadet; ja, es schadet allerdings. –
Kommt! hört mir zu. – Nicht wahr? dem Wesen, das
Dich rettete, – es sei ein Engel oder
Ein Mensch, – dem möchtet ihr, und du besonders,
Gern wieder viele große Dienste tun? –
Nicht wahr? – Nun, einem Engel, was für Dienste,
Für große Dienste könnt ihr dem wohl tun?
Ihr könnt ihm danken; zu ihm seufzen, beten;
Könnt in Entzückung über ihn zerschmelzen;
Könnt an dem Tage seiner Feier fasten,
Almosen spenden. – Alles nichts. – Denn mich
Deucht immer, daß ihr selbst und euer Nächster
Hierbei weit mehr gewinnt als er. Er wird
Nicht fett durch euer Fasten; wird nicht reich
Durch eure Spenden; wird nicht herrlicher
Durch eur Entzücken; wird nicht mächtiger
Durch eur Vertraun. Nicht wahr? Allein ein Mensch!

DAJA:

Ei freilich hätt' ein Mensch, etwas für ihn
Zu tun, uns mehr Gelegenheit verschafft.
Und Gott weiß, wie bereit wir dazu waren!
Allein er wollte ja, bedurfte ja
So völlig nichts; war in sich, mit sich so
Vergnügsam, als nur Engel sind, nur Engel
Sein können.

RECHA: Endlich, als er gar verschwand...

NATHAN:

Verschwand? – Wie denn verschwand? – Sich untern Palmen

Nicht ferner sehen ließ? – Wie? oder habt
Ihr wirklich schon ihn weiter aufgesucht?

DAJA:

Das nun wohl nicht.

NATHAN: Nicht, Daja? nicht? – Da sieh
Nun was es schadt! – Grausame Schwärmerinnen! –
Wenn dieser Engel nun – nun krank geworden!...

RECHA:

Krank!

DAJA: Krank! Er wird doch nicht!

RECHA: Welch kalter Schauer
Befällt mich! – Daja! – Meine Stirne, sonst
So warm, fühl! ist auf einmal Eis.

NATHAN: Er ist
Ein Franke, dieses Klimas ungewohnt;
Ist jung; der harten Arbeit seines Standes,
Des Hungerns, Wachens ungewohnt.

RECHA: Krank! krank!

DAJA:

Das wäre möglich, meint ja Nathan nur.

NATHAN:

Nun liegt er da! hat weder Freund, noch Geld
Sich Freunde zu besolden.

RECHA: Ah, mein Vater!

NATHAN:

Liegt ohne Wartung, ohne Rat und Zusprach,
Ein Raub der Schmerzen und des Todes da!

RECHA:

Wo? wo?

NATHAN: Er, der für eine, die er nie
Gekannt, gesehn – genug, es war ein Mensch –
Ins Feur sich stürzte...

DAJA: Nathan, schonet ihrer!

NATHAN:

Der, was er rettete, nicht näher kennen,

Nicht weiter sehen mocht', um ihm den Dank
Zu sparen ...

DAJA: Schonet ihrer, Nathan!

NATHAN: Weiter
Auch nicht zu sehn verlangt', – es wäre denn,
Daß er zum zweiten Mal es retten sollte –
Denn gnug, es ist ein Mensch ...

DAJA: Hört auf, und seht!

NATHAN:
Der, der hat sterbend sich zu laben, nichts –
Als das Bewußtsein dieser Tat!

DAJA: Hört auf!
Ihr tötet sie!

NATHAN: Und du hast ihn getötet! –
Hättst so ihn töten können. – Recha! Recha!
Es ist Arznei, nicht Gift, was ich dir reiche.
Er lebt! – komm zu dir! – ist auch wohl nicht krank;
Nicht einmal krank!

RECHA: Gewiß? – nicht tot? nicht krank?

NATHAN:
Gewiß, nicht tot! <u>Denn Gott lohnt Gutes, hier</u>
Getan, auch hier noch. – Geh! – Begreifst du aber,
⌈Wie viel andächtig schwärmen leichter, als⌉
⌊Gut handeln ist?⌋ wie gern der schlaffste Mensch
Andächtig schwärmt, um nur, – ist er zu Zeiten
Sich schon der Absicht deutlich nicht bewußt –
Um nur gut handeln nicht zu dürfen?

RECHA: Ah,
Mein Vater! laßt, laßt Eure Recha doch
Nie wiederum allein! – Nicht wahr, er kann
Auch wohl verreist nur sein? –

NATHAN: Geht! – Allerdings. –
Ich seh', dort mustert mit neugier'gem Blick
Ein Muselmann mir die beladenen
Kamele. Kennt ihr ihn?

DAJA: Ha! Euer Derwisch.

NATHAN:
Wer?

DAJA: Euer Derwisch; Euer Schachgesell!

NATHAN:
Al-Hafi? das Al-Hafi?

DAJA: Itzt des Sultans
Schatzmeister.

NATHAN: Wie? Al-Hafi? Träumst du wieder? –
Er ist's! – wahrhaftig, ist's! – kömmt auf uns zu.
Hinein mit euch, geschwind! – Was werd' ich hören!

DRITTER AUFTRITT

Nathan und der Derwisch

DERWISCH:
Reißt nur die Augen auf, so weit Ihr könnt!

NATHAN:
Bist du's? bist du es nicht? – In dieser Pracht,
Ein Derwisch!...

DERWISCH: Nun? warum denn nicht? Läßt sich
Aus einem Derwisch denn nichts, gar nichts machen?

NATHAN:
Ei wohl, genug! – Ich dachte mir nur immer,
Der Derwisch – so der rechte Derwisch – woll'
Aus sich nichts machen lassen.

DERWISCH: Beim Propheten!
Daß ich kein rechter bin, mag auch wohl wahr sein.
Zwar wenn man muß –

NATHAN: Muß! Derwisch! – Derwisch muß?
Kein Mensch muß müssen, und ein Derwisch müßte?
Was müßt' er denn?

DERWISCH: Warum man ihn recht bittet,
Und er für gut erkennt: das muß ein Derwisch.

NATHAN:

Bei unserm Gott! da sagst du wahr. – Laß dich
Umarmen, Mensch. – Du bist doch noch mein Freund?

DERWISCH:

Und fragt nicht erst, was ich geworden bin?

NATHAN:

Trotz dem, was du geworden!

DERWISCH: Könnt' ich nicht
Ein Kerl im Staat geworden sein, des Freundschaft
Euch ungelegen wäre?

NATHAN: Wenn dein Herz
Noch Derwisch ist, so wag' ich's drauf. Der Kerl
Im Staat, ist nur dein Kleid.

DERWISCH: Das auch geehrt
Will sein. – Was meint Ihr? ratet! – Was wär' ich
An Eurem Hofe.

NATHAN: Derwisch; weiter nichts.
Doch neben her wahrscheinlich – Koch.

DERWISCH: Nun ja!
Mein Handwerk bei Euch zu verlernen. – Koch!
Nicht Kellner auch? – Gesteht, daß Saladin
Mich besser kennt. – Schatzmeister bin ich bei
Ihm worden.   *treasurer*

NATHAN: Du? – bei ihm?

DERWISCH: Versteht:
Des kleinern Schatzes, – denn des größern waltet
Sein Vater noch – des Schatzes für sein Haus.

NATHAN:

Sein Haus ist groß.

DERWISCH: Und größer, als Ihr glaubt;
Denn jeder Bettler ist von seinem Hause.

NATHAN:

Doch ist den Bettlern Saladin so feind –

DERWISCH:

Daß er mit Strumpf und Stiel sie zu vertilgen

Sich vorgesetzt, – und sollt' er selbst darüber
Zum Bettler werden.

NATHAN: Brav! – So mein' ich's eben.

DERWISCH:

Er ist's auch schon, trotz einem! – Denn sein Schatz⌉
⌈Ist jeden Tag mit Sonnenuntergang
⌊Viel leerer noch als leer. Die Flut, so hoch
Sie morgens eintritt, ist des Mittags längst
Verlaufen –

NATHAN: Weil Kanäle sie zum Teil
Verschlingen, die zu füllen oder zu
Verstopfen, gleich unmöglich ist.

DERWISCH: Getroffen!

NATHAN:

Ich kenne das!

DERWISCH: Es taugt nun freilich nichts,
Wenn Fürsten Geier unter Äsern sind.
Doch sind sie Äser unter Geiern, taugt's
Noch zehnmal weniger.

NATHAN: O nicht doch, Derwisch!
Nicht doch!

DERWISCH: Ihr habt gut reden, Ihr! – Kommt an:
Was gebt Ihr mir? so tret' ich meine Stell'
Euch ab.

NATHAN: Was bringt dir deine Stelle?

DERWISCH: Mir?
Nicht viel. Doch Euch, Euch kann sie trefflich wuchern.
Denn ist es Ebb' im Schatz, – wie öfters ist, –
So zieht Ihr Eure Schleusen auf: schießt vor,
Und nehmt an Zinsen, was Euch nur gefällt.

NATHAN:

Auch Zins vom Zins der Zinsen?

DERWISCH: Freilich!

NATHAN: Bis
Mein Kapital zu lauter Zinsen wird.

DERWISCH:

 Das lockt Euch nicht? – So schreibet unsrer Freundschaft
 Nur gleich den Scheidebrief! Denn wahrlich hab'
 Ich sehr auf Euch gerechnet.

NATHAN: Wahrlich? Wie

 Denn so? wie so denn?

DERWISCH: Daß Ihr mir mein Amt

 Mit Ehren würdet führen helfen; daß
 Ich allzeit offne Kasse bei Euch hätte. –
 Ihr schüttelt?

NATHAN: Nun, verstehn wir uns nur recht!

 Hier gibt's zu unterscheiden. – Du? warum
 Nicht du? Al-Hafi Derwisch ist zu allem,
 Was ich vermag, mir stets willkommen. – Aber
 Al-Hafi Defterdar des Saladin,
 Der – dem –

DERWISCH: Erriet ich's nicht? Daß Ihr doch immer

 So gut als klug, so klug als weise seid! –
 Geduld! Was Ihr am Hafi unterscheidet,
 Soll bald geschieden wieder sein. – Seht da
 Das Ehrenkleid, das Saladin mir gab.
 Eh es verschossen ist, eh es zu Lumpen
 Geworden, wie sie einen Derwisch kleiden,
 Hängt's in Jerusalem am Nagel, und
 Ich bin am Ganges, wo ich leicht und barfuß
 Den heißen Sand mit meinen Lehrern trete.

NATHAN:

 Dir ähnlich gnug!

DERWISCH: Und Schach mit ihnen spiele.

NATHAN:

 Dein höchstes Gut!

DERWISCH: Denkt nur, was mich verführte! –

 Damit ich selbst nicht länger betteln dürfte?
 Den reichen Mann mit Bettlern spielen könnte?
 Vermögend wär' im Hui den reichsten Bettler

In einen armen Reichen zu verwandeln?

NATHAN:

Das nun wohl nicht.

DERWISCH: Weit etwas Abgeschmackters!
Ich fühlte mich zum erstenmal geschmeichelt;
Durch Saladins gutherz'gen Wahn geschmeichelt –

NATHAN:

Der war?

DERWISCH: „Ein Bettler wisse nur, wie Bettlern
Zu Mute sei; ein Bettler habe nur
Gelernt, mit guter Weise Bettlern geben.
Dein Vorfahr, sprach er, war mir viel zu kalt,
Zu rauh. Er gab so unhold, wenn er gab;
Erkundigte so ungestüm sich erst
Nach dem Empfänger; nie zufrieden, daß
Er nur den Mangel kenne, wollt' er auch
Des Mangels Ursach wissen, um die Gabe
Nach dieser Ursach filzig abzuwägen.
Das wird Al-Hafi nicht! So unmild mild
Wird Saladin im Hafi nicht erscheinen!
Al-Hafi gleicht verstopften Röhren nicht,
Die ihre klar und still empfangnen Wasser
So unrein und so sprudelnd wieder geben.
Al-Hafi denkt; Al-Hafi fühlt wie ich!" –
So lieblich klang des Voglers Pfeife, bis
Der Gimpel in dem Netze war. – Ich'Geck!
Ich eines Gecken Geck!

NATHAN: Gemach, mein Derwisch,
Gemach!

DERWISCH: Ei was! – Es wär' nicht Geckerei,
Bei Hunderttausenden die Menschen drücken,
Ausmergeln, plündern, martern, würgen; und
Ein Menschenfreund an einzeln scheinen wollen?
Es wär' nicht Geckerei, des Höchsten Milde,
Die sonder Auswahl über Bös' und Gute
Und Flur und Wüstenei, in Sonnenschein

Und Regen sich verbreitet, – nachzuäffen,
Und nicht des Höchsten immer volle Hand
Zu haben? Was? es wär' nicht Geckerei ...

NATHAN:

Genug! hör auf!

DERWISCH: Laßt meiner Geckerei
Mich doch nur auch erwähnen! – Was? es wäre
Nicht Geckerei, an solchen Geckereien
Die gute Seite dennoch auszuspüren,
Um Anteil, dieser guten Seite wegen,
An dieser Geckerei zu nehmen? He?
Das nicht?

NATHAN: Al-Hafi, mache, daß du bald
In deine Wüste wieder kömmst. Ich fürchte,
Grad' unter Menschen möchtest du ein Mensch
Zu sein verlernen.

DERWISCH: Recht, das fürcht' ich auch.
Lebt wohl!

NATHAN: So hastig? – Warte doch, Al-Hafi.
Entläuft dir denn die Wüste? – Warte doch! –
Daß er mich hörte! – He, Al-Hafi! hier! –
Weg ist er; und ich hätt' ihn noch so gern
Nach unserm Tempelherrn gefragt. Vermutlich,
Daß er ihn kennt.

VIERTER AUFTRITT

Daja eilig herbei, Nathan

DAJA: O Nathan, Nathan!

NATHAN: Nun?
Was gibt's?

DAJA: Er läßt sich wieder sehn! Er läßt
Sich wieder sehn!

NATHAN: Wer, Daja? wer?

DAJA: Er! er!

NATHAN:

    Er? Er? – Wann läßt sich der nicht sehn! – Ja so,
    Nur euer Er heißt er. – Das sollt' er nicht!
    Und wenn er auch ein Engel wäre, nicht!

DAJA:

    Er wandelt untern Palmen wieder auf
    Und ab; und bricht von Zeit zu Zeit sich Datteln.

NATHAN:

    Sie essend? – und als Tempelherr?

DAJA: Was quält

    Ihr mich? – Ihr gierig Aug' erriet ihn hinter
    Den dicht verschränkten Palmen schon; und folgt
    Ihm unverrückt. Sie läßt Euch bitten, – Euch
    Beschwören, – ungesäumt ihn anzugehn.
    O eilt! Sie wird Euch aus dem Fenster winken,
    Ob er hinauf geht oder weiter ab
    Sich schlägt. O eilt!

NATHAN: So wie ich vom Kamele

    Gestiegen? – Schickt sich das? – Geh, eile du
    Ihm zu; und meld ihm meine Wiederkunft.
    Gib Acht, der Biedermann hat nur mein Haus
    In meinem Absein nicht betreten wollen;
    Und kömmt nicht ungern, wenn der Vater selbst
    Ihn laden läßt. Geh, sag, ich lass' ihn bitten,
    Ihn herzlich bitten ...

DAJA: All umsonst! Er kömmt

    Euch nicht. – Denn kurz; er kömmt zu keinem Juden.

NATHAN:

    So geh, geh wenigstens ihn anzuhalten;
    Ihn wenigstens mit deinen Augen zu
    Begleiten. – Geh, ich komme gleich dir nach.

    (Nathan eilt hinein, und Daja heraus.)

FÜNFTER AUFTRITT

Szene: ein Platz mit Palmen,
unter welchen der Tempelherr auf und nieder geht. Ein Klosterbruder folgt ihm
in einiger Entfernung von der Seite, immer als ob er ihn anreden wolle.

TEMPELHERR:

Der folgt mir nicht vor langer Weile! – Sieh,
Wie schielt er nach den Händen! – Guter Bruder, ...
Ich kann Euch auch wohl Vater nennen; nicht?

KLOSTERBRUDER:

Nur Bruder – Laienbruder nur; zu dienen.

TEMPELHERR:

Ja, guter Bruder, wer nur selbst was hätte!
Bei Gott! bei Gott! Ich habe nichts –

KLOSTERBRUDER: Und doch

Recht warmen Dank! Gott geb' Euch tausendfach,
Was Ihr gern geben wolltet. Denn der Wille
Und nicht die Gabe macht den Geber. – Auch
Ward ich dem Herrn Almosens wegen gar
Nicht nachgeschickt.

TEMPELHERR: Doch aber nachgeschickt?

KLOSTERBRUDER:

Ja; aus dem Kloster.

TEMPELHERR: Wo ich eben jetzt

Ein kleines Pilgermahl zu finden hoffte?

KLOSTERBRUDER:

Die Tische waren schon besetzt; komm' aber
Der Herr nur wieder mit zurück.

TEMPELHERR: Wozu?

Ich habe Fleisch wohl lange nicht gegessen:
Allein was tut's? Die Datteln sind ja reif.

KLOSTERBRUDER:

Nehm' sich der Herr in Acht mit dieser Frucht.
Zu viel genossen taugt sie nicht; verstopft
Die Milz; macht melancholisches Geblüt.

TEMPELHERR:

Wenn ich nun melancholisch gern mich fühlte? –
Doch dieser Warnung wegen wurdet Ihr
Mir doch nicht nachgeschickt?

KLOSTERBRUDER: O nein! – Ich soll
Mich nur nach Euch erkunden; auf den Zahn
Euch fühlen.

TEMPELHERR: Und das sagt Ihr mir so selbst?

KLOSTERBRUDER:

Warum nicht?

TEMPELHERR: (Ein verschmitzter Bruder!) – Hat
Das Kloster Eures gleichen mehr?

KLOSTERBRUDER: Weiß nicht.
Ich muß gehorchen, lieber Herr.

TEMPELHERR: Und da
Gehorcht Ihr denn auch ohne viel zu klügeln?

KLOSTERBRUDER:

Wär's sonst gehorchen, lieber Herr?

TEMPELHERR: (Daß doch
Die Einfalt immer Recht behält!) – Ihr dürft
Mir doch auch wohl vertrauen, wer mich gern
Genauer kennen möchte? – Daß Ihr's selbst
Nicht seid, will ich wohl schwören.

KLOSTERBRUDER: Ziemte mir's?
Und frommte mir's?

TEMPELHERR: Wem ziemt und frommt es denn,
Daß er so neubegierig ist? Wem denn?

KLOSTERBRUDER:

Dem Patriarchen; muß ich glauben. – Denn
Der sandte mich Euch nach.

TEMPELHERR: Der Patriarch?
Kennt der das rote Kreuz auf weißem Mantel
Nicht besser?

KLOSTERBRUDER: Kenn' ja ich's!

TEMPELHERR: Nun, Bruder? nun? –
Ich bin ein Tempelherr; und ein gefang'ner. –

Setz' ich hinzu: gefangen bei Tebnin,
Der Burg, die mit des Stillstands letzter Stunde
Wir gern erstiegen hätten, um sodann
Auf Sidon los zu gehn; – setz' ich hinzu:
Selbzwanzigster gefangen und allein
Vom Saladin begnadiget: so weiß
Der Patriarch, was er zu wissen braucht; –
Mehr, als er braucht.

KLOSTERBRUDER: Wohl aber schwerlich mehr,
Als er schon weiß. – Er wüßt' auch gern, warum
Der Herr vom Saladin begnadigt worden;
Er ganz allein.

TEMPELHERR: Weiß ich das selber? – Schon
Den Hals entblößt, kniet' ich auf meinem Mantel,
Den Streich erwartend: als mich schärfer Saladin
Ins Auge faßt, mir näher springt und winkt.
Man hebt mich auf; ich bin entfesselt; will
Ihm danken; seh' sein Aug' in Tränen: stumm
Ist er, bin ich; er geht, ich bleibe. – Wie
Nun das zusammenhängt, enträtsle sich
Der Patriarche selbst.

KLOSTERBRUDER: Er schließt daraus,
Daß Gott zu großen, großen Dingen Euch
Müss' aufbehalten haben.

TEMPELHERR: Ja, zu großen!
[Ein Judenmädchen aus dem Feur zu retten;
Auf Sinai neugier'ge Pilger zu
Geleiten; und dergleichen mehr.

KLOSTERBRUDER: Wird schon
Noch kommen! – Ist inzwischen auch nicht übel. –
Vielleicht hat selbst der Patriarch bereits
Weit wicht'gere Geschäfte für den Herrn.

TEMPELHERR:
So? meint Ihr, Bruder? – Hat er gar Euch schon
Was merken lassen?

KLOSTERBRUDER: Ei, ja wohl! – Ich soll
Den Herrn nur erst ergründen, ob er so
Der Mann wohl ist.

TEMPELHERR: Nun ja; ergründet nur!
(Ich will doch sehn, wie der ergründet!) – Nun?

KLOSTERBRUDER:
Das Kürz'ste wird wohl sein, daß ich dem Herrn
Ganz grade zu des Patriarchen Wunsch
Eröffne.

TEMPELHERR: Wohl!

KLOSTERBRUDER: Er hätte durch den Herrn
Ein Briefchen gern bestellt.

TEMPELHERR: Durch mich? Ich bin
Kein Bote. – Das, das wäre das Geschäft,
Das weit glorreicher sei, als Judenmädchen
Dem Feur entreißen?

KLOSTERBRUDER: Muß doch wohl! Denn – sagt
Der Patriarch – an diesem Briefchen sei
Der ganzen Christenheit sehr viel gelegen.
Dies Briefchen wohl bestellt zu haben, – sagt
Der Patriarch, – werd' einst im Himmel Gott
Mit einer ganz besondern Krone lohnen.
Und dieser Krone, – sagt der Patriarch, –
Sei niemand würd'ger, als mein Herr.

TEMPELHERR: Als ich?

KLOSTERBRUDER:
Denn diese Krone zu verdienen, – sagt
Der Patriarch, – sei schwerlich jemand auch
Geschickter, als mein Herr.

TEMPELHERR: Als ich?

KLOSTERBRUDER: Er sei
Hier frei; könn' überall sich hier besehn;
Versteh', wie eine Stadt zu stürmen und
Zu schirmen; könne, – sagt der Patriarch, –
Die Stärk' und Schwäche der von Saladin

Neu aufgeführten, innern, zweiten Mauer
Am besten schätzen, sie am deutlichsten
Den Streitern Gottes, – sagt der Patriarch, –
Beschreiben.

TEMPELHERR: Guter Bruder, wenn ich doch
Nun auch des Briefchens nähern Inhalt wüßte.

KLOSTERBRUDER:
Ja den, – den weiß ich nun wohl nicht so recht.
Das Briefchen aber ist an König Philipp. –
Der Patriarch ... Ich hab' mich oft gewundert,
Wie doch ein Heiliger, der sonst so ganz
Im Himmel lebt, zugleich so unterrichtet
Von Dingen dieser Welt zu sein herab
Sich lassen kann. Es muß ihm sauer werden.

TEMPELHERR:
Nun dann? Der Patriarch? –

KLOSTERBRUDER: Weiß ganz genau,
Ganz zuverlässig, wie und wo, wie stark,
Von welcher Seite Saladin, im Fall
Es völlig wieder losgeht, seinen Feldzug
Eröffnen wird.

TEMPELHERR: Das weiß er?

KLOSTERBRUDER: Ja, und möcht'
Es gern dem König Philipp wissen lassen:
Damit der ungefähr ermessen könne,
Ob die Gefahr denn gar so schrecklich, um
Mit Saladin den Waffenstillestand,
Den Euer Orden schon so brav gebrochen,
Es koste was es wolle, wieder her
Zu stellen.

TEMPELHERR: Welch ein Patriarch! – Ja so!
Der liebe tapfre Mann will mich zu keinem
Gemeinen Boten; will mich – zum Spion. –
Sagt Euerm Patriarchen, guter Bruder,
So viel Ihr mich ergründen können, wär'
Das meine Sache nicht. – Ich müsse mich

Noch als Gefangenen betrachten; und
Der Tempelherren einziger Beruf
Sei mit dem Schwerte drein zu schlagen, nicht
Kundschafterei zu treiben.

KLOSTERBRUDER: Dacht' ich's doch! –
Will's auch dem Herrn nicht eben sehr verübeln. –
Zwar kömmt das Beste noch. – Der Patriarch
Hiernächst hat ausgegattert, wie die Feste
Sich nennt, und wo auf Libanon sie liegt,
In der die ungeheuern Summen stecken,
Mit welchen Saladins vorsichtger Vater
Das Heer besoldet, und die Zurüstungen
Des Kriegs bestreitet. Saladin verfügt
Von Zeit zu Zeit auf abgelegnen Wegen
Nach dieser Feste sich, nur kaum begleitet. –
Ihr merkt doch?

TEMPELHERR: Nimmermehr!

KLOSTERBRUDER: Was wäre da
Wohl leichter, als des Saladins sich zu
Bemächtigen? den Garaus ihm zu machen? –
Ihr schaudert? – O es haben schon ein paar
Gottsfürchtge Maroniten sich erboten,
Wenn nur ein wackrer Mann sie führen wolle,
Das Stück zu wagen.

TEMPELHERR: Und der Patriarch
Hätt' auch zu diesem wackern Manne mich
Ersehn?

KLOSTERBRUDER:
          Er glaubt, daß König Philipp wohl
Von Ptolemais aus die Hand hierzu
Am besten bieten könne.

TEMPELHERR: Mir? mir, Bruder?
Mir? Habt Ihr nicht gehört? nur erst gehört,
Was für Verbindlichkeit dem Saladin
Ich habe?

KLOSTERBRUDER: Wohl hab' ich's gehört.

TEMPELHERR: Und doch?

KLOSTERBRUDER:

Ja, – meint der Patriarch, – das wär' schon gut:
Gott aber und der Orden ...

TEMPELHERR: Ändern nichts!
Gebieten mir kein Bubenstück!

KLOSTERBRUDER: Gewiß nicht! –
Nur, – meint der Patriarch, – sei Bubenstück
Vor Menschen, nicht auch Bubenstück vor Gott.

TEMPELHERR:
Ich wär' dem Saladin mein Leben schuldig:
Und raubt' ihm seines?

KLOSTERBRUDER: Pfui! – Doch bliebe, – meint
Der Patriarch, – noch immer Saladin
Ein Feind der Christenheit, der Euer Freund
Zu sein, kein Recht erwerben könne.

TEMPELHERR: Freund?
An dem ich bloß nicht will zum Schurken werden;
Zum undankbaren Schurken?

KLOSTERBRUDER: Allerdings! –
Zwar, – meint der Patriarch, – des Dankes sei
Man quitt, vor Gott und Menschen quitt, wenn uns
Der Dienst um unsertwillen nicht geschehen.
Und da verlauten wolle, – meint der Patriarch, –
Daß Euch nur darum Saladin begnadet,
Weil ihm in Eurer Mien', in Euerm Wesen,
So was von seinem Bruder eingeleuchtet ...

TEMPELHERR:
Auch dieses weiß der Patriarch, und doch? –
Ah! wäre das gewiß! Ah, Saladin! –
Wie? die Natur hätt' auch nur einen Zug
Von mir in deines Bruders Form gebildet:
Und dem entspräche nichts in meiner Seele?
Was dem entspräche, könnt ich unterdrücken,

Um einen Patriarchen zu gefallen? –
Natur, so lügst du nicht! So widerspricht
Sich Gott in seinen Werken nicht! – Geht Bruder! –
Erregt mir meine Galle nicht! – Geht! – geht!

KLOSTERBRUDER:

Ich geh'; und geh' vergnügter, als ich kam.
Verzeihe mir der Herr. Wir Klosterleute
Sind schuldig, unsern Obern zu gehorchen.

SECHSTER AUFTRITT

Der Tempelherr und Daja, die den Tempelherrn schon eine Zeit lang von weiten
beobachtet hatte, und sich nun ihm nähert

DAJA:

Der Klosterbruder, wie mich dünkt, ließ in
Der besten Laun' ihn nicht. – Doch muß ich mein
Paket nur wagen.

TEMPELHERR: Nun, vortrefflich! – Lügt
Das Sprichwort wohl: daß Mönch und Weib, und Weib
Und Mönch des Teufels beide Krallen sind?
Er wirft mich heut aus einer in die andre.

DAJA:

Was seh' ich? – Edler Ritter, Euch? – Gott Dank!
Gott tausend Dank! – Wo habt Ihr denn
Die ganze Zeit gesteckt? – Ihr seid doch wohl
Nicht krank gewesen?

TEMPELHERR: Nein.

DAJA: Gesund doch?

TEMPELHERR: Ja.

DAJA:

Wir waren Euertwegen wahrlich ganz
Bekümmert.

TEMPELHERR: So?

DAJA: Ihr wart gewiß verreist?

TEMPELHERR: Erraten!

DAJA: Und kamt heut erst wieder?

TEMPELHERR: Gestern.

DAJA:

Auch Recha's Vater ist heut angekommen.
Und nun darf Recha doch wohl hoffen?

TEMPELHERR: Was?

DAJA:

Warum sie Euch so öfters bitten lassen.
Ihr Vater ladet Euch nun selber bald
Aufs dringlichste. Er kömmt von Babylon;
Mit zwanzig hochbeladenen Kamelen,
Und allem, was an edeln Spezereien,
An Steinen und an Stoffen, Indien
Und Persien und Syrien, gar Sina,
Kostbares nur gewähren.

TEMPELHERR: Kaufe nichts.

DAJA:

Sein Volk verehret ihn als einen Fürsten.
Doch daß es ihn den weisen Nathan nennt,
Und nicht vielmehr den reichen, hat mich oft
Gewundert.

TEMPELHERR: Seinem Volk ist reich und weise
Vielleicht das nämliche.

DAJA: Vor allem aber
Hätt's ihn den Guten nennen müssen. Denn
Ihr stellt Euch gar nicht vor, wie gut er ist.
Als er erfuhr, wie viel Euch Recha schuldig:
Was hätt', in diesem Augenblicke, nicht
Er alles Euch getan, gegeben!

TEMPELHERR: Ei!

DAJA:

Versucht's und kommt und seht!

TEMPELHERR: Was denn? wie schnell
Ein Augenblick vorüber ist?

DAJA: Hätt' ich,
Wenn er so gut nicht wär', es mir so lange
Bei ihm gefallen lassen? Meint Ihr etwa,
Ich fühle meinen Wert als Christin nicht?
Auch mir ward's vor der Wiege nicht gesungen,
Daß ich nur darum meinem Ehgemahl
Nach Palästina folgen würd', um da
Ein Judenmädchen zu erziehn. Es war
Mein lieber Ehgemahl ein edler Knecht
In Kaiser Friedrichs Heere –

TEMPELHERR: Von Geburt
Ein Schweizer, dem die Ehr' und Gnade ward,
Mit Seiner Kaiserlichen Majestät
In einem Flusse zu ersaufen. – Weib!
Wie vielmal habt Ihr mir das schon erzählt?
Hört Ihr denn gar nicht auf, mich zu verfolgen?

DAJA:
Verfolgen! lieber Gott!

TEMPELHERR: Ja, ja, verfolgen.
Ich will nun einmal Euch nicht weiter sehn!
Nicht hören! Will von Euch an eine Tat
Nicht fort und fort erinnert sein, bei der
Ich nichts gedacht; die, wenn ich drüber denke,
Zum Rätsel von mir selbst mir wird. Zwar möcht'
Ich sie nicht gern bereuen. Aber seht;
Ereignet so ein Fall sich wieder: Ihr
Seid schuld, wenn ich so rasch nicht handle; wenn
Ich mich vorher erkund', – und brennen lasse,
Was brennt.

DAJA: Bewahre Gott!

TEMPELHERR: Von heut' an tut
Mir den Gefallen wenigstens, und kennt
Mich weiter nicht. Ich bitt' Euch drum. Auch laßt
Den Vater mir vom Halse. Jud' ist Jude.
Ich bin ein plumper Schwab. Des Mädchens Bild
Ist längst aus meiner Seele; wenn es je
Da war.

(handschriftliche Randnotiz:) Er hat Vorurteile gegenüber Juden

DAJA: Doch Eures ist aus ihrer nicht.

TEMPELHERR:

Was soll's nun aber da? was soll's?

DAJA: Wer weiß!

Die Menschen sind nicht immer, was sie scheinen.

TEMPELHERR:

Doch selten etwas Bessers. *(er geht.)*

DAJA: Wartet doch!

Was eilt Ihr?

TEMPELHERR: Weib, macht mir die Palmen nicht

Verhaßt, worunter ich so gern sonst wandle.

DAJA:

So geh, du deutscher Bär! so geh! – Und doch

Muß ich die Spur des Tieres nicht verlieren.

(Sie geht ihm von weiten nach.)

ZWEITER AUFZUG

—

ERSTER AUFTRITT

Die Szene: des Sultans Palast

Saladin und Sittah spielen Schach

SITTAH:

Wo bist du, Saladin? Wie spielst du heut?

SALADIN:

Nicht gut? Ich dächte doch.

SITTAH: Für mich; und kaum.

Nimm diesen Zug zurück.

SALADIN: Warum?

SITTAH: Der Springer

Wird unbedeckt.

SALADIN: Ist wahr. Nun so!

SITTAH: So zieh'

Ich in die Gabel.

SALADIN: Wieder wahr. – Schach dann!

SITTAH:

Was hilft dir das? Ich setze vor: und du

Bist, wie du warst.

SALADIN: Aus dieser Klemme, seh'

Ich wohl, ist ohne Buße nicht zu kommen.

Mag's! nimm den Springer nur.

SITTAH: Ich will ihn nicht.

Ich geh' vorbei.

SALADIN: Du schenkst mir nichts. Dir liegt
An diesem Platze mehr, als an dem Springer.

SITTAH:

Kann sein.

SALADIN: Mach deine Rechnung nur nicht ohne
Den Wirt. Denn sieh! Was gilt's, das warst du nicht
Vermuten?

SITTAH: Freilich nicht. Wie konnt' ich auch
Vermuten, daß du deiner Königin
So müde wärst?

SALADIN: Ich meiner Königin?

SITTAH:

Ich seh' nun schon: ich soll heut meine tausend
Dinar, kein Naserinchen mehr gewinnen.

SALADIN: Wie so?

SITTAH: Frag noch! – Weil du mit Fleiß, mit aller
Gewalt verlieren willst. – Doch dabei find'
Ich meine Rechnung nicht. Denn außer, daß
Ein solches Spiel das unterhaltendste
Nicht ist: gewann ich immer nicht am meisten
Mir dir, wenn ich verlor? Wenn hast du mir
Den Satz, mich des verlornen Spieles wegen
Zu trösten, doppelt nicht hernach geschenkt?

SALADIN:

Ei sieh! so hättest du ja wohl, wenn du
Verlorst, mit Fleiß verloren, Schwesterchen?

SITTAH:

Zum wenigsten kann gar wohl sein, daß deine
Freigebigkeit, mein liebes Brüderchen,
Schuld ist, daß ich nicht besser spielen lernen.

SALADIN: Wir kommen ab vom Spiele. Mach ein Ende!

SITTAH:

So bleibt es? Nun dann: Schach! und doppelt Schach!

SALADIN:

Nun freilich; dieses Abschach hab' ich nicht

Gesehn, das meine Königin zugleich
Mit niederwirft.

SITTAH: War dem noch abzuhelfen?
Laß sehn.

SALADIN: Nein, nein; nimm nur die Königin.
Ich war mit diesem Steine nie recht glücklich.

SITTAH: Bloß mit dem Steine?

SALADIN: Fort damit! – Das tut
Mir nichts. Denn so ist alles wiederum
Geschützt.

SITTAH: Wje höflich man mit Königinnen
Verfahren müsse: hat mein Bruder mich
Zu wohl gelehrt. *(sie läßt sie stehen.)*

SALADIN: Nimm, oder nimm sie nicht!
Ich habe keine mehr.

SITTAH: Wozu sie nehmen?
Schach! – Schach!

SALADIN: Nur weiter.

SITTAH:
Schach! – und Schach! – und Schach! –

SALADIN: Und matt!

SITTAH:
Nicht ganz; du ziehst den Springer noch
Dazwischen; oder was du machen willst.
Gleichviel!

SALADIN: Ganz recht! – Du hast gewonnen: und
Al-Hafi zahlt. – Man laß ihn rufen! gleich! –
Du hattest, Sittah, nicht so unrecht; ich
War nicht so ganz beim Spiele; war zerstreut.
Und dann: wer gibt uns denn die glatten Steine
Beständig? die an nichts erinnern, nichts
Bezeichnen. Hab' ich mit dem Iman denn
Gespielt? – Doch was? Verlust will Vorwand. Nicht
Die ungeformten Steine, Sittah, sind's
Die mich verlieren machten: deine Kunst,
Dein ruhiger und schneller Blick...

SITTAH: Auch so
    Willst du den Stachel des Verlusts nur stumpfen.
    Genug, du warst zerstreut; und mehr als ich.

SALADIN: Als du? Was hätte dich zerstreuet?

SITTAH: Deine
    Zerstreuung freilich nicht! – O Saladin,
    Wenn werden wir so fleißig wieder spielen!

SALADIN:
    So spielen wir um so viel gieriger! –
    Ah! weil es wieder los geht, meinst du? – Mag's! –
    Nur zu! – Ich habe nicht zuerst gezogen;
    Ich hätte gern den Stillestand aufs neue
    Verlängert; hätte meiner Sittah gern,
    Gern einen guten Mann zugleich verschafft.
    Und das muß Richards Bruder sein: er ist
    Ja Richards Bruder.

heirats politik

SITTAH: Wenn du deinen Richard
    Nur loben kannst!

SALADIN: Wenn unserm Bruder Melek
    Dann Richards Schwester wär' zu Teile worden:
    Ha! welch ein Haus zusammen! Ha, der ersten,
    Der besten Häuser in der Welt das beste! –
    Du hörst, ich bin mich selbst zu loben, auch
    Nicht faul. Ich dünk' mich meiner Freunde wert. –
    Das hätte Menschen geben sollen! das!

SITTAH:
    Hab' ich des schönen Traums nicht gleich gelacht?
    Du kennst die Christen nicht, willst sie nicht kennen.
    Ihr Stolz ist: Christen sein; nicht Menschen. Denn
    Selbst das, was, noch von ihrem Stifter her,
    Mit Menschlichkeit den Aberglauben würzt,
    Das lieben sie, nicht weil es menschlich ist:
    Weil's Christus lehrt; weil's Christus hat getan. –
    Wohl ihnen, daß er so ein guter Mensch

Vorurteile wieder

Bruder

Noch war! Wohl ihnen, daß sie seine Tugend
Auf Treu und Glaube nehmen können! – Doch
Was Tugend? – Seine Tugend nicht; sein Name
Soll überall verbreitet werden; soll
Die Namen aller guten Menschen schänden,
Verschlingen. Um den Namen, um den Namen
Ist ihnen nur zu tun.

SALADIN: Du meinst: warum
Sie sonst verlangen würden, daß auch ihr,
Auch du und Melek, Christen hießet, eh
Als Ehgemahl ihr Christen lieben wolltet?

SITTAH:

Ja wohl! Als wär' von Christen nur, als Christen,
Die Liebe zu gewärtigen, womit
Der Schöpfer Mann und Männin ausgestattet!

SALADIN:

Die Christen glauben mehr Armseligkeiten,
Als daß sie die nicht auch noch glauben könnten! –
Und gleichwohl irrst du dich. – Die Tempelherren,
Die Christen nicht, sind Schuld: sind nicht, als Christen,
Als Tempelherren Schuld. Durch die allein
Wird aus der Sache nichts. Sie wollen Acca,
Das Richards Schwester unserm Bruder Melek
Zum Brautschatz bringen müßte, schlechterdings
Nicht fahren lassen. Daß des Ritters Vorteil
Gefahr nicht laufe, spielen sie den Mönch,
Den albern Mönch. Und ob vielleicht im Fluge
Ein guter Streich gelänge: haben sie
Des Waffenstillestandes Ablauf kaum
Erwarten können. – Lustig! Nur so weiter!
Ihr Herren, nur so weiter! – Mir schon recht! –
Wär' alles sonst nur, wie es müßte.

SITTAH: Nun?

Was irrte dich denn sonst? Was könnte sonst
Dich aus der Fassung bringen?

SALADIN: Was von je
Mich immer aus der Fassung hat gebracht. –
Ich war auf Libanon, bei unserm Vater.
Er unterliegt den Sorgen noch ...

SITTAH: O weh!

SALADIN:
Er kann nicht durch; es klemmt sich aller Orten;
Es fehlt bald da, bald dort –

SITTAH: Was klemmt? was fehlt?

SALADIN:
Was sonst, als was ich kaum zu nennen würd'ge?
Was, wenn ich's habe, mir so überflüssig,
Und hab' ich's nicht, so unentbehrlich scheint. –
Wo bleibt Al-Hafi denn? Ist niemand nach
Ihm aus? – Das leidige, verwünschte Geld! –
Gut, Hafi, daß du kömmst.

ZWEITER AUFTRITT

Der Derwisch Al-Hafi, Saladin, Sittah

AL-HAFI: Die Gelder aus
Ägypten sind vermutlich angelangt.
Wenn's nur fein viel ist.

SALADIN: Hast du Nachricht?

AL-HAFI: Ich?
Ich nicht. Ich denke, daß ich hier sie in
Empfang soll nehmen.

SALADIN: Zahl an Sittah tausend
Dinare! *(in Gedanken hin und her gehend.)*

AL-HAFI: Zahl! anstatt, empfang! O schön!
Das ist für Was noch weniger als Nichts. –
An Sittah? – wiederum an Sittah? Und
Verloren? – wiederum im Schach verloren? –
Da steht es noch das Spiel!

SITTAH: Du gönnst mir doch
Mein Glück?

AL-HAFI *(das Spiel betrachtend)*:

Was gönnen? Wenn – Ihr wißt ja wohl.

SITTAH *(ihm winkend)*:

Bst! Hafi! bst!

AL-HAFI *(noch auf das Spiel gerichtet)*:

Gönnt's Euch nur selber erst!

SITTAH:

Al-Hafi! bst!

AL-HAFI *(zu Sittah)*:

Die Weißen waren Euer?

Ihr bietet Schach?

SITTAH: Gut, daß er nichts gehört!

AL-HAFI:

Nun ist der Zug an ihm?

SITTAH *(ihm näher tretend)*:   So sage doch,

Daß ich mein Geld bekommen kann.

AL-HAFI *(noch auf das Spiel geheftet)*:   Nun ja;

Ihr sollt's bekommen, wie Ihr's stets bekommen.

SITTAH:

Wie? bist du toll?

AL-HAFI: Das Spiel ist ja nicht aus.

Ihr habt ja nicht verloren, Saladin.

SALADIN *(kaum hinhörend)*:

Doch! doch! Bezahl! bezahl!

AL-HAFI: Bezahl! bezahl!

Da steht ja Eure Königin.

SALADIN *(noch so)*:   Gilt nicht;

Gehört nicht mehr ins Spiel.

SITTAH: So mach, und sag,

Daß ich das Geld mir nur kann holen lassen.

AL-HAFI *(noch immer in das Spiel vertieft)*:

Versteht sich, so wie immer. – Wenn auch schon;

Wenn auch die Königin nichts gilt: Ihr seid

Doch darum noch nicht matt.

SALADIN *(tritt hinzu und wirft das Spiel um)*:

                              Ich bin es; will
  Es sein.

AL-HAFI: Ja so! – Spiel wie Gewinst! So wie
  Gewonnen, so bezahlt.

SALADIN *(zu Sittah)*:   Was sagt er? was?

SITTAH *(von Zeit zu Zeit dem Hafi winkend)*:

  Du kennst ihn ja. Er sträubt sich gern; läßt gern
  Sich bitten; ist wohl gar ein wenig neidisch. –

SALADIN:

  Auf dich doch nicht? Auf meine Schwester nicht? –
  Was hör' ich, Hafi? Neidisch? du?

AL-HAFI: Kann sein!
  Kann sein! – Ich hätt' ihr Hirn wohl lieber selbst;
  Wär' lieber selbst so gut, als sie.

SITTAH: Indes
  Hat er doch immer richtig noch bezahlt.
  Und wird auch heut' bezahlen. Laß ihn nur! –
  Geh nur, Al-Hafi, geh! Ich will das Geld
  Schon holen lassen.

AL-HAFI: Nein, ich spiele länger
  Die Mummerei nicht mit. Er muß es doch
  Einmal erfahren.

SALADIN: Wer? und was?

SITTAH: Al-Hafi!
  Ist dieses dein Versprechen? Hältst du so
  Mir Wort?

AL-HAFI: Wie konnt' ich glauben, daß es so
  Weit gehen würde.

SALADIN: Nun? erfahr' ich nichts?

SITTAH:

  Ich bitte dich, Al-Hafi; sei bescheiden.

SALADIN:

  Das ist doch sonderbar! Was könnte Sittah

So feierlich, so warm bei einem Fremden,
Bei einem Derwisch lieber, als bei mir,
Bei ihrem Bruder sich verbitten wollen.
Al-Hafi, nun befehl ich. – Rede, Derwisch!

SITTAH:

Laß eine Kleinigkeit, mein Bruder, dir
Nicht näher treten, als sie würdig ist.
Du weißt, ich habe zu verschiednen Malen
Dieselbe Summ' im Schach von dir gewonnen.
Und weil ich itzt das Geld nicht nötig habe;
Weil itzt in Hafis Kasse doch das Geld
Nicht eben allzu häufig ist: so sind
Die Posten stehn geblieben. Aber sorgt
Nur nicht! Ich will sie weder dir, mein Bruder,
Noch Hafi, noch der Kasse schenken.

AL-HAFI: Ja,
Wenn's das nur wäre! das!

SITTAH: Und mehr dergleichen. –
Auch das ist in der Kasse stehn geblieben,
Was du mir einmal ausgeworfen; ist
Seit wenig Monden stehn geblieben.

AL-HAFI: Noch
Nicht alles.

SALADIN: Noch nicht? – Wirst du reden?

AL-HAFI:

Seit aus Ägypten wir das Geld erwarten,
Hat sie ...

SITTAH *(zu Saladin)*:
                  Wozu ihn hören?

AL-HAFI: Nicht nur nichts
Bekommen ...

SALADIN: Gutes Mädchen! – Auch beiher
Mit vorgeschossen. Nicht?

AL-HAFI: Den ganzen Hof

Erhalten; Euern Aufwand ganz allein
Bestritten.

SALADIN:

Ha! das, das ist meine Schwester! *(sie umarmend.)*

SITTAH:

Wer hatte, dies zu können, mich so reich
Gemacht, als du, mein Bruder?

AL-HAFI: Wird schon auch
So bettelarm sie wieder machen, als
Er selber ist.

SALADIN: Ich arm? der Bruder arm?
Wenn hab' ich mehr? wenn weniger gehabt? –
Ein Kleid, ein Schwert, ein Pferd, – und einen Gott!
Was brauch' ich mehr? Wenn kann's an dem mir fehlen?
Und doch, Al-Hafi, könnt' ich mit dir schelten.

SITTAH:

Schilt nicht, mein Bruder. Wenn ich userm Vater
Auch seine Sorgen so erleichtern könnte!

SALADIN:

Ah! Ah! Nun schlägst du meine Freudigkeit
Auf einmal wieder nieder! – Mir, für mich
Fehlt nichts, und kann nichts fehlen. Aber ihm,
Ihm fehlet; und in ihm uns allen. – Sagt,
Was soll ich machen? – Aus Ägypten kommt
Vielleicht noch lange nichts. Woran das liegt,
Weiß Gott. Es ist doch da noch alles ruhig. –
Abbrechen, einziehn, sparen, will ich gern,
Mir gern gefallen lassen; wenn es mich,
Bloß mich betrifft; bloß mich, und niemand sonst
Darunter leidet. – Doch was kann das machen?
Ein Pferd, ein Kleid, ein Schwert, muß ich doch haben.
Und meinem Gott ist auch nichts abzudingen.
Ihm gnügt schon so mit wenigem genug;
Mit meinem Herzen. – Auf den Überschuß
Von deiner Kasse, Hafi, hatt' ich sehr
Gerechnet.

AL-HAFI: Überschuß? – Sagt selber, ob
Ihr mich nicht hättet spießen, wenigstens
Mich drosseln lassen, wenn auf Überschuß
Ich von Euch wär' ergriffen worden. Ja,
Auf Unterschleif! das war zu wagen.

SALADIN: Nun,
Was machen wir denn aber? – Konntest du
Vor erst bei niemand andern borgen, als
Bei Sittah?

SITTAH: Würd' ich dieses Vorrecht, Bruder,
Mir haben nehmen lassen? Mir von ihm?
Auch noch besteh' ich drauf. Noch bin ich auf
Dem Trocknen völlig nicht.

SALADIN: Nur völlig nicht!
Das fehlte noch! – Geh gleich, mach Anstalt, Hafi!
Nimm auf bei wem du kannst! und wie du kannst!
Geh, borg, versprich. – Nur, Hafi, borge nicht
Bei denen, die ich reich gemacht. Denn borgen
Von diesen, möchte wiederfodern heißen.
Geh zu den Geizigsten; die werden mir
Am liebsten leihen. Denn sie wissen wohl,
Wie gut ihr Geld in meinen Händen wuchert.

AL-HAFI: Ich kenne deren keine.

SITTAH: Eben fällt
Mir ein, gehört zu haben, Hafi, daß
Dein Freund zurückgekommen

AL-HAFI *(betroffen)*:   Freund? mein Freund?
Wer wär' denn das?

SITTAH: Dein hochgepriesner Jude.

AL-HAFI:
Gepriesner Jude? hoch von mir?

SITTAH: Dem Gott, –
Mich denkt des Ausdrucks noch recht wohl, des einst
Du selber dich von ihm bedientest, – dem
Sein Gott von allen Gütern dieser Welt

Das Kleinst' und Größte so in vollem Maß
Erteilet habe. –

AL-HAFI: Sagt' ich so? – Was meint'
Ich denn damit?

SITTAH: Das Kleinste: Reichtum. Und
Das Größte: Weisheit.

AL-HAFI: Wie? von einem Juden?
Von einem Juden hätt' ich das gesagt?

SITTAH:
Das hättest du von deinem Nathan nicht
Gesagt?

AL-HAFI: Ja so! von dem! vom Nathan! – Fiel
Mir der doch gar nicht bei. – Wahrhaftig? Der
Ist endlich wieder heim gekommen? Ei!
So mag's doch gar so schlecht mit ihm nicht stehn. –
Ganz recht: den nannt' einmal das Volk den Weisen!
Den Reichen auch.

SITTAH: Den Reichen nennt es ihn
Itzt mehr als je. Die ganze Stadt erschallt,
Was er für Kostbarkeiten, was für Schätze,
Er mitgebracht.

AL-HAFI: Nun, ist's der Reiche wieder:
So wird's auch wohl der Weise wieder sein.

SITTAH:
Was meinst du, Hafi, wenn du diesen angingst?

AL-HAFI:
Und was bei ihm? – Doch wohl nicht borgen? – Ja,
Da kennt Ihr ihn. – Er borgen! – Seine Weisheit
Ist eben, daß er niemand borgt.

SITTAH: Du hast
Mir sonst doch ganz ein ander Bild von ihm
Gemacht.

AL-HAFI: Zur Not wird er Euch Waren borgen.
Geld aber, Geld? Geld nimmermehr. – Es ist
Ein Jude freilich übrigens, wie's nicht
Viel Juden gibt. Er hat Verstand; er weiß

Zu leben; spielt gut Schach. Doch zeichnet er
Im Schlechten sich nicht minder, als im Guten
Von allen andern Juden aus. – Auf den,
Auf den nur rechnet nicht. – Den Armen gibt
Er zwar; und gibt vielleicht trotz Saladin.
Wenn schon nicht ganz so viel: doch ganz so gern;
Doch ganz so sonder Ansehn. Jud' und Christ
Und Muselmann und Parsi, alles ist
Ihm eins.

SITTAH: Und so ein Mann ...

SALADIN: Wie kommt es denn,
Daß ich von diesem Manne nie gehört? ...

SITTAH:

Der sollte Saladin nicht borgen? nicht
Dem Saladin, der nur für andre braucht,
Nicht sich?

AL-HAFI: Da seht nun gleich den Juden wieder;
Den ganz gemeinen Juden! – Glaubt mir's doch! –
Er ist aufs Geben Euch so eifersüchtig,
So neidisch! Jedes Lohn von Gott, das in
Der Welt gesagt wird, zög' er lieber ganz
Allein. Nur darum eben leiht er keinem,
Damit er stets zu geben habe. Weil
Die Mild' ihm im Gesetz geboten; die
Gefälligkeit ihm aber nicht geboten: macht
Die Mild' ihn zu dem ungefälligsten
Gesellen auf der Welt. Zwar bin ich seit
Geraumer Zeit ein wenig übern Fuß
Mit ihm gespannt; doch denkt nur nicht, daß ich
Ihm darum nicht Gerechtigkeit erzeige.
Er ist zu allem gut: bloß dazu nicht;
Bloß dazu wahrlich nicht. Ich will auch gleich
Nur gehn, an andre Türen klopfen ... Da
Besinn' ich mich so eben eines Mohren,
Der reich und geizig ist. – Ich geh'; ich geh'.

SITTAH:

    Was eilst du, Hafi?

SALADIN: Laß ihn! laß ihn!

DRITTER AUFTRITT

Sittah, Saladin

SITTAH: Eilt

Er doch, als ob er mir nur gern entkäme!
Was heißt das? – Hat er wirklich sich in ihm
Betrogen, oder – möcht' er uns nur gern
Betrügen?

SALADIN: Wie? das fragst du mich? Ich weiß

Ja kaum, von wem die Rede war; und höre
Von euerm Juden, euerm Nathan, heut'
Zum erstenmal.

SITTAH: Ist's möglich? daß ein Mann

Dir so verborgen blieb, von dem es heißt,
Er habe Salomons und Davids Gräber
Erforscht, und wisse deren Siegel durch
Ein mächtiges geheimes Wort zu lösen?
Aus ihnen bring' er dann von Zeit zu Zeit
Die unermeßlichen Reichtümer an
Den Tag, die keinen mindern Quell verrieten.

SALADIN:

Hat seinen Reichtum dieser Mann aus Gräbern,
So waren's sicherlich nicht Salomons,
Nicht Davids Gräber. Narren lagen da
Begraben!

SITTAH: Oder Bösewichter! – Auch

Ist seines Reichtums Quelle weit ergiebiger
Weit unerschöpflicher, als so ein Grab
Voll Mammon.

SALADIN: Denn er handelt; wie ich hörte.

SITTAH:

Sein Saumtier treibt auf allen Straßen, zieht
Durch alle Wüsten; seine Schiffe liegen
In allen Häfen. Das hat mir wohl eh
Al-Hafi selbst gesagt; und voll Entzücken
Hinzugefügt, wie groß, wie edel dieser
Sein Freund anwende, was so klug und emsig
Er zu erwerben für zu klein nicht achte:
Hinzugefügt, wie frei von Vorurteilen
Sein Geist; sein Herz wie offen jeder Tugend,
Wie eingestimmt mit jeder Schönheit sei.

SALADIN:

Und itzt sprach Hafi doch so ungewiß,
So kalt von ihm.

SITTAH: Kalt nun wohl nicht, verlegen.

Als halt' er's für gefährlich, ihn zu loben,
Und woll' ihn unverdient doch auch nicht tadeln. –
Wie? oder wär' es wirklich so, daß selbst
Der Beste seines Volkes seinem Volke
Nicht ganz entfliehen kann? daß wirklich sich
Al-Hafi seines Freunds von dieser Seite
Zu schämen hätte? – Sei dem, wie ihm wolle! –
Der Jude sei mehr oder weniger
Als Jud', ist er nur reich: genug für uns!

SALADIN:

Du willst ihm aber doch das Seine mit
Gewalt nicht nehmen, Schwester?

SITTAH: Ja, was heißt

Bei dir Gewalt? Mit Feu'r und Schwert? Nein, nein,
Was braucht es mit den Schwachen für Gewalt,
Als ihre Schwäche? – Komm vor itzt nur mit
In meinen Haram, eine Sängerin
Zu hören, die ich gestern erst gekauft.
Es reift indes bei mir vielleicht ein Anschlag,
Den ich auf diesen Nathan habe. – Komm!

VIERTER AUFTRITT

Szene: vor dem Hause des Nathan, wo es an die Palmen stößt
Recha und Nathan kommen heraus. Zu ihnen Daja

RECHA:

Ihr habt Euch sehr verweilt, mein Vater. Er
Wird kaum noch mehr zu treffen sein.

NATHAN: Nun, nun;
Wenn hier, hier untern Palmen schon nicht mehr:
Doch anderwärts. – Sei itzt nur ruhig. – Sieh!
Kömmt dort nicht Daja auf uns zu?

RECHA: Sie wird
Ihn ganz gewiß verloren haben.

NATHAN: Auch
Wohl nicht.

RECHA: Sie würde sonst geschwinder kommen.

NATHAN:

Sie hat uns wohl noch nicht gesehn …

RECHA: Nun sieht
Sie uns.

NATHAN: Und doppelt ihre Schritte. Sieh! –
Sei doch nur ruhig! ruhig!

RECHA: Wolltet Ihr
Wohl eine Tochter, die hier ruhig wäre?
Sich unbekümmert ließe, wessen Wohltat
Ihr Leben sei? Ihr Leben, – das ihr nur
So lieb, weil sie es Euch zu erst verdanket.

NATHAN:

Ich möchte dich nicht anders, als du bist:
Auch wenn ich wüßte, daß in deiner Seele
Ganz etwas anders noch sich rege.

RECHA: Was,
Mein Vater?

NATHAN: Fragst du mich? so schüchtern mich?
Was auch in deinem Innern vorgeht, ist

Natur und Unschuld. Laß es keine Sorge
Dir machen. Mir, mir macht es keine. Nur
Versprich mir: wenn dein Herz vernehmlicher
Sich einst erklärt, mir seiner Wünsche keinen
Zu bergen.

RECHA: Schon die Möglichkeit, mein Herz
Euch lieber zu verhüllen, macht mich zittern.

NATHAN:

Nichts mehr hiervon! Das ein für allemal
Ist abgetan. – Da ist ja Daja. – Nun?

DAJA:

Noch wandelt er hier untern Palmen; und
Wird gleich um jene Mauer kommen. – Seht,
Da kömmt er!

RECHA: Ah! und scheinet unentschlossen,
Wohin? ob weiter? ob hinab? ob rechts?
Ob links?

DAJA: Nein, nein; er macht den Weg ums Kloster
Gewiß noch öfter; und dann muß er hier
Vorbei. – Was gilt's?

RECHA: Recht! recht! – Hast du ihn schon
Gesprochen? Und wie ist er heut?

DAJA: Wie immer.

NATHAN:

So macht nur, daß er euch hier nicht gewahr
Wird. Tretet mehr zurück. Geht lieber ganz
Hinein.

RECHA: Nur einen Blick noch! – Ah! die Hecke,
Die mir ihn stiehlt.

DAJA: Kommt! kommt! Der Vater hat
Ganz recht. Ihr lauft Gefahr, wenn er Euch sieht,
Daß auf der Stell' er umkehrt.

RECHA: Ah! die Hecke!

NATHAN:

Und kömmt er plötzlich dort aus ihr hervor:

          So kann er anders nicht, er muß euch sehn.
          Drum geht doch nur!

DAJA: Kommt! kommt! Ich weiß ein Fen-
          Aus dem wir sie bemerken können.   [ster,

RECHA: Ja?

                    (beide hinein.)

                    FÜNFTER AUFTRITT

              Nathan, und bald darauf der Tempelherr

NATHAN:
          Fast scheu' ich mich des Sonderlings! Fast macht
          Mich seine rauhe Tugend stutzen. Daß
          Ein Mensch doch einen Menschen so verlegen
          Soll machen können! – Ha! er kömmt. – Bei Gott!
          Ein Jüngling wie ein Mann. Ich mag ihn wohl,
          Den guten, trotzgen Blick! den prallen Gang!
          Die Schale kann nur bitter sein: der Kern
          Ist's sicher nicht. – Wo sah' ich doch dergleichen?
          Verzeiht, edler Franke ...

TEMPELHERR: Was?

NATHAN: Erlaubt ...

TEMPELHERR:
          Was, Jude? was?

NATHAN: Daß ich mich untersteh',
          Euch anzureden.

TEMPELHERR: Kann ich's wehren? Doch
          Nur kurz.

NATHAN: Verzieht, und eilet nicht so stolz,
          Nicht so verächtlich einem Mann vorüber,
          Den Ihr auf ewig Euch verbunden habt.

TEMPELHERR:
          Wie das? – Ah, fast errat' ich's. Nicht? Ihr seid ...

NATHAN:

Ich heiße Nathan; bin des Mädchens Vater,
Das Eure Großmut aus dem Feu'r gerettet;
Und komme...

TEMPELHERR: Wenn zu danken: – spart's! Ich hab'
Um diese Kleinigkeit des Dankes schon
Zu viel erdulden müssen. – Vollends Ihr,
Ihr seid mir gar nichts schuldig. Wußt' ich denn,
Daß dieses Mädchen Eure Tochter war?
Es ist der Tempelherren Pflicht, dem ersten,
Dem besten beizuspringen, dessen Not
Sie sehn. Mein Leben war mir ohnedem
In diesem Augenblicke lästig. Gern,
Sehr gern ergriff ich die Gelegenheit,
Es für ein andres Leben in die Schanze
Zu schlagen: für ein andres – wenn's auch nur
Das Leben einer Jüdin wäre.

NATHAN: Groß!
Groß und abscheulich! – Doch die Wendung läßt
Sich denken. Die bescheidne Größe flüchtet
Sich hinter das Abscheuliche, um der
Bewundrung auszuweichen. – Aber wenn
Sie so das Opfer der Bewunderung
Verschmäht: was für ein Opfer denn verschmäht
Sie minder? – Ritter, wenn Ihr hier nicht fremd,
Und nicht gefangen wäret, würd' ich Euch
So dreist nicht fragen. Sagt, befehlt: womit
Kann man Euch dienen?

TEMPELHERR: Ihr? Mit nichts.

NATHAN: Ich bin
Ein reicher Mann.

TEMPELHERR: Der reiche Jude war
Mir nie der beßre Jude.

NATHAN: Dürft Ihr denn
Darum nicht nützen, was dem ungeachtet
Er Beßres hat? nicht seinen Reichtum nützen?

TEMPELHERR:

>Nun gut, das will ich auch nicht ganz verreden;
Um meines Mantels willen nicht. Sobald
Der ganz und gar verschlissen; weder Stich
Noch Fetze länger halten will: komm' ich
Und borge mir bei Euch zu einem neuen,
Tuch oder Geld. – Seht nicht mit eins so finster!
Noch seid Ihr sicher; noch ist's nicht so weit
Mit ihm. Ihr seht; er ist so ziemlich noch
Im Stande. Nur der eine Zipfel da
Hat einen garstgen Fleck; er ist versengt.
Und das bekam er, als ich Eure Tochter
Durchs Feuer trug.

NATHAN *(der nach dem Zipfel greift und ihn betrachtet)*:

>   Es ist doch sonderbar,
Daß so ein böser Fleck, daß so ein Brandmal
Dem Mann ein beßres Zeugnis redet, als
Sein eigner Mund. Ich möcht' ihn küssen gleich –
Den Flecken! – Ah, verzeiht! – Ich tat es ungern.

TEMPELHERR:

>Was?

NATHAN: Eine Träne fiel darauf.

TEMPELHERR: Tut nichts!

>Er hat der Tropfen mehr. – (Bald aber fängt
Mich dieser Jud' an zu verwirren.)

NATHAN: Wär't

>Ihr wohl so gut, und schicktet Euern Mantel
Auch einmal meinem Mädchen?

TEMPELHERR: Was damit?

NATHAN:

>Auch ihren Mund an diesen Fleck zu drücken.
Denn Eure Kniee selber zu umfassen,
Wünscht sie nun wohl vergebens.

TEMPELHERR: Aber, Jude –

>Ihr heißet Nathan? – Aber, Nathan – Ihr

ZWEITER AUFZUG · FÜNFTER AUFTRITT

Setzt Eure Worte sehr – sehr gut – sehr spitz –
Ich bin betreten – Allerdings – ich hätte ...

NATHAN:

Stellt und verstellt Euch, wie Ihr wollt. Ich find'
Auch hier Euch aus. Ihr wart zu gut, zu bieder,
Um höflicher zu sein. – Das Mädchen, ganz
Gefühl; der weibliche Gesandte, ganz
Dienstfertigkeit; der Vater weit entfernt –
Ihr trugt für ihren guten Namen Sorge;
Floht ihre Prüfung; floht, um nicht zu siegen.
Auch dafür dank' ich Euch –

TEMPELHERR: Ich muß gestehn,
Ihr wißt, wie Tempelherren denken sollten.

NATHAN:

Nur Tempelherren? sollten bloß? und bloß;
Weil es die Ordensregeln so gebieten?
Ich weiß, wie gute Menschen denken; weiß,
Daß alle Länder gute Menschen tragen.

TEMPELHERR:

Mit Unterschied, doch hoffentlich?

NATHAN: Ja wohl;
An Farb', an Kleidung, an Gestalt verschieden.

TEMPELHERR:

Auch hier bald mehr, bald weniger, als dort.

NATHAN:

Mit diesem Unterschied ist's nicht weit her.
Der große Mann braucht überall viel Boden;
Und mehrere, zu nah gepflanzt, zerschlagen
Sich nur die Äste. Mittelgut, wie wir,
Findt sich hingegen überall in Menge.
Nur muß der eine nicht den andern mäkeln.
Nur muß der Knorr den Knuppen hübsch vertragen.
Nur muß ein Gipfelchen sich nicht vermessen,
Daß es allein der Erde nicht entschossen.

TEMPELHERR:

Sehr wohl gesagt! – Doch kennt Ihr auch das Volk,

Das diese Menschenmäkelei zu erst
Getrieben? Wißt Ihr, Nathan, welches Volk
Zu erst das auserwählte Volk sich nannte?
Wie? wenn ich dieses Volk nun, zwar nicht haßte,
Doch wegen seines Stolzes zu verachten,
Mich nicht entbrechen könnte? Seines Stolzes;
Den es auf Christ und Muselmann vererbte,
Nur sein Gott sei der rechte Gott! – Ihr stutzt,
Daß ich, ein Christ, ein Tempelherr, so rede?
Wenn hat, und wo die fromme Raserei,
Den bessern Gott zu haben, diesen bessern
Der ganzen Welt als besten aufzudringen,
In ihrer schwärzesten Gestalt sich mehr
Gezeigt, als hier, als itzt? Wem hier, wem itzt
Die Schuppen nicht vom Auge fallen ... Doch
Sei blind, wer will! – Vergeßt, was ich gesagt;
Und laßt mich! *(will gehen.)*

NATHAN: Ha! Ihr wißt nicht, wie viel fester
Ich nun mich an Euch drängen werde. – Kommt,
Wir müssen, müssen Freunde sein! – Verachtet
Mein Volk so sehr Ihr wollt. Wir haben beide
Uns unser Volk nicht auserlesen. Sind
Wir unser Volk? Was heißt denn Volk?
Sind Christ und Jude eher Christ und Jude,
Als Mensch? Ah! wenn ich einen mehr in Euch
Gefunden hätte, dem es gnügt, ein Mensch
Zu heißen!

TEMPELHERR: Ja, bei Gott, das habt Ihr, Nathan!
Das habt Ihr! – Eure Hand! – Ich schäme mich
Euch einen Augenblick verkannt zu haben.

NATHAN:

Und ich bin stolz darauf. Nur das Gemeine
Verkennt man selten.

TEMPELHERR: Und das Seltene
Vergißt man schwerlich. – Nathan, ja;
Wir müssen, müssen Freunde werden.

NATHAN: Sind

Es schon. – Wie wird sich meine Recha freuen! –
Und ah! welch eine heitre Ferne schließt
Sich meinen Blicken auf! – Kennt sie nur erst!

TEMPELHERR:

Ich brenne vor Verlangen – Wer stürzt dort
Aus Euerm Hause? Ist's nicht ihre Daja?

NATHAN:

Ja wohl. So ängstlich?

TEMPELHERR: Unsrer Recha ist

Doch nichts begegnet?

SECHSTER AUFTRITT

Die Vorigen und Daja eilig

DAJA: Nathan! Nathan!

NATHAN: Nun?

DAJA:

Verzeihet, edler Ritter, daß ich Euch
Muß unterbrechen.

NATHAN: Nun, was ist's?

TEMPELHERR: Was ist's?

DAJA:

Der Sultan hat geschickt. Der Sultan will
Euch sprechen. Gott, der Sultan!

NATHAN: Mich? der Sultan?

Er wird begierig sein, zu sehen, was
Ich Neues mitgebracht. Sag nur, es sei
Noch wenig oder gar nichts ausgepackt.

DAJA:

Nein, nein; er will nichts sehen; will Euch sprechen,
Euch in Person, und bald; sobald Ihr könnt.

NATHAN:

Ich werde kommen. – Geh nur wieder, geh!

DAJA:

>Nehmt ja nicht übel auf, gestrenger Ritter. –
Gott, wir sind so bekümmert, was der Sultan
Doch will.

NATHAN: Das wird sich zeigen. Geh nur, geh!

SIEBENTER AUFTRITT

Nathan und der Tempelherr

TEMPELHERR:

>So kennt Ihr ihn noch nicht? – ich meine, von
Person.

NATHAN: Den Saladin? Noch nicht. Ich habe
Ihn nicht vermieden, nicht gesucht zu kennen.
Der allgemeine Ruf sprach viel zu gut
Von ihm, daß ich nicht lieber glauben wollte,
Als sehn. Doch nun, – wenn anders dem so ist, –
Hat er durch Sparung Eures Lebens...

TEMPELHERR: Ja;
Dem allerdings ist so. Das Leben, das
Ich leb', ist sein Geschenk.

NATHAN: Durch das er mir
Ein doppelt, dreifach Leben schenkte. Dies
Hat alles zwischen uns verändert; hat
Mit eins ein Seil mir umgeworfen, das
Mich seinem Dienst auf ewig fesselt. Kaum,
Und kaum, kann ich es nun erwarten, was
Er mir zuerst befehlen wird. Ich bin
Bereit zu allem; bin bereit ihm zu
Gestehn, daß ich es Euertwegen bin.

TEMPELHERR:

>Noch hab' ich selber ihm nicht danken können:
So oft ich auch ihm in den Weg getreten.

Der Eindruck, den ich auf ihn machte, kam
So schnell, als schnell er wiederum verschwunden.
Wer weiß, ob er sich meiner gar erinnert.
Und dennoch muß er, einmal wenigstens,
Sich meiner noch erinnern, um mein Schicksal
Ganz zu entscheiden. Nicht genug, daß ich
Auf sein Geheiß noch bin, mit seinem Willen
Noch leb': ich muß nun auch von ihm erwarten,
Nach wessen Willen ich zu leben habe.

NATHAN:

Nicht anders; um so mehr will ich nicht säumen. –
Es fällt vielleicht ein Wort, das mir, auf Euch
Zu kommen, Anlaß gibt. – Erlaubt, verzeiht –
Ich eile – Wenn, wenn aber sehn wir Euch
Bei uns?

TEMPELHERR: So bald ich darf.

NATHAN: So bald Ihr wollt.

TEMPELHERR:

Noch heut.

NATHAN: Und Euer Name? – muß ich bitten.

TEMPELHERR:

Mein Name war – ist Curd von Stauffen. – Curd!

NATHAN:

Von Stauffen? – Stauffen? – Stauffen?

TEMPELHERR: Warum fällt
Euch das so auf?

NATHAN: Von Stauffen? – Des Geschlechts
Sind wohl noch mehrere...

TEMPELHERR: O ja! hier waren,
Hier faulen des Geschlechts schon mehrere.
Mein Oheim selbst, – mein Vater will ich sagen, –
Doch warum schärft sich Euer Blick auf mich
Je mehr und mehr?

NATHAN: O nichts! o nichts! Wie kann
Ich Euch zu sehn ermüden?

nicht mit Familie abgezogen

TEMPELHERR: Drum verlass'
Ich Euch zuerst. Der Blick des Forschers fand
Nicht selten mehr, als er zu finden wünschte.
Ich fürcht' ihn, Nathan. Laßt die Zeit allmählich,
Und nicht die Neugier, unsre Kundschaft machen. *(er geht.)*

NATHAN *(der ihm mit Erstaunen nachsieht)*:

„Der Forscher fand nicht selten mehr, als er
Zu finden wünschte." – Ist es doch, als ob
In meiner Seel' er lese! – Wahrlich ja;
Das könnt' auch mir begegnen. – Nicht allein
Wolfs Wuchs, Wolfs Gang: auch seine Stimme. So,
Vollkommen so, warf Wolf sogar den Kopf;
Trug Wolf sogar das Schwert im Arm; strich Wolf
Sogar die Augenbraunen mit der Hand,
Gleichsam das Feuer seines Blicks zu bergen. –
Wie solche tiefgeprägte Bilder doch
Zu Zeiten in uns schlafen können, bis
Ein Wort, ein Laut sie weckt. – Von Stauffen! –
Ganz recht, ganz recht; Filnek und Stauffen. –
Ich will das bald genauer wissen; bald.
Nur erst zum Saladin. – Doch wie? lauscht dort
Nicht Daja? – Nun so komm nur näher, Daja.

ACHTER AUFTRITT

Daja, Nathan

NATHAN:

Was gilt's? nun drückt's euch beiden schon das Herz,
Noch ganz was anders zu erfahren, als
Was Saladin mir will.

DAJA: Verdenkt Ihr's ihr?
Ihr fingt so eben an, vertraulicher
Mit ihm zu sprechen: als des Sultans Botschaft
Uns von dem Fenster scheuchte.

NATHAN: Nun so sag
    Ihr nur, daß sie ihn jeden Augenblick
    Erwarten darf.

DAJA: Gewiß? gewiß?

NATHAN: Ich kann
    Mich doch auf dich verlassen, Daja? Sei
    Auf deiner Hut; ich bitte dich. Es soll
    Dich nicht gereuen. Dein Gewissen selbst
    Soll seine Rechnung dabei finden. Nur
    Verdirb mir nichts in meinem Plane. Nur
    Erzähl und frage mit Bescheidenheit,
    Mit Rückhalt...

DAJA: Daß Ihr doch noch erst, so was
    Erinnern könnt! – Ich geh'; geht Ihr nur auch.
    Denn seht! ich glaube gar, da kömmt vom Sultan
    Ein zweiter Bot', Al-Hafi, Euer Derwisch. *(geht ab.)*

NEUNTER AUFTRITT

Nathan, Al-Hafi

AL-HAFI:
    Ha! ha! zu Euch wollt' ich nun eben wieder.

NATHAN:
    Ist's denn so eilig? Was verlangt er denn
    Von mir?

AL-HAFI: Wer?

NATHAN: Saladin. – Ich komm', ich komme.

AL-HAFI:
    Zu wem? Zum Saladin?

NATHAN: Schickt Saladin
    Dich nicht?

AL-HAFI: Mich? nein. Hat er denn schon geschickt?

NATHAN:
    Ja freilich hat er.

AL-HAFI: Nun, so ist es richtig.

NATHAN:

Was? was ist richtig?

AL-HAFI: Daß ... ich bin nicht schuld;
Gott weiß, ich bin nicht schuld. – Was hab' ich nicht
Von Euch gesagt, gelogen, um es abzuwenden!

NATHAN:

Was abzuwenden? Was ist richtig?

AL-HAFI: Daß
Nun Ihr sein Defterdar geworden. Ich
Bedaur' Euch. Doch mit ansehn will ich's nicht.
Ich geh' von Stund' an; geh'. Ihr habt es schon
Gehört, wohin; und wißt den Weg. – Habt Ihr
Des Wegs was zu bestellen, sagt: ich bin
Zu Diensten. Freilich muß es mehr nicht sein,
Als was ein Nackter mit sich schleppen kann.
Ich geh', sagt bald.

NATHAN: Besinn dich doch, Al-Hafi.
Besinn dich, daß ich noch von gar nichts weiß.
Was plauderst du denn da?

AL-HAFI: Ihr bringt sie doch
Gleich mit, die Beutel?

NATHAN: Beutel?

AL-HAFI: Nun, das Geld,
Das Ihr dem Saladin vorschießen sollt.

NATHAN:

Und weiter ist es nichts?

AL-HAFI: Ich sollt' es wohl
Mit ansehn, wie er Euch von Tag zu Tag
Aushöhlen wird bis auf die Zehen? Sollt'
Es wohl mit ansehn, daß Verschwendung aus
Der weisen Milde sonst nie leeren Scheuern
So lange borgt, und borgt, und borgt, bis auch
Die armen eingebornen Mäuschen drin
Verhungern? – Bildet Ihr vielleicht Euch ein,
Wer Euers Gelds bedürftig sei, der werde

Doch Euerm Rate wohl auch folgen? – Ja;
Er Rate folgen! Wenn hat Saladin
Sich raten lassen? – Denkt nur, Nathan, was
Mir eben itzt mit ihm begegnet.

NATHAN: Nun?

AL-HAFI:

Da komm' ich zu ihm, eben daß er Schach
Gespielt mit seiner Schwester. Sittah spielt
Nicht übel; und das Spiel, das Saladin
Verloren glaubte, schon gegeben hatte,
Das stand noch ganz so da. Ich seh' Euch hin,
Und sehe, daß das Spiel noch lange nicht
Verloren.

NATHAN: Ei! das war für dich ein Fund!

AL-HAFI:

Er durfte mit dem König an den Bauer
Nur rücken, auf ihr Schach – Wenn ich's Euch gleich
Nur zeigen könnte!

NATHAN: O ich traue dir!

AL-HAFI:

Denn so bekam der Roche Feld: und sie
War hin. – Das alles will ich ihm nun weisen
Und ruf' ihn. – Denkt! ...

NATHAN: Er ist nicht deiner Meinung?

AL-HAFI:

Er hört mich gar nicht an, und wirft verächtlich
Das ganze Spiel in Klumpen.

NATHAN: Ist das möglich?

AL-HAFI:

Und sagt: er wolle matt nun einmal sein;
Er wolle! Heißt das spielen?

NATHAN: Schwerlich wohl;
Heißt mit dem Spiele spielen.

AL-HAFI: Gleichwohl galt
Es keine taube Nuß.

NATHAN: Geld hin, Geld her!
Das ist das wenigste. Allein dich gar
Nicht anzuhören! über einen Punkt
Von solcher Wichtigkeit dich nicht einmal
Zu hören! deinen Adlerblick nicht zu
Bewundern! das, das schreit um Rache; nicht?

AL-HAFI:

Ach was! Ich sag' Euch das nur so, damit
Ihr sehen könnt, was für ein Kopf er ist.
Kurz, ich, ich halt's mit ihm nicht länger aus.
Da lauf' ich nun bei allen schmutzgen Mohren
Herum, und frage, wer ihm borgen will.
Ich, der ich nie für mich gebettelt habe,
Soll nun für andre borgen. Borgen ist
Viel besser nicht als betteln: so wie leihen,
Auf Wucher leihen, nicht viel besser ist,
Als stehlen. Unter meinen Ghebern, an
Dem Ganges, brauch' ich beides nicht, und brauche
Das Werkzeug beider nicht zu sein. Am Ganges,
Am Ganges nur gibt's Menschen. Hier seid Ihr
Der einzige, der noch so würdig wäre,
Daß er am Ganges lebte. – Wollt Ihr mit? –
Laßt ihm mit eins den Plunder ganz im Stiche,
Um den es ihm zu tun. Er bringt Euch nach
Und nach doch drum. So wär' die Plackerei
Auf einmal aus. Ich schaff' Euch einen Delk.
Kommt! kommt!

NATHAN: Ich dächte zwar, das blieb' uns ja
Noch immer übrig. Doch, Al-Hafi, will
Ich's überlegen. Warte ...

AL-HAFI: Überlegen?
Nein, so was überlegt sich nicht.

NATHAN: Nur bis
Ich von dem Sultan wiederkomme; bis
Ich Abschied erst ...

AL-HAFI: Wer überlegt, der sucht

Bewegungsgründe, nicht zu dürfen. Wer
Sich Knall und Fall, ihm selbst zu leben, nicht
Entschließen kann, der lebet andrer Sklav'
Auf immer. – Wie Ihr wollt! – Lebt wohl! wie's Euch
Wohl dünkt. – Mein Weg liegt dort; und Eurer da.

NATHAN:

Al-Hafi! Du wirst selbst doch erst das Deine
Berichtigen?

AL-HAFI: Ach Possen! Der Bestand
Von meiner Kass' ist nicht des Zählens wert;
Und meine Rechnung bürgt – Ihr oder Sittah.
Lebt wohl! *(ab.)*

NATHAN *(ihm nachsehend)*:

                    Die bürg' ich! – Wilder, guter, edler
Wie nenn' ich ihn? – Der wahre Bettler ist
Doch einzig und allein der wahre König!

                    (von einer andern Seite ab.)

DRITTER AUFZUG

—

ERSTER AUFTRITT

Szene: in Nathans Hause

Recha und Daja

RECHA:

Wie, Daja, drückte sich mein Vater aus?
„Ich dürf' ihn jeden Augenblick erwarten?"
Das klingt – nicht wahr? – als ob er noch so bald
Erscheinen werde. – Wie viel Augenblicke
Sind aber schon vorbei! – Ah nun: wer denkt
An die verflossenen? – Ich will allein
In jedem nächsten Augenblicke leben.
Er wird doch einmal kommen, der ihn bringt.

DAJA:

O der verwünschten Botschaft von dem Sultan!
Denn Nathan hätte sicher ohne sie
Ihn gleich mit hergebracht.

RECHA: Und wenn er nun
Gekommen dieser Augenblick; wenn denn
Nun meiner Wünsche wärmster, innigster
Erfüllet ist: was dann? – was dann?

DAJA: Was dann?
Dann hoff' ich, daß auch meiner Wünsche wärmster
Soll in Erfüllung gehen.

RECHA: Was wird dann

In meiner Brust an dessen Stelle treten,
Die schon verlernt, ohn' einen herrschenden
Wunsch aller Wünsche sich zu dehnen? – Nichts?
Ah, ich erschrecke!...

DAJA: Mein, mein Wunsch wird dann
An des erfüllten Stelle treten; meiner.
Mein Wunsch, dich in Europa, dich in Händen
Zu wissen, welche deiner würdig sind.

RECHA:
Du irrst. – Was diesen Wunsch zu deinem macht,
Das nämliche verhindert, daß er meiner
Je werden kann. Dich zieht dein Vaterland:
Und meines, meines sollte mich nicht halten?
Ein Bild der Deinen, das in deiner Seele
Noch nicht verloschen, sollte mehr vermögen,
Als die ich sehn, und greifen kann, und hören,
Die Meinen?

DAJA: Sperre dich, so viel du willst!
Des Himmels Wege sind des Himmels Wege.
Und wenn es nun dein Retter selber wäre,
Durch den sein Gott, für den er kämpft, dich in
Das Land, dich zu dem Volke führen wollte,
Für welche du geboren wurdest?

RECHA: Daja!
Was sprichst du da nun wieder, liebe Daja!
Du hast doch wahrlich deine sonderbaren
Begriffe! „Sein, sein Gott! für den er kämpft!"
Wem eignet Gott? was ist das für ein Gott,
Der einem Menschen eignet? der für sich
Muß kämpfen lassen? – Und wie weiß
Man denn, für welchen Erdkloß man geboren,
Wenn man's für den nicht ist, auf welchem man
Geboren? – Wenn mein Vater dich so hörte! –
Was tat er dir, mir immer nur mein Glück
So weit von ihm als möglich vorzuspiegeln?

Was tat er dir, den Samen der Vernunft,
Den er so rein in meine Seele streute,
Mit deines Landes Unkraut oder Blumen
So gern zu mischen? – Liebe, liebe Daja,
Er will nun deine bunten Blumen nicht
Auf meinem Boden! – Und ich muß dir sagen,
Ich selber fühle meinen Boden, wenn
Sie noch so schön ihn kleiden, so entkräftet,
So ausgezehrt durch deine Blumen; fühle
In ihrem Dufte, sauersüßem Dufte,
Mich so betäubt, so schwindelnd! – Dein Gehirn
Ist dessen mehr gewohnt. Ich tadle drum
Die stärkern Nerven nicht, die ihn vertragen.
Nur schlägt er mir nicht zu; und schon dein Engel,
Wie wenig fehlte, daß er mich zur Närrin
Gemacht? – Noch schäm' ich mich vor meinem Vater
Der Posse!

DAJA: Posse! – Als ob der Verstand
Nur hier zu Hause wäre! Posse! Posse!
Wenn ich nur reden dürfte!

RECHA: Darfst du nicht?
Wenn war ich nicht ganz Ohr, so oft es dir
Gefiel, von deinen Glaubenshelden mich
Zu unterhalten? Hab' ich ihren Taten
Nicht stets Bewunderung; und ihren Leiden
Nicht immer Tränen gern gezollt? Ihr Glaube
Schien freilich mir das Heldenmäßigste
An ihnen nie. Doch so viel tröstender
War mir die Lehre, daß Ergebenheit
In Gott von unserm Wähnen über Gott
So ganz und gar nicht abhängt. – Liebe Daja,
Das hat mein Vater uns so oft gesagt;
Darüber hast du selbst mit ihm so oft
Dich einverstanden: warum untergräbst
Du denn allein, was du mit ihm zugleich

Gebauet? – Liebe Daja, das ist kein
Gespräch, womit wir unserm Freund am besten
Entgegen sehn. Für mich zwar, ja! Denn mir,
Mir liegt daran unendlich, ob auch er ...
Horch, Daja! – Kommt es nicht an unsre Türe?
Wenn er es wäre! horch!

ZWEITER AUFTRITT

Recha, Daja und der Tempelherr, dem jemand von außen die Türe öffnet,
mit den Worten:

Nur hier herein!

RECHA *(fährt zusammen, faßt sich, und will ihm zu Füßen fallen)*:
Er ist's! – Mein Retter, ah!

TEMPELHERR: Dies zu vermeiden
Erschien ich bloß so spät: und doch –

RECHA: Ich will
Ja zu den Füßen dieses stolzen Mannes
Nur Gott noch einmal danken; nicht dem Manne.
Der Mann will keinen Dank; will ihn so wenig
Als ihn der Wassereimer will, der bei
Dem Löschen so geschäftig sich erwiesen.
Der ließ sich füllen, ließ sich leeren, mir
Nichts, dir nichts: also auch der Mann. Auch der
Ward nun so in die Glut hineingestoßen;
Da fiel ich ungefähr ihm in den Arm;
Da blieb ich ungefähr, so wie ein Funken
Auf seinem Mantel, ihm in seinen Armen;
Bis wiederum, ich weiß nicht was, uns beide
Herausschmiß aus der Glut. – Was gibt es da
Zu danken? – In Europa treibt der Wein
Zu noch weit andern Taten. – Tempelherren,
Die müssen einmal nun so handeln; müssen
Wie etwas besser zugelernte Hunde,
Sowohl aus Feuer, als aus Wasser holen.

TEMPELHERR *(der sie mit Erstaunen und Unruhe die Zeit über betrachtet):*

O Daja, Daja! Wenn in Augenblicken
Des Kummers und der Galle, meine Laune
Dich übel anließ, warum jede Torheit,
Die meiner Zung' entfuhr, ihr hinterbringen?
Das hieß sich zu empfindlich rächen, Daja!
Doch wenn du nur von nun an, besser mich
Bei ihr vertreten willst.

DAJA: Ich denke, Ritter,
Ich denke nicht, daß diese kleinen Stacheln,
Ihr an das Herz geworfen, Euch da sehr
Geschadet haben.

RECHA: Wie? Ihr hattet Kummer?
Und wart mit Euerm Kummer geiziger
Als Euerm Leben?

TEMPELHERR: Gutes, holdes Kind! –
Wie ist doch meine Seele zwischen Auge
Und Ohr geteilt! – Das war das Mädchen nicht,
Nein, nein, das war es nicht, das aus dem Feuer
Ich holte. – Denn wer hätte die gekannt,
Und aus dem Feuer nicht geholt? Wer hätte
Auf mich gewartet? – Zwar – verstellt – der Schreck
(Pause, unter der er, in Anschauung ihrer, sich wie verliert.)

RECHA:

Ich aber find' Euch noch den nämlichen. –
(dergleichen; bis sie fortfährt, um ihn in seinem Anstaunen zu unterbrechen.)
Nun, Ritter, sagt uns doch, wo Ihr so lange
Gewesen? – Fast dürft' ich auch fragen: wo
Ihr itzo seid?

TEMPELHERR: Ich bin, – wo ich vielleicht
Nicht sollte sein. –

RECHA: Wo Ihr gewesen? – Auch
entstellt.

Wo Ihr vielleicht nicht solltet sein gewesen?
Das ist nicht gut.

TEMPELHERR: Auf – auf – wie heißt der Berg?
Auf Sinai.

RECHA: Auf Sinai? – Ah schön!
Nun kann ich zuverlässig doch einmal
Erfahren, ob es wahr ...

TEMPELHERR: Was? was? Ob's wahr,
Daß noch daselbst der Ort zu sehn, wo Moses
Vor Gott gestanden, als ...

RECHA: Nun das wohl nicht.
Denn wo er stand, stand er vor Gott. Und davon
Ist mir zur Gnüge schon bekannt. – Ob's wahr,
Möcht' ich nur gern von Euch erfahren, daß –
Daß es bei weitem nicht so mühsam sei,
Auf diesen Berg hinauf zu steigen, als
Herab? – Denn seht; so viel ich Berge noch
Gestiegen bin, war's just das Gegenteil. –
Nun, Ritter? – Was? – Ihr kehrt Euch von mir ab?
Wollt mich nicht sehn?

TEMPELHERR: Weil ich Euch hören will.

RECHA:

Weil Ihr mich nicht wollt merken lassen, daß
Ihr meiner Einfalt lächelt; daß Ihr lächelt,
Wie ich Euch doch so gar nichts Wichtigers
Von diesem heiligen Berg aller Berge
Zu fragen weiß? Nicht wahr?

TEMPELHERR: So muß
Ich doch Euch wieder in die Augen sehn. –
Was? Nun schlagt Ihr sie nieder? nun verbeißt
Das Lächeln Ihr? wie ich noch erst in Mienen,
In zweifelhaften Mienen lesen will,
Was ich so deutlich hör', Ihr so vernehmlich
Mir sagt – verschweigt? – Ah Recha! Recha! Wie
Hat er so wahr gesagt: „Kennt sie nur erst!"

RECHA:

    Wer hat? – von wem? – Euch das gesagt?

TEMPELHERR: „Kennt sie

    Nur erst!" hat Euer Vater mir gesagt;
    Von Euch gesagt.

DAJA: Und ich nicht etwa auch?

    Ich denn nicht auch?

TEMPELHERR: Allein wo ist er denn?

    Wo ist denn Euer Vater? Ist er noch
    Beim Sultan?

RECHA: Ohne Zweifel.

TEMPELHERR: Noch, noch da? –

    O mich Vergeßlichen! Nein, nein; da ist
    Er schwerlich mehr. – Er wird dort unten bei
    Dem Kloster meiner warten; ganz gewiß.
    So redten, mein' ich, wir es ab. Erlaubt!
    Ich geh', ich hol' ihn ...

DAJA: Das ist meine Sache.

    Bleibt, Ritter, bleibt. Ich bring' ihn unverzüglich.

TEMPELHERR:

    Nicht so, nicht so! Er sieht mir selbst entgegen;
    Nicht Euch. Dazu, er könnte leicht ... wer weiß? ...
    Er könnte bei dem Sultan leicht, ... Ihr kennt
    Den Sultan nicht! ... leicht in Verlegenheit
    Gekommen sein. – Glaubt mir; es hat Gefahr,
    Wenn ich nicht geh'.

RECHA: Gefahr? was für Gefahr?

TEMPELHERR:

    Gefahr für mich, für Euch, für ihn: wenn ich
    Nicht schleunig, schleunig geh'. *(ab.)*

DRITTER AUFTRITT

Recha und Daja

RECHA: Was ist das, Daja? –

    So schnell? – Was kömmt ihm an? Was fiel ihm auf?
    Was jagt ihn?

DAJA: Laßt nur, laßt. Ich denk', es ist
Kein schlimmes Zeichen.

RECHA: Zeichen? und wovon?

DAJA:
Daß etwas vorgeht innerhalb. Es kocht,
Und soll nicht überkochen. Laßt ihn nur.
Nun ist's an Euch.

RECHA: Was ist an mir? Du wirst,
Wie er, mir unbegreiflich.

DAJA: Bald nun könnt
Ihr ihm die Unruh' all vergelten, die
Er Euch gemacht hat. Seid nur aber auch
Nicht allzu streng, nicht allzu rachbegierig.

RECHA:
Wovon du sprichst, das magst du selber wissen.

DAJA:
Und seid denn Ihr bereits so ruhig wieder?

RECHA:
Das bin ich; ja das bin ich ...

DAJA: Wenigstens
Gesteht, daß Ihr Euch seiner Unruh' freut;
Und seiner Unruh' danket, was Ihr itzt
Von Ruh' genießt.

RECHA: Mir völlig unbewußt!
Denn was ich höchstens dir gestehen könnte,
Wär', daß es mich – mich selbst befremdet, wie
Auf einen solchen Sturm in meinem Herzen
So eine Stille plötzlich folgen können.
Sein voller Anblick, sein Gespräch, sein Tun
Hat mich ...

DAJA: Gesättigt schon?

RECHA: Gesättigt, will
Ich nun nicht sagen; nein – bei weitem nicht –

DAJA:
Den heißen Hunger nur gestillt.

RECHA: Nun ja;

Wenn du so willst.

DAJA: Ich eben nicht.

RECHA: Er wird

Mir ewig wert; mir ewig werter, als
Mein Leben bleiben: wenn auch schon mein Puls
Nicht mehr bei seinem bloßen Namen wechselt;
Nicht mehr mein Herz, so oft ich an ihn denke,
Geschwinder, stärker schlägt. – Was schwatz' ich? Komm,
Komm, liebe Daja, wieder an das Fenster,
Das auf die Palmen sieht.

DAJA: So ist er doch

Wohl noch nicht ganz gestillt, der heiße Hunger.

RECHA:

Nun werd' ich auch die Palmen wieder sehn:
Nicht ihn bloß untern Palmen.

DAJA: Diese Kälte

Beginnt auch wohl ein neues Fieber nur.

RECHA:

Was Kält'? Ich bin nicht kalt. Ich sehe wahrlich
Nicht minder gern, was ich mit Ruhe sehe.

VIERTER AUFTRITT

Szene: ein Audienzsaal in dem Palaste des Saladin
Saladin und Sittah

SALADIN *(im Hereintreten, gegen die Türe):*

Hier bringt den Juden her, so bald er kömmt.
Er scheint sich eben nicht zu übereilen.

SITTAH:

Er war auch wohl nicht bei der Hand; nicht gleich
Zu finden.

SALADIN: Schwester! Schwester!

SITTAH: Tust du doch

Als stünde dir ein Treffen vor.

SALADIN: Und das
   Mit Waffen, die ich nicht gelernt zu führen.
   Ich soll mich stellen; soll besorgen lassen;
   Soll Fallen legen; soll auf Glatteis führen.
   Wenn hätt' ich das gekonnt? Wo hätt' ich das
   Gelernt? – Und soll das alles, ah, wozu?
   Wozu? – Um Geld zu fischen; Geld! – Um Geld,
   Geld einem Juden abzubangen; Geld!
   Zu solchen kleinen Listen wär' ich endlich
   Gebracht, der Kleinigkeiten kleinste mir
   Zu schaffen?

SITTAH: Jede Kleinigkeit, zu sehr
   Verschmäht, die rächt sich, Bruder.

SALADIN: Leider wahr. –
   Und wenn nun dieser Jude gar der gute,
   Vernünftge Mann ist, wie der Derwisch dir
   Ihn ehedem beschrieben?

SITTAH: O nun dann!
   Was hat es dann für Not! Die Schlinge liegt
   Ja nur dem geizigen, besorglichen,
   Furchtsamen Juden: nicht dem guten, nicht
   Dem weisen Manne. Dieser ist ja so
   Schon unser, ohne Schlinge. Das Vergnügen
   Zu hören, wie ein solcher Mann sich ausredt;
   Mit welcher dreisten Stärk' entweder, er
   Die Stricke kurz zerreißet; oder auch
   Mit welcher schlauen Vorsicht er die Netze
   Vorbei sich windet: dies Vergnügen hast
   Du obendrein.

SALADIN: Nun, das ist wahr. Gewiß;
   Ich freue mich darauf.

SITTAH: So kann dich ja
   Auch weiter nichts verlegen machen. Denn
   Ist's einer aus der Menge bloß; ist's bloß
   Ein Jude, wie ein Jude: gegen den

Wirst du dich doch nicht schämen, so zu scheinen
Wie er die Menschen all sich denkt? Vielmehr;
Wer sich ihm besser zeigt, der zeigt sich ihm
Als Geck, als Narr.

SALADIN: So muß ich ja wohl gar
Schlecht handeln, daß von mir der Schlechte nicht
Schlecht denke?

SITTAH: Traun! wenn du schlecht handeln nennst,
Ein jedes Ding nach seiner Art zu brauchen.

SALADIN:

Was hätt' ein Weiberkopf erdacht, das er
Nicht zu beschönen wüßte!

SITTAH: Zu beschönen!

SALADIN:

Das feine, spitze Ding, besorg' ich nur,
In meiner plumpen Hand zerbricht! – So was
Will ausgeführt sein, wie's erfunden ist:
Mit aller Pfiffigkeit, Gewandtheit. – Doch,
Mag's doch nur, mag's! Ich tanze, wie ich kann;
Und könnt' es freilich, lieber – schlechter noch
Als besser.

SITTAH: Trau dir auch nur nicht zu wenig!
Ich stehe dir für dich! Wenn du nur willst. –
Daß uns die Männer deines gleichen doch
So gern bereden möchten, nur ihr Schwert,
Ihr Schwert nur habe sie so weit gebracht.
Der Löwe schämt sich freilich, wenn er mit
Dem Fuchse jagt: – des Fuchses, nicht der List.

SALADIN:

Und daß die Weiber doch so gern den Mann
Zu sich herunter hätten! – Geh nur, geh! –
Ich glaube meine Lektion zu können.

SITTAH:

Was? ich soll gehn?

SALADIN: Du wolltest doch nicht bleiben?

SITTAH:

Wenn auch nicht bleiben ... im Gesicht euch bleiben –
Doch hier im Nebenzimmer –

SALADIN: Da zu horchen?

Auch das nicht, Schwester; wenn ich soll bestehn. –
Fort, fort! der Vorhang rauscht; er kömmt! – doch daß
Du ja nicht da verweilst! Ich sehe nach.

*(indem sie sich durch die eine Türe entfernt, tritt Nathan zu der andern
herein; und Saladin hat sich gesetzt.)*

FÜNFTER AUFTRITT

Saladin und Nathan

SALADIN:

Tritt näher, Jude! – Näher! – Nur ganz her! –
Nur ohne Furcht!

NATHAN: Die bleibe deinem Feinde!

SALADIN:

Du nennst dich Nathan?

NATHAN: Ja.

SALADIN: Den weisen Nathan?

NATHAN: Nein.

SALADIN: Wohl! nennst du dich nicht; nennt dich das Volk.

NATHAN:

Kann sein; das Volk!

SALADIN: Du glaubst doch nicht, daß ich
Verächtlich von des Volkes Stimme denke? –
Ich habe längst gewünscht, den Mann zu kennen,
Den es den Weisen nennt.

NATHAN: Und wenn es ihn
Zum Spott so nennte? Wenn dem Volke weise
Nichts weiter wär' als klug? und klug nur der,
Der sich auf seinen Vorteil gut versteht?

SALADIN:

Auf seinen wahren Vorteil, meinst du doch?

NATHAN:

Dann freilich wär' der Eigennützigste

Der Klügste. Dann wär' freilich klug und weise
Nur eins.

SALADIN: Ich höre dich erweisen, was
Du widersprechen willst. – Des Menschen wahre
Vorteile, die das Volk nicht kennt, kennst du.
Hast du zu kennen wenigstens gesucht;
Hast drüber nachgedacht: das auch allein
Macht schon den Weisen.

NATHAN: Der sich jeder dünkt
Zu sein.

SALADIN: Nun der Bescheidenheit genug!
Denn sie nur immerdar zu hören, wo
Man trockene Vernunft erwartet, ekelt.
(er springt auf.)
Laß uns zur Sache kommen! Aber, aber
Aufrichtig, Jud', aufrichtig!

NATHAN: Sultan, ich
Will sicherlich dich so bedienen, daß
Ich deiner fernern Kundschaft würdig bleibe.

SALADIN:
Bedienen? wie?

NATHAN: Du sollst das Beste haben
Von allem; sollst es um den billigsten
Preis haben.

SALADIN: Wovon sprichst du? doch wohl nicht
Von deinen Waren? – Schachern wird mit dir
Schon meine Schwester. (Das der Horcherin!) –
Ich habe mit dem Kaufmann nichts zu tun.

NATHAN:
So wirst du ohne Zweifel wissen wollen,
Was ich auf meinem Wege von dem Feinde,
Der allerdings sich wieder regt, etwa
Bemerkt, getroffen? – Wenn ich unverhohlen ...

SALADIN:
Auch darauf bin ich eben nicht mit dir

Gesteuert. Davon weiß ich schon, so viel
Ich nötig habe. – Kurz; –

NATHAN: Gebiete, Sultan.

SALADIN:

Ich heische deinen Unterricht in ganz
Was anderm; ganz was anderm. – Da du nun
So weise bist: so sage mir doch einmal –
Was für ein Glaube, was für ein Gesetz
Hat dir am meisten eingeleuchtet?

NATHAN: Sultan,
Ich bin ein Jud'.

SALADIN: Und ich ein Muselmann.

Der Christ ist zwischen uns. – Von diesen drei
Religionen kann doch eine nur
Die wahre sein. – Ein Mann, wie du, bleibt da
Nicht stehen, wo der Zufall der Geburt
Ihn hingeworfen: oder wenn er bleibt,
Bleibt er aus Einsicht, Gründen, Wahl des Bessern.
Wohlan! so teile deine Einsicht mir
Dann mit. Laß mich die Gründe hören, denen
Ich selber nachzugrübeln, nicht die Zeit
Gehabt. Laß mich die Wahl, die diese Gründe
Bestimmt, – versteht sich, im Vertrauen – wissen,
Damit ich sie zu meiner mache. – Wie?
Du stutzest? wägst mich mit dem Auge? – Kann
Wohl sein, daß ich der erste Sultan bin,
Der eine solche Grille hat; die mich
Doch eines Sultans eben nicht so ganz
Unwürdig dünkt – Nicht wahr? – So rede doch!
Sprich! – Oder willst du einen Augenblick,
Dich zu bedenken? Gut; ich geb' ihn dir. –
(Ob sie wohl horcht? Ich will sie doch belauschen;
Will hören ob ich's recht gemacht. –) Denk nach!
Geschwind denk nach! Ich säume nicht, zurück
Zu kommen. *(er geht in das Nebenzimmer, nach welchem sich Sittah begeben.)*

SECHSTER AUFTRITT

Nathan allein

NATHAN:　　　　Hm! hm! – wunderlich! – Wie ist
Mir denn? – Was will der Sultan? was? – Ich bin
Auf Geld gefaßt; und er will – Wahrheit. Wahrheit!
Und will sie so, – so bar, so blank, – als ob
Die Wahrheit Münze wäre! – Ja, wenn noch
Uralte Münze, die gewogen ward! –
Das ginge noch! Allein so neue Münze,
Die nur der Stempel macht, die man aufs Brett
Nur zählen darf, das ist sie doch nun nicht!
Wie Geld in Sack, so striche man in Kopf
Auch Wahrheit ein? Wer ist denn hier der Jude?
Ich oder er? – Doch wie? Sollt' er auch wohl
Die Wahrheit nicht in Wahrheit fodern? – Zwar,
Zwar der Verdacht, daß er die Wahrheit nur
Als Falle brauche, wär' auch gar zu klein! –
Zu klein? – Was ist für einen Großen denn
Zu klein? – Gewiß, gewiß: er stürzte mit
Der Türe so ins Haus! Man pocht doch, hört
Doch erst, wenn man als Freund sich naht. – Ich muß
Behutsam gehn! – Und wie? wie das? – So ganz
Stockjude sein zu wollen, geht schon nicht. –
Und ganz und gar nicht Jude, geht noch minder.
Denn, wenn kein Jude, dürft' er mich nur fragen,
Warum kein Muselmann? – Das war's! Das kann
Mich retten! – Nicht die Kinder bloß, speist man
Mit Märchen ab. – Er kömmt. Er komme nur!

SIEBENTER AUFTRITT

Saladin und Nathan

SALADIN:

(So ist das Feld hier rein!) – Ich komm' dir doch
Nicht zu geschwind zurück? Du bist zu Rande

Mit deiner Überlegung. – Nun so rede!
Es hört uns keine Seele.

NATHAN: Möcht' auch doch
Die ganze Welt uns hören.

SALADIN: So gewiß
Ist Nathan seiner Sache? Ha! das nenn'
Ich einen Weisen! Nie die Wahrheit zu
Verhehlen! für sie alles auf das Spiel
Zu setzen! Leib und Leben! Gut und Blut!

NATHAN:
Ja! ja! wann's nötig ist und nutzt.

SALADIN: Von nun
An darf ich hoffen, einen meiner Titel,
Verbesserer der Welt und des Gesetzes,
Mit Recht zu führen.

NATHAN: Traun, ein schöner Titel!
Doch, Sultan, eh ich mich dir ganz vertraue,
Erlaubst du wohl, dir ein Geschichtchen zu
Erzählen?

SALADIN: Warum das nicht? Ich bin stets
Ein Freund gewesen von Geschichtchen, gut
Erzählt.

NATHAN: Ja, gut erzählen, das ist nun
Wohl eben meine Sache nicht.

SALADIN: Schon wieder
So stolz bescheiden? – Mach! erzähl, erzähle!

NATHAN:
Vor grauen Jahren lebt' ein Mann in Osten,
Der einen Ring von unschätzbarem Wert
Aus lieber Hand besaß. Der Stein war ein
Opal, der hundert schöne Farben spielte,
Und hatte die geheime Kraft, vor Gott
Und Menschen angenehm zu machen, wer
In dieser Zuversicht ihn trug. Was Wunder,
Daß ihn der Mann in Osten darum nie
Vom Finger ließ; und die Verfügung traf,

Auf ewig ihn bei seinem Hause zu
Erhalten? Nämlich so. Er ließ den Ring
Von seinen Söhnen dem geliebtesten;
Und setzte fest, daß dieser wiederum
Den Ring von seinen Söhnen dem vermache,
Der ihm der liebste sei; und stets der liebste,
Ohn' Ansehn der Geburt, in Kraft allein
Des Rings, das Haupt, der Fürst des Hauses werde. –
Versteh mich, Sultan.

SALADIN: Ich versteh' dich. Weiter!

NATHAN:

So kam nun dieser Ring, von Sohn zu Sohn,
Auf einen Vater endlich von drei Söhnen;
Die alle drei ihm gleich gehorsam waren,
Die alle drei er folglich gleich zu lieben
Sich nicht entbrechen konnte. Nur von Zeit
Zu Zeit schien ihm bald der, bald dieser, bald
Der dritte, – so wie jeder sich mit ihm
Allein befand, und sein ergießend Herz
Die andern zwei nicht teilten, – würdiger
Des Ringes; den er denn auch einem jeden
Die fromme Schwachheit hatte, zu versprechen.
Das ging nun so, solang es ging. – Allein
Es kam zum Sterben, und der gute Vater
Kömmt in Verlegenheit. Es schmerzt ihn, zwei
Von seinen Söhnen, die sich auf sein Wort
Verlassen, so zu kränken. – Was zu tun? –
Er sendet in geheim zu einem Künstler,
Bei dem er, nach dem Muster seines Ringes,
Zwei andere bestellt, und weder Kosten
Noch Mühe sparen heißt, sie jenem gleich,
Vollkommen gleich zu machen. Das gelingt
Dem Künstler. Da er ihm die Ringe bringt,
Kann selbst der Vater seinen Musterring
Nicht unterscheiden. Froh und freudig ruft
Er seine Söhne, jeden ins besondre;

Gibt jedem ins besondre seinen Segen, –
Und seinen Ring, – und stirbt. – Du hörst doch, Sultan?

SALADIN *(der sich betroffen von ihm gewandt)*:

Ich hör', ich höre! – Komm mit deinem Märchen
Nur bald zu Ende. – Wird's?

NATHAN: Ich bin zu Ende.

Denn was noch folgt, versteht sich ja von selbst. –
Kaum war der Vater tot, so kömmt ein jeder
Mit seinem Ring, und jeder will der Fürst
Des Hauses sein. Man untersucht, man zankt,
Man klagt. Umsonst; der rechte Ring war nicht
Erweislich; –

(nach einer Pause, in welcher er des Sultans Antwort erwartet.)

                      Fast so unerweislich, als
Uns itzt – der rechte Glaube.

SALADIN: Wie? das soll
Die Antwort sein auf meine Frage?...

NATHAN: Soll

Mich bloß entschuldigen, wenn ich die Ringe,
Mir nicht getrau' zu unterscheiden, die
Der Vater in der Absicht machen ließ,
Damit sie nicht zu unterscheiden wären.

SALADIN:

Die Ringe! – Spiele nicht mit mir! – Ich dächte,
Daß die Religionen, die ich dir
Genannt, doch wohl zu unterscheiden wären.
Bis auf die Kleidung; bis auf Speis' und Trank!

NATHAN:

Und nur von Seiten ihrer Gründe nicht. –
Denn gründen alle sich nicht auf Geschichte?
Geschrieben oder überliefert! – Und
Geschichte muß doch wohl allein auf Treu
Und Glauben angenommen werden? – Nicht? –
Nun wessen Treu und Glauben zieht man denn
Am wenigsten in Zweifel? Doch der Seinen?
Doch deren Blut wir sind? doch deren, die

Von Kindheit an uns Proben ihrer Liebe
Gegeben? die uns nie getäuscht, als wo
Getäuscht zu werden uns heilsamer war? –
Wie kann ich meinen Vätern weniger,
Als du den deinen glauben? Oder umgekehrt. –
Kann ich von dir verlangen, daß du deine
Vorfahren Lügen strafst, um meinen nicht
Zu widersprechen? Oder umgekehrt.
Das nämliche gilt von den Christen. Nicht? –

SALADIN:

(Bei dem Lebendigen! Der Mann hat Recht.
Ich muß verstummen.)

NATHAN: Laß auf unsre Ring'
Uns wieder kommen. Wie gesagt: die Söhne
Verklagten sich; und jeder schwur dem Richter,
Unmittelbar aus seines Vaters Hand
Den Ring zu haben. – Wie auch wahr! – Nachdem
Er von ihm lange das Versprechen schon
Gehabt, des Ringes Vorrecht einmal zu
Genießen. – Wie nicht minder wahr! – Der Vater,
Beteu'rte jeder, könne gegen ihn
Nicht falsch gewesen sein; und eh' er dieses
Von ihm, von einem solchen lieben Vater,
Argwohnen lass': eh' müss' er seine Brüder,
So gern er sonst von ihnen nur das Beste
Bereit zu glauben sei, des falschen Spiels
Bezeihen; und er wolle die Verräter
Schon auszufinden wissen; sich schon rächen.

SALADIN:

Und nun, der Richter? – Mich verlangt zu hören,
Was du den Richter sagen lässest. Sprich!

NATHAN:

Der Richter sprach: wenn ihr mir nun den Vater
Nicht bald zur Stelle schafft, so weis' ich euch
Von meinem Stuhle. Denkt ihr, daß ich Rätsel
Zu lösen da bin? Oder harret ihr,

Bis daß der rechte Ring den Mund eröffne? –
Doch halt! Ich höre ja, der rechte Ring
Besitzt die Wunderkraft beliebt zu machen;
Vor Gott und Menschen angenehm. Das muß
Entscheiden! Denn die falschen Ringe werden
Doch das nicht können! – Nun; wen lieben zwei
Von euch am meisten? – Macht, sagt an! Ihr schweigt?
Die Ringe wirken nur zurück? und nicht
Nach außen? Jeder liebt sich selber nur
Am meisten? – O so seid ihr alle drei
Betrogene Betrieger! Eure Ringe
Sind alle drei nicht echt. Der echte Ring
Vermutlich ging verloren. Den Verlust
Zu bergen, zu ersetzen, ließ der Vater
Die drei für einen machen.

SALADIN: Herrlich! herrlich!

NATHAN:

Und also; fuhr der Richter fort, wenn ihr
Nicht meinen Rat, statt meines Spruches, wollt:
Geht nur! – Mein Rat ist aber der: ihr nehmt
Die Sache völlig wie sie liegt. Hat von
Euch jeder seinen Ring von seinem Vater:
So glaube jeder sicher seinen Ring
Den echten. – Möglich; daß der Vater nun
Die Tyrannei des einen Rings nicht länger
In seinem Hause dulden wollen! – Und gewiß;
Daß er euch alle drei geliebt, und gleich
Geliebt: indem er zwei nicht drücken mögen,
Um einen zu begünstigen. – Wohlan!
Es eifre jeder seiner unbestochnen
Von Vorurteilen freien Liebe nach!
Es strebe von euch jeder um die Wette,
Die Kraft des Steins in seinem Ring' an Tag
Zu legen! komme dieser Kraft mit Sanftmut,
Mit herzlicher Verträglichkeit, mit Wohltun,
Mit innigster Ergebenheit in Gott,

Zu Hülf'! Und wenn sich dann der Steine Kräfte
Bei euern Kindes-Kindeskindern äußern:
So lad' ich über tausend tausend Jahre,
Sie wiederum vor diesen Stuhl. Da wird
Ein weisrer Mann auf diesem Stuhle sitzen,
Als ich; und sprechen. Geht! – So sagte der
Bescheidne Richter.

SALADIN: Gott! Gott!

NATHAN: Saladin,
Wenn du dich fühlest, dieser weisere
Versprochne Mann zu sein:...

SALADIN *(der auf ihn zustürzt und seine Hand ergreift, die er bis zu Ende nicht*
wieder fahren läßt):   Ich Staub? Ich Nichts?
O Gott!   *ruhex twd.*

NATHAN: Was ist dir, Sultan?

SALADIN: Nathan, lieber Nathan! –
Die tausend tausend Jahre deines Richters
Sind noch nicht um. – Sein Richterstuhl ist nicht
Der meine. – Geh! – Geh! – Aber sei mein Freund.

NATHAN:
Und weiter hätte Saladin mir nichts
Zu sagen?

SALADIN: Nichts.

NATHAN: Nichts?

SALADIN: Gar nichts. – Und warum?

NATHAN:
Ich hätte noch Gelegenheit gewünscht,
Dir eine Bitte vorzutragen.

SALADIN: Braucht's
Gelegenheit zu einer Bitte? – Rede!

NATHAN:
Ich komm' von einer weiten Reis', auf welcher
Ich Schulden eingetrieben. – Fast hab' ich
Des baren Gelds zu viel. – Die Zeit beginnt
Bedenklich wiederum zu werden; – und
Ich weiß nicht recht, wo sicher damit hin. –

stark Eindruck an Sultu

Da dacht' ich, ob nicht du vielleicht, – weil doch
Ein naher Krieg des Geldes immer mehr
Erfodert, – etwas brauchen könntest.

SALADIN *(ihm steif in die Augen sehend)*:   Nathan! –
Ich will nicht fragen, ob Al-Hafi schon
Bei dir gewesen; – will nicht untersuchen,
Ob dich nicht sonst ein Argwohn treibt, mir dieses
Erbieten freier Dings zu tun: ...

NATHAN: Ein Argwohn?

SALADIN:
Ich bin ihn wert. – Verzeih mir! – denn was hilft's?
Ich muß dir nur gestehen, – daß ich im
Begriffe war –

NATHAN: Doch nicht, das Nämliche
An mich zu suchen?

SALADIN: Allerdings.

NATHAN: So wär'
Uns beiden ja geholfen! – Daß ich aber
Dir alle meine Barschaft nicht kann schicken,
Das macht der junge Tempelherr. – Du kennst
Ihn ja. – Ihm hab' ich eine große Post
Vorher noch zu bezahlen.

SALADIN: Tempelherr?
Du wirst doch meine schlimmsten Feinde nicht
Mit deinem Geld auch unterstützen wollen?

NATHAN:
Ich spreche von dem einen nur, dem du
Das Leben spartest ...

SALADIN: Ah! woran erinnerst
Du mich! – Hab' ich doch diesen Jüngling ganz
Vergessen! – Kennst du ihn? – Wo ist er?

NATHAN: Wie?
So weißt du nicht, wie viel von deiner Gnade
Für ihn, durch ihn auf mich geflossen? Er,

Er mit Gefahr des neu erhaltnen Lebens,
Hat meine Tochter aus dem Feu'r gerettet.

SALADIN:

Er? Hat er das? – Ha! darnach sah er aus.
Das hätte traun mein Bruder auch getan,
Dem er so ähnelt! – Ist er denn noch hier?
So bring ihn her! – Ich habe meiner Schwester
Von diesem ihren Bruder, den sie nicht
Gekannt, so viel erzählet, daß ich sie
Sein Ebenbild doch auch muß sehen lassen! –
Geh, hol ihn! – Wie aus einer guten Tat,
Gebar sie auch schon bloße Leidenschaft,
Doch so viel andre gute Taten fließen!
Geh, hol ihn!

NATHAN *(indem er Saladins Hand fahren läßt)*:

                Augenblicks! Und bei dem andern
Bleibt es doch auch? *(ab.)*

SALADIN: Ah! daß ich meine Schwester
Nicht horchen lassen! – Zu ihr! zu ihr! – Denn
Wie soll ich alles das ihr nun erzählen? *(ab von der andern
Seite.)*

ACHTER AUFTRITT

*Die Szene: unter den Palmen, in der Nähe des Klosters,
wo der Tempelherr Nathans wartet*

TEMPELHERR *(geht, mit sich selbst kämpfend, auf und ab; bis er losbricht)*:
– Hier hält das Opfertier ermüdet still. –
Nun gut! Ich mag nicht, mag nicht näher wissen,
Was in mir vorgeht; mag voraus nicht wittern,
Was vorgehn wird. – Genug, ich bin umsonst
Geflohn! umsonst. – Und weiter konnt' ich doch
Auch nichts, als fliehn! – Nun komm', was kommen soll! –
Ihm auszubeugen, war der Streich zu schnell
Gefallen; unter den zu kommen, ich
So lang und viel mich weigerte. – Sie sehn,

Die ich zu sehn so wenig lüstern war, –
Sie sehn, und der Entschluß, sie wieder aus
Den Augen nie zu lassen – Was Entschluß?
Entschluß ist Vorsatz, Tat: und ich, ich litt',
Ich litte bloß. – Sie sehn, und das Gefühl,
An sie verstrickt, in sie verwebt zu sein,
War eins. – Bleibt eins. – Von ihr getrennt
Zu leben, ist mir ganz undenkbar; wär'
Mein Tod, – und wo wir immer nach dem Tode
Noch sind, auch da mein Tod. – Ist das nun Liebe:
So – liebt der Tempelritter freilich, – liebt
Der Christ das Judenmädchen freilich. – Hm!
Was tut's? – Ich hab' in dem gelobten Lande, –
Und drum auch mir gelobt auf immerdar! –
Der Vorurteile mehr schon abgelegt. –
Was will mein Orden auch? Ich Tempelherr
Bin tot; war von dem Augenblick ihm tot,
Der mich zu Saladins Gefangnen machte.
Der Kopf, den Saladin mir schenkte, wär'
Mein alter? – Ist ein neuer; der von allem
Nichts weiß, was jenem eingeplaudert ward,
Was jenen band. – Und ist ein beßrer; für
Den väterlichen Himmel mehr gemacht.
Das spür' ich ja. Denn erst mit ihm beginn'
Ich so zu denken, wie mein Vater hier
Gedacht muß haben; wenn man Märchen nicht
Von ihm mir vorgelogen. – Märchen? – doch
Ganz glaubliche; die glaublicher mir nie,
Als itzt geschienen, da ich nur Gefahr
Zu straucheln laufe, wo er fiel. – Er fiel?
Ich will mit Männern lieber fallen, als
Mit Kindern stehn. – Sein Beispiel bürget mir
Für seinen Beifall. Und an wessen Beifall
Liegt mir denn sonst? – An Nathans? – O an dessen
Ermuntrung mehr, als Beifall, kann es mir
Noch weniger gebrechen. – Welch ein Jude! –

Und der so ganz nur Jude scheinen will!
Da kömmt er; kömmt mit Hast; glüht heitre Freude.
Wer kam vom Saladin je anders? – He!
He, Nathan!

noch Vorurteile

NEUNTER AUFTRITT

Nathan und der Tempelherr

NATHAN: Wie? seid Ihr's?

TEMPELHERR: Ihr habt
Sehr lang' Euch bei dem Sultan aufgehalten.

NATHAN:
So lange nun wohl nicht. Ich ward im Hingehn
Zu viel verweilt. – Ah, wahrlich, Curd; der Mann
Steht seinen Ruhm. Sein Ruhm ist bloß sein Schatten. –
Doch laßt vor allen Dingen Euch geschwind
Nur sagen ...

TEMPELHERR: Was?

NATHAN: Er will Euch sprechen; will,
Daß ungesäumt Ihr zu ihm kommt. Begleitet
Mich nur nach Hause, wo ich noch für ihn
Erst etwas anders zu verfügen habe:
Und dann, so gehn wir.

TEMPELHERR: Nathan, Euer Haus
Betret' ich wieder eher nicht ...

NATHAN: So seid
Ihr doch indes schon da gewesen? habt
Indes sie doch gesprochen? – Nun? – Sagt: wie
Gefällt Euch Recha?

TEMPELHERR: Über allen Ausdruck! –
Allein, – sie wiedersehn – das werd' ich nie!
Nie! nie! – Ihr müßtet mir zur Stelle denn
Versprechen: – daß ich sie auf immer, immer –
Soll können sehn.

NATHAN: Wie wollt Ihr, daß ich das
Versteh'?

TEMPELHERR *(nach einer kurzen Pause ihm plötzlich um den Hals fallend)*:

    Mein Vater!

NATHAN: – Junger Mann!

TEMPELHERR *(ihn ebenso plötzlich wieder lassend)*:   Nicht Sohn? –

    Ich bitt' Euch, Nathan! –

NATHAN: Lieber junger Mann!

TEMPELHERR:

    Nicht Sohn? – Ich bitt' Euch, Nathan! – Ich beschwör'
    Euch bei den ersten Banden der Natur! –
    Zieht ihnen spätre Fesseln doch nicht vor! –
    Begnügt Euch doch ein Mensch zu sein! – Stoßt mich
    Nicht von Euch!

NATHAN: Lieber, lieber Freund!...

TEMPELHERR: Und Sohn?

    Sohn nicht? – Auch dann nicht, dann nicht einmal, wenn
    Erkenntlichkeit zum Herzen Eurer Tochter
    Der Liebe schon den Weg gebahnet hätte?
    Auch dann nicht einmal, wenn in eins zu schmelzen
    Auf Euern Wink nur beide warteten? –
    Ihr schweigt?

NATHAN: Ihr überrascht mich, junger Ritter.

TEMPELHERR:

    Ich überrasch' Euch? – überrasch' Euch, Nathan,
    Mit Euern eigenen Gedanken? – Ihr
    Verkennt sie doch in meinem Munde nicht? –
    Ich überrasch' Euch?

NATHAN: Eh ich einmal weiß,

    Was für ein Stauffen Euer Vater denn
    Gewesen ist!

TEMPELHERR: Was sagt Ihr, Nathan? was? –

    In diesem Augenblicke fühlt Ihr nichts,
    Als Neubegier?

NATHAN: Denn seht! Ich habe selbst

    Wohl einen Stauffen ehedem gekannt,
    Der Conrad hieß.

TEMPELHERR: Nun, – wenn mein Vater denn
Nun ebenso geheißen hätte?

NATHAN: Wahrlich?

TEMPELHERR:
Ich heiße selber ja nach meinem Vater: Curd
Ist Conrad.

NATHAN: Nun – so war mein Conrad doch
Nicht Euer Vater. Denn mein Conrad war,
Was Ihr; war Tempelherr; war nie vermählt.

TEMPELHERR:
O darum!

NATHAN: Wie?

TEMPELHERR: O darum könnt' er doch
Mein Vater wohl gewesen sein.

NATHAN: Ihr scherzt.

TEMPELHERR:
Und Ihr nehmt's wahrlich zu genau! – Was wär's
Denn nun? So was von Bastard oder Bankert!
Der Schlag ist auch nicht zu verachten. – Doch
Entlaßt mich immer meiner Ahnenprobe.
Ich will Euch Eurer wiederum entlassen.
Nicht zwar, als ob ich den geringsten Zweifel
In Euern Stammbaum setzte. Gott behüte!
Ihr könnt ihn Blatt vor Blatt bis Abraham
Hinauf belegen. Und von da so weiter,
Weiß ich ihn selbst; will ich ihn selbst beschwören.

NATHAN:
Ihr werdet bitter. – Doch verdien' ich's? – Schlug
Ich denn Euch schon was ab? – Ich will Euch ja
Nur bei dem Worte nicht den Augenblick
So fassen. – Weiter nichts.

TEMPELHERR: Gewiß? – Nichts weiter?
O so vergebt!...

NATHAN: Nun kommt nur, kommt!

TEMPELHERR: Wohin?

Nein! – Mit in Euer Haus? – Das nicht! das nicht! –
Da brennt's! – Ich will Euch hier erwarten. Geht! –
Soll ich sie wiedersehn: so seh' ich sie
Noch oft genug. Wo nicht; so sah ich sie
Schon viel zu viel ...

NATHAN: Ich will mich möglichst eilen.

ZEHNTER AUFTRITT

Der Tempelherr, und bald darauf Daja

TEMPELHERR:

Schon mehr als gnug! – Des Menschen Hirn faßt so
Unendlich viel; und ist doch manchmal auch
So plötzlich voll! von einer Kleinigkeit
So plötzlich voll! – Taugt nichts, taugt nichts; es sei
Auch voll, wovon es will. – Doch nur Geduld!
Die Seele wirkt den aufgedunsnen Stoff
Bald in einander, schafft sich Raum, und Licht
Und Ordnung kommen wieder. – Lieb' ich denn
Zum erstenmale? – Oder war, was ich
Als Liebe kenne, Liebe nicht? – Ist Liebe
Nur was ich itzt empfinde? ...

DAJA *(die sich von der Seite herbeigeschlichen)*: Ritter! Ritter!

TEMPELHERR:

Wer ruft? – Ha, Daja, Ihr?

DAJA: Ich habe mich
Bei ihm vorbei geschlichen. Aber noch
Könnt' er uns sehn, wo Ihr da steht. – Drum kommt
Doch näher zu mir, hinter diesen Baum.

TEMPELHERR:

Was gibt's denn? – So geheimnisvoll? Was ist's?

DAJA:

Ja wohl betrifft es ein Geheimnis, was
Mich zu Euch bringt; und zwar ein doppeltes.
Das eine weiß nur ich; das andre wißt
Nur Ihr. – Wie wär' es, wenn wir tauschten?

Vertraut mir Euers: so vertrau' ich Euch
Das Meine.

TEMPELHERR: Mit Vergnügen. – Wenn ich nur
Erst weiß, was Ihr für Meines achtet. Doch
Das wird aus Euerm wohl erhellen. – Fangt
Nur immer an.

DAJA: Ei denkt doch! – Nein, Herr Ritter:
Erst Ihr; ich folge. – Denn versichert, mein
Geheimnis kann Euch gar nichts nutzen, wenn
Ich nicht zuvor das Eure habe. – Nur
Geschwind! – Denn frag' ich's Euch erst ab: so habt
Ihr nichts vertrauet. Mein Geheimnis dann
Bleibt mein Geheimnis; und das Eure seid
Ihr los. – Doch armer Ritter! – Daß ihr Männer
Ein solch Geheimnis vor uns Weibern haben
Zu können, auch nur glaubt!

TEMPELHERR: Das wir zu haben
Oft selbst nicht wissen.

DAJA: Kann wohl sein. Drum muß
Ich freilich erst, Euch selbst damit bekannt
Zu machen, schon die Freundschaft haben. – Sagt:
Was hieß denn das, daß Ihr so Knall und Fall
Euch aus dem Staube machtet? daß Ihr uns
So sitzen ließet? – daß Ihr nun mit Nathan
Nicht wiederkömmt? – Hat Recha denn so wenig
Auf Euch gewirkt? wie? oder auch, so viel? –
So viel! so viel! – Lehrt Ihr des armen Vogels,
Der an der Rute klebt, Geflattre mich
Doch kennen! – Kurz: gesteht es mir nur gleich,
Daß Ihr sie liebt, liebt bis zum Unsinn; und
Ich sag' Euch was...

TEMPELHERR: Zum Unsinn? Wahrlich; Ihr
Versteht Euch trefflich drauf.

DAJA: Nun gebt mir nur
Die Liebe zu; den Unsinn will ich Euch
Erlassen.

TEMPELHERR: Weil er sich von selbst versteht? –
      Ein Tempelherr ein Judenmädchen lieben! ...
DAJA:
      Scheint freilich wenig Sinn zu haben. – Doch
      Zuweilen ist des Sinns in einer Sache
      Auch mehr, als wir vermuten; und es wäre
      So unerhört doch nicht, daß uns der Heiland
      Auf Wegen zu sich zöge, die der Kluge
      Von selbst nicht leicht betreten würde.
TEMPELHERR: Das
      So feierlich? – (Und setz' ich statt des Heilands
      Die Vorsicht: hat sie denn nicht recht? –) Ihr macht
      Mich neubegieriger, als ich wohl sonst
      Zu sein gewohnt bin.
DAJA: O! das ist das Land
      Der Wunder!
TEMPELHERR: (Nun! – des Wunderbaren. Kann
      Es auch wohl anders sein? Die ganze Welt
      Drängt sich ja hier zusammen.) – Liebe Daja,
      Nehmt für gestanden an, was Ihr verlangt:
      Daß ich sie liebe; daß ich nicht begreife,
      Wie ohne sie ich leben werde; daß ...
DAJA:
      Gewiß? gewiß? – So schwört mir, Ritter, sie
      Zur Eurigen zu.machen; sie zu retten;
      Sie zeitlich hier, sie ewig dort zu retten.
TEMPELHERR:
      Und wie? – Wie kann ich? – Kann ich schwören, was
      In meiner Macht nicht steht?
DAJA: In Eurer Macht
      Steht es. Ich bring' es durch ein einzig Wort
      In Eure Macht.
TEMPELHERR: Daß selbst der Vater nichts
      Dawider hätte?
DAJA: Ei, was Vater! Vater!
      Der Vater soll schon müssen.

TEMPELHERR: Müssen, Daja? –
Noch ist er unter Räuber nicht gefallen. –
Er muß nicht müssen.

DAJA: Nun, so muß er wollen;
Muß gern am Ende wollen.

TEMPELHERR: Muß und gern! –
Doch, Daja, wenn ich Euch nun sage, daß
Ich selber diese Sait' ihm anzuschlagen
Bereits versucht?

DAJA: Was? und er fiel nicht ein?

TEMPELHERR:

Er fiel mit einem Mißlaut ein, der mich –
Beleidigte.

DAJA: Was sagt Ihr? – Wie? Ihr hättet
Den Schatten eines Wunsches nur nach Recha
Ihm blicken lassen: und er wär' vor Freuden
Nicht aufgesprungen? hätte frostig sich
Zurückgezogen? hätte Schwierigkeiten
Gemacht?

TEMPELHERR: So ungefähr.

DAJA: So will ich denn
Mich länger keinen Augenblick bedenken – *(Pause.)*

TEMPELHERR:

Und Ihr bedenkt Euch doch?

DAJA: Der Mann ist sonst
So gut! – Ich selber bin so viel ihm schuldig! –
Daß er doch gar nicht hören will! – Gott weiß,
Das Herze blutet mir, ihn so zu zwingen.

TEMPELHERR:

Ich bitt' Euch, Daja, setzt mich kurz und gut
Aus dieser Ungewißheit. Seid Ihr aber
Noch selber ungewiß; ob, was Ihr vorhabt,
Gut oder böse, schändlich oder löblich
Zu nennen: – schweigt! Ich will vergessen, daß
Ihr etwas zu verschweigen habt.

DAJA: Das spornt

Anstatt zu halten. Nun; so wißt denn: Recha
Ist keine Jüdin; ist – ist eine Christin.

TEMPELHERR *(kalt)*:

So? Wünsch' Euch Glück! Hat's schwer gehalten? Laßt
Euch nicht die Wehen schrecken! – Fahret ja
Mit Eifer fort, den Himmel zu bevölkern;
Wenn Ihr die Erde nicht mehr könnt!

DAJA: Wie, Ritter?

Verdienet meine Nachricht diesen Spott?
Daß Recha eine Christin ist: das freuet
Euch, einen Christen, einen Tempelherrn
Der Ihr sie liebt, nicht mehr?

TEMPELHERR: Besonders, da

Sie eine Christin ist von Eurer Mache.

DAJA:

Ah! so versteht Ihr's? So mag's gelten! – Nein!
Den will ich sehn, der die bekehren soll!
Ihr Glück ist, längst zu sein, was sie zu werden
Verdorben ist.

TEMPELHERR: Erklärt Euch, oder – geht!

DAJA:

Sie ist ein Christenkind; von Christeneltern
Geboren; ist getauft...

TEMPELHERR *(hastig)*:   Und Nathan?

DAJA: Nicht

Ihr Vater!

TEMPELHERR: Nathan nicht-ihr Vater? – Wißt
Ihr, was Ihr sagt?

DAJA: Die Wahrheit, die so oft
Mich blutge Tränen weinen machen – Nein,
Er ist ihr Vater nicht...

TEMPELHERR: Und hätte sie,
Als seine Tochter nur erzogen hätte
Das Christenkind als eine Jüdin sich
Erzogen?

DAJA: Ganz gewiß.

TEMPELHERR: Sie wüßte nicht,
Was sie geboren sei? – Sie hätt' es nie
Von ihm erfahren, daß sie eine Christin
Geboren sei, und keine Jüdin?

DAJA: Nie!

TEMPELHERR:
Er hätt' in diesem Wahne nicht das Kind
Bloß auferzogen? ließ das Mädchen noch
In diesem Wahne?

DAJA: Leider!

TEMPELHERR: Nathan – Wie? –
Der weise gute Nathan hätte sich
Erlaubt, die Stimme der Natur so zu
Verfälschen? – Die Ergießung eines Herzens
So zu verlenken, die, sich selbst gelassen,
Ganz andre Wege nehmen würde? – Daja,
Ihr habt mir allerdings etwas vertraut –
Von Wichtigkeit, – was Folgen haben kann, –
Was mich verwirrt, – worauf ich gleich nicht weiß,
Was mir zu tun. – Drum laßt mir Zeit. – Drum geht!
Er kömmt hier wiederum vorbei. Er möcht'
Uns überfallen. Geht!

DAJA: Ich wär' des Todes!

TEMPELHERR:
Ich bin ihn itzt zu sprechen ganz und gar
Nicht fähig. Wenn Ihr ihm begegnet, sagt
Ihm nur, daß wir einander bei dem Sultan
Schon finden würden.

DAJA: Aber laßt Euch ja
Nichts merken gegen ihn. – Das soll nur so
Den letzten Druck dem Dinge geben; soll
Euch, Rechas wegen, alle Skrupel nur
Benehmen! – Wenn Ihr aber dann, sie nach
Europa führt: so laßt Ihr doch mich nicht
Zurück?

TEMPELHERR: Das wird sich finden. Geht nur, geht!

VIERTER AUFZUG

—

ERSTER AUFTRITT

Szene: in den Kreuzgängen des Klosters
Der Klosterbruder und bald darauf der Tempelherr

KLOSTERBRUDER:

Ja, ja! er hat schon Recht, der Patriarch!
Es hat mir freilich noch von alle dem
Nicht viel gelingen wollen, was er mir
So aufgetragen. – Warum trägt er mir
Auch lauter solche Sachen auf? – Ich mag
Nicht fein sein; mag nicht überreden; mag
Mein Näschen nicht in alles stecken; mag
Mein Händchen nicht in allem haben. – Bin
Ich darum aus der Welt geschieden, ich
Für mich; um mich für andre mit der Welt
Noch erst recht zu verwickeln?

TEMPELHERR *(mit Hast auf ihn zukommend)*:

                                    Guter Bruder!
Da seid Ihr ja. Ich hab' Euch lange schon
Gesucht.

KLOSTERBRUDER:

        Mich, Herr?

TEMPELHERR: Ihr kennt mich schon nicht mehr?

KLOSTERBRUDER:

Doch, doch! Ich glaubte nur, daß ich den Herrn
In meinem Leben wieder nie zu sehn

Bekommen würde. Denn ich hofft' es zu
Dem lieben Gott. – Der liebe Gott, der weiß
Wie sauer mir der Antrag ward, den ich
Dem Herrn zu tun verbunden war. Er weiß,
Ob ich gewünscht, ein offnes Ohr bei Euch
Zu finden; weiß, wie sehr ich mich gefreut,
Im Innersten gefreut, daß Ihr so rund
Das alles, ohne viel Bedenken, von
Euch wiest, was einem Ritter nicht geziemt. –
Nun kommt Ihr doch; nun hat's doch nachgewirkt!

TEMPELHERR:

Ihr wißt es schon, warum ich komme? Kaum
Weiß ich es selbst.

KLOSTERBRUDER: Ihr habt's nun überlegt;
Habt nun gefunden, daß der Patriarch
So Unrecht doch nicht hat; daß Ehr' und Geld
Durch seinen Anschlag zu gewinnen; daß
Ein Feind ein Feind ist, wenn er unser Engel
Auch siebenmal gewesen wäre. Das,
Das habt Ihr nun mit Fleisch und Blut erwogen,
Und kommt, und tragt Euch wieder an. – Ach Gott!

TEMPELHERR:

Mein frommer, lieber Mann! gebt Euch zufrieden.
Deswegen komm' ich nicht; deswegen will
Ich nicht den Patriarchen sprechen. Noch,
Noch denk' ich über jenen Punkt, wie ich
Gedacht, und wollt' um alles in der Welt
Die gute Meinung nicht verlieren, deren
Mich ein so grader, frommer, lieber Mann
Einmal gewürdiget. – Ich komme bloß,
Den Patriarchen über eine Sache
Um Rat zu fragen ...

KLOSTERBRUDER: Ihr den Patriarchen?
Ein Ritter, einen – Pfaffen? *(sich schüchtern umsehend.)*

TEMPELHERR: Ja; – die Sach'
Ist ziemlich pfäffisch.

KLOSTERBRUDER: Gleichwohl fragt der Pfaffe
Den Ritter nie, die Sache sei auch noch
<u>So ritterlich.</u>

TEMPELHERR: Weil er das Vorrecht hat,
Sich zu vergehn; das unser einer ihm
Nicht sehr beneidet. – Freilich, wenn ich nur
Für mich zu handeln hätte; freilich, wenn
Ich Rechenschaft nur mir zu geben hätte:
Was braucht' ich Euers Patriarchen? Aber
Gewisse Dinge will ich lieber schlecht,
Nach andrer Willen, machen; als allein
Nach meinem, gut. – Zudem, ich seh' nun wohl,
Religion ist auch Partei; und wer
Sich drob auch noch so unparteiisch glaubt,
Hält, ohn' es selbst zu wissen, doch nur seiner
Die Stange. Weil das einmal nun so ist:
Wird's so wohl recht sein.

KLOSTERBRUDER: Dazu schweig' ich lieber.
Denn ich versteh' den Herrn nicht recht.

TEMPELHERR: Und doch! –
(Laß sehn, warum mir eigentlich zu tun!
Um Machtspruch oder Rat? – Um lautern, oder
Gelehrten Rat?) – Ich dank' Euch, Bruder; dank'
Euch für den guten Wink. – Was Patriarch? –
Seid Ihr mein Patriarch! Ich will ja doch
Den Christen mehr im Patriarchen, als
Den Patriarchen in dem Christen fragen. –
Die Sach' ist die...

KLOSTERBRUDER: Nicht weiter, Herr, nicht weiter!
Wozu? – Der Herr verkennt mich. – Wer viel weiß,
Hat viel zu sorgen; und ich habe ja
Mich einer Sorge nur gelobt. – O gut!
Hört! seht! Dort kömmt, zu meinem Glück, er selbst.
Bleibt hier nur stehn. Er hat Euch schon erblickt.

ZWEITER AUFTRITT

*Der Patriarch, welcher mit allem geistlichen Pomp den einen Kreuzgang
heraufkömmt, und die Vorigen*

TEMPELHERR:

Ich wich' ihm lieber aus. – Wär' nicht mein Mann! –
Ein dicker, roter, freundlicher Prälat!
Und welcher Prunk!   pope

KLOSTERBRUDER: Ihr solltet ihn erst sehn,
Nach Hofe sich erheben. Itzo kömmt
Er nur von einem Kranken.

TEMPELHERR: Wie sich da
Nicht Saladin wird schämen müssen!

PATRIARCH *(indem er näher kömmt, winkt dem Bruder):*

                         Hier! –
Das ist ja wohl der Tempelherr. Was will
Er?

KLOSTERBRUDER:

    Weiß nicht.

PATRIARCH *(auf ihn zugehend, indem der Bruder und das Gefolge zurücktreten):*

              Nun, Herr Ritter! – Sehr erfreut
Den braven jungen Mann zu sehn! – Ei, noch
So gar jung! – Nun, mit Gottes Hülfe, daraus
Kann etwas werden.

TEMPELHERR: Mehr, ehrwürd'ger Herr,
Wohl schwerlich, als schon ist. Und eher noch,
Was weniger.

PATRIARCH: Ich wünsche wenigstens,
Daß so ein frommer Ritter lange noch
Der lieben Christenheit, der Sache Gottes
Zu Ehr' und Frommen blühn und grünen möge!
Das wird denn auch nicht fehlen, wenn nur fein
Die junge Tapferkeit dem reifen Rate
Des Alters folgen will! – Womit wär' sonst
Dem Herrn zu dienen?

TEMPELHERR: Mit dem nämlichen,
Woran es meiner Jugend fehlt: mit Rat.

PATRIARCH:

Recht gern! – Nur ist der Rat auch anzunehmen.

TEMPELHERR:

Doch blindlings nicht?

PATRIARCH: Wer sagt denn das? – Ei freilich

Muß niemand die Vernunft, die Gott ihm gab,

Zu brauchen unterlassen, – wo sie hin

Gehört. – Gehört sie aber überall

Denn hin? – O nein! – Zum Beispiel: wenn uns Gott

Durch einen seiner Engel, – ist zu sagen,

Durch einen Diener seines Worts, – ein Mittel

Bekannt zu machen würdiget, das Wohl

Der ganzen Christenheit, das Heil der Kirche,

Auf irgend eine ganz besondre Weise

Zu fördern, zu befestigen: wer darf

Sich da noch unterstehn, die Willkür des,

Der die Vernunft erschaffen, nach Vernunft

Zu untersuchen? und das ewige

Gesetz der Herrlichkeit des Himmels, nach

Den kleinen Regeln einer eiteln Ehre

Zu prüfen? – Doch hiervon genug. – Was ist

Es denn, worüber unsern Rat für itzt

Der Herr verlangt?

TEMPELHERR: Gesetzt, ehrwürd'ger Vater,

Ein Jude hätt' ein einzig Kind, – es sei

Ein Mädchen, – das er mit der größten Sorgfalt

Zu allem Guten auferzogen, das

Er liebe mehr als seine Seele, das

Ihn wieder mit der frömmsten Liebe liebe.

Und nun würd' unser einem hinterbracht,

Dies Mädchen sei des Juden Tochter nicht;

Er hab' es in der Kindheit aufgelesen,

Gekauft, gestohlen, – was Ihr wollt; man wisse,

Das Mädchen sei ein Christenkind und sei

Getauft; der Jude hab' es nur als Jüdin

Erzogen; laß es nur als Jüdin und

Als seine Tochter so verharren: – sagt,
Ehrwürd'ger Vater, was wär' hierbei wohl
Zu tun?

PATRIARCH: Mich schaudert! – Doch zu allererst
Erkläre sich der Herr, ob so ein Fall
Ein Faktum oder eine Hypothes'.
Das ist zu sagen: ob der Herr sich das
Nur bloß so dichtet, oder ob's geschehn,
Und fortfährt zu geschehn.

TEMPELHERR: Ich glaubte, das
Sei eins, um Euer Hochehrwürden Meinung
Bloß zu vernehmen.

PATRIARCH: Eins? – Da seh' der Herr
Wie sich die stolze menschliche Vernunft
Im Geistlichen doch irren kann. – Mit nichten!
Denn ist der vorgetragne Fall nur so
Ein Spiel des Witzes: so verlohnt es sich
Der Mühe nicht, im Ernst ihn durchzudenken.
Ich will den Herrn damit auf das Theater
Verwiesen haben, wo dergleichen pro
Et contra sich mit vielem Beifall könnte
Behandeln lassen. – Hat der Herr mich aber
Nicht bloß mit einer theatral'schen Schnurre
Zum besten; ist der Fall ein Faktum; hätt'
Er sich wohl gar in unsrer Diözes',
In unsrer lieben Stadt Jerusalem,
Ereignet: – ja alsdann –

TEMPELHERR: Und was alsdann?

PATRIARCH:

Dann wäre mit dem Juden fördersamst
Die Strafe zu vollziehn, die päpstliches
Und kaiserliches Recht so einem Frevel,
So einer Lastertat bestimmen.

TEMPELHERR: So?

PATRIARCH:

    Und zwar bestimmen obbesagte Rechte
    Dem Juden, welcher einen Christen zur
    Apostasie verführt, – den Scheiterhaufen, –
    Den Holzstoß –

TEMPELHERR: So?

PATRIARCH: Und wie viel mehr dem Juden,

    Der mit Gewalt ein armes Christenkind
    Dem Bunde seiner Tauf' entreißt! Denn ist
    Nicht alles, was man Kindern tut, Gewalt? –
    Zu sagen: – ausgenommen, was die Kirch'
    An Kindern tut.

TEMPELHERR: Wenn aber nun das Kind,

    Erbarmte seiner sich der Jude nicht,
    Vielleicht im Elend umgekommen wäre?

PATRIARCH:

    Tut nichts! der Jude wird verbrannt! – Denn besser,
    Es wäre hier im Elend umgekommen,
    Als daß zu seinem ewigen Verderben
    Es so gerettet ward. – Zu dem, was hat
    Der Jude Gott denn vorzugreifen? Gott
    Kann, wen er retten will, schon ohn' ihn retten.

TEMPELHERR:

    Auch trotz ihm, sollt' ich meinen, – selig machen.

PATRIARCH:

    Tut nichts! der Jude wird verbrannt.

TEMPELHERR: Das geht

    Mir nah'! Besonders, da man sagt, er habe
    Das Mädchen nicht sowohl in seinem, als
    Vielmehr in keinem Glauben auferzogen,
    Und sie von Gott nicht mehr nicht weniger
    Gelehrt, als der Vernunft genügt.

PATRIARCH: Tut nichts!

    Der Jude wird verbrannt... Ja, wär' allein
    Schon dieserwegen wert, dreimal verbrannt
    Zu werden! – Was? ein Kind ohn' allen Glauben

Erwachsen lassen? – Wie? die große Pflicht
Zu glauben, ganz und gar ein Kind nicht lehren?
Das ist zu arg! – Mich wundert sehr, Herr Ritter,
Euch selbst...

TEMPELHERR: Ehrwürd'ger Herr, das Übrige,
Wenn Gott will, in der Beichte. *(will gehn.)*

PATRIARCH: Was? mir nun
Nicht einmal Rede stehn? – Den Bösewicht,
Den Juden mir nicht nennen? – mir ihn nicht
Zur Stelle schaffen? – O da weiß ich Rat!
Ich geh' sogleich zum Sultan. – Saladin,
Vermöge der Kapitulation,
Die er beschworen, muß uns, muß uns schützen;
Bei allen Rechten, allen Lehren schützen,
Die wir zu unsrer allerheiligsten
Religion nur immer rechnen dürfen!
Gottlob! wir haben das Original.
Wir haben seine Hand, sein Siegel. Wir! –
Auch mach' ich ihm gar leicht begreiflich, wie
Gefährlich selber für den Staat es ist,
Nichts glauben! Alle bürgerliche Bande
Sind aufgelöset, sind zerrissen, wenn
Der Mensch nichts glauben darf. – Hinweg! hinweg
Mit solchem Frevel!...

TEMPELHERR: Schade, daß ich nicht
Den trefflichen Sermon mit beßrer Muße
Genießen kann! Ich bin zum Saladin
Gerufen.

PATRIARCH: Ja? – Nun so – Nun freilich – Dann –

TEMPELHERR:

Ich will den Sultan vorbereiten, wenn
Es Eurer Hochehrwürden so gefällt.

PATRIARCH:

O, oh! – Ich weiß, der Herr hat Gnade funden
Vor Saladin! – Ich bitte meiner nur

    Im besten bei ihm eingedenk zu sein. –

    Mich treibt der Eifer Gottes lediglich.

    Was ich zu viel tu', tu' ich ihm. – Das wolle

    Doch ja der Herr erwägen! – Und nicht wahr,

    Herr Ritter? das vorhin Erwähnte von

    Dem Juden, war nur ein Problema? – ist

    Zu sagen –

TEMPELHERR: Ein Problema. *(geht ab.)*

PATRIARCH: (Dem ich tiefer

    Doch auf den Grund zu kommen suchen muß.

    Das wär' so wiederum ein Auftrag für

    Den Bruder Bonafides.) – Hier, mein Sohn!

    (er spricht im Abgehn mit dem Klosterbruder.)

DRITTER AUFTRITT

Szene: ein Zimmer im Palaste des Saladin, in welches von Sklaven eine Menge
    Beutel getragen, und auf dem Boden neben einandergestellt werden
                 Saladin und bald darauf Sittah

SALADIN *(der dazu kömmt)*:

    Nun wahrlich! das hat noch kein Ende. – Ist

    Des Dings noch viel zurück?

EIN SKLAVE: Wohl noch die Hälfte.

SALADIN:

    So tragt das Übrige zu Sittah. – Und

    Wo bleibt Al-Hafi? Das hier soll sogleich

    Al-Hafi zu sich nehmen. – Oder ob

    Ich's nicht vielmehr dem Vater schicke? Hier

    Fällt mir es doch nur durch die Finger. – Zwar

    Man wird wohl endlich hart; und nun gewiß

    Soll's Künste kosten, mir viel abzuzwacken.

    Bis wenigstens die Gelder aus Ägypten

    Zur Stelle kommen, mag das Armut sehn

    Wie's fertig wird! – Die Spenden bei dem Grabe,

    Wenn die nur fortgehn! Wenn die Christenpilger

Mit leeren Händen nur nicht abziehn dürfen!
Wenn nur –

SITTAH: Was soll nun das? Was soll das Geld
Bei mir?

SALADIN: Mach dich davon bezahlt; und leg'
Auf Vorrat, wenn was übrig bleibt.

SITTAH: Ist Nathan
Noch mit dem Tempelherrn nicht da?

SALADIN: Er sucht
Ihn aller Orten.

SITTAH: Sieh doch, was ich hier,
Indem mir so mein alt Geschmeide durch
Die Hände geht, gefunden. *(ihm ein klein Gemälde zeigend.)*

SALADIN: Ha! mein Bruder!
Das ist er, ist er! – War er! war er! ah! –
Ah wackrer lieber Junge, daß ich dich
So früh verlor! Was hätt' ich erst mit dir,
An deiner Seit' erst unternommen! – Sittah,
Laß mir das Bild. Auch kenn' ich's schon: er gab
Es deiner ältern Schwester, seiner Lilla,
Die eines Morgens ihn so ganz und gar
Nicht aus den Armen lassen wollt'. Es war
Der letzte, den er ausritt. – Ah, ich ließ
Ihn reiten, und allein! – Ah, Lilla starb
Vor Gram, und hat mir's nie vergeben, daß
Ich so allein ihn reiten lassen. – Er
Blieb weg!

SITTAH: Der arme Bruder!

SALADIN: Laß nur gut
Sein! – Einmal bleiben wir doch alle weg! –
Zudem, – wer weiß? Der Tod ist's nicht allein,
Der einem Jüngling seiner Art das Ziel
Verrückt. Er hat der Feinde mehr; und oft
Erliegt der Stärkste gleich dem Schwächsten. – Nun,
Sei wie ihm sei! – Ich muß das Bild doch mit

Dem jungen Tempelherrn vergleichen; muß
Doch sehn, wie viel mich meine Phantasie
Getäuscht.

SITTAH: Nur darum bring' ich's. Aber gib
Doch, gib! Ich will dir das wohl sagen; das
Versteht ein weiblich Aug' am besten.

SALADIN *(zu einem Türsteher, der hereintritt)*:   Wer
Ist da? – der Tempelherr? – Er komm'!

SITTAH: Euch nicht
Zu stören: ihn mit meiner Neugier nicht
Zu irren –
(sie setzt sich seitwärts auf einen Sofa und läßt den Schleier fallen.)

SALADIN: Gut so! gut! – (Und nun sein Ton!
Wie der wohl sein wird! – Assads Ton
Schläft auch wohl wo in meiner Seele noch!)

VIERTER AUFTRITT

Der Tempelherr und Saladin

TEMPELHERR:
Ich, dein Gefangner, Sultan ...

SALADIN: Mein Gefangner?
Wem ich das Leben schenke, werd' ich dem
Nicht auch die Freiheit schenken?

TEMPELHERR: Was dir ziemt
Zu tun, ziemt mir, erst zu vernehmen, nicht
Vorauszusetzen. Aber, Sultan, – Dank,
Besondern Dank dir für mein Leben zu
Beteuern, stimmt mit meinem Stand' und meinem
Charakter nicht. – Es steht in allen Fällen
Zu deinen Diensten wieder.

SALADIN: Brauch' es nur
Nicht wider mich! – Zwar ein paar Hände mehr,
Die gönnt' ich meinem Feinde gern. Allein
Ihm so ein Herz auch mehr zu gönnen, fällt
Mir schwer. – Ich habe mich mit dir in nichts

Betrogen, braver junger Mann! Du bist
Mit Seel' und Leib' mein Assad. Sieh! ich könnte
Dich fragen: wo du denn die ganze Zeit
Gesteckt? in welcher Höhle du geschlafen?
In welchem Ginnistan, von welcher guten
Div diese Blume fort und fort so frisch
Erhalten worden? Sieh! ich könnte dich
Erinnern wollen, was wir dort und dort
Zusammen ausgeführt. Ich könnte mit
Dir zanken, daß du ein Geheimnis doch
Vor mir gehabt! ein Abenteuer mir
Doch unterschlagen: – Ja, das könnt' ich; wenn
Ich dich nur säh', und nicht auch mich. – Nun, mag's!
Von dieser süßen Träumerei ist immer
Doch so viel wahr, daß mir in meinem Herbst
Ein Assad wieder blühen soll. – Du bist
Es doch zufrieden, Ritter?

TEMPELHERR: Alles, was
Von dir mir kömmt, – sei was es will – das lag
Als Wunsch in meiner Seele.

SALADIN: Laß uns das
Sogleich versuchen. – Bliebst du wohl bei mir?
Um mir? – Als Christ, als Muselmann: gleich viel!
Im weißen Mantel, oder Jamerlonk;
Im Tulban, oder deinem Filze: wie
Du willst! Gleich viel! Ich habe nie verlangt,
Daß allen Bäumen eine Rinde wachse.

TEMPELHERR:
Sonst wärst du wohl auch schwerlich, der du bist:
Der Held, der lieber Gottes Gärtner wäre.

SALADIN:
Nun dann; wenn du nicht schlechter von mir denkst:
So wären wir ja halb schon richtig?

TEMPELHERR: Ganz!

SALADIN *(ihm die Hand bietend)*:   Ein Wort?

hat etwas von Rind(?) pokan(?) gelernt

TEMPELHERR *(einschlagend)*:

      Ein Mann! – Hiermit empfange mehr
Als du mir nehmen konntest. Ganz der Deine!

SALADIN:

    Zu viel Gewinn für einen Tag! zu viel!–
Kam er nicht mit?

TEMPELHERR: Wer?

SALADIN: Nathan.

TEMPELHERR *(frostig)*:   Nein. Ich kam
Allein.

SALADIN: Welch eine Tat von dir! Und welch
    Ein weises Glück, das eine solche Tat
    Zum Besten eines solchen Mannes ausschlug.

TEMPELHERR: Ja, ja!

SALADIN:

    So kalt? – Nein, junger Mann! wenn Gott
    Was Gutes durch uns tut, muß man so kalt
    Nicht sein! – selbst aus Bescheidenheit so kalt
    Nicht scheinen wollen!

TEMPELHERR: Daß doch in der Welt
    Ein jedes Ding so manche Seiten hat! –
    Von denen oft sich gar nicht denken läßt,
    Wie sie zusammenpassen!

SALADIN: Halte dich
    Nur immer an die best', und preise Gott!
    Der weiß, wie sie zusammenpassen. – Aber,
    Wenn du so schwierig sein willst, junger Mann:
    So werd' auch ich ja wohl auf meiner Hut
    Mich mit dir halten müssen? Leider bin
    Auch ich ein Ding von vielen Seiten, die
    Oft nicht so recht zu passen scheinen mögen.

TEMPELHERR:

    Das schmerzt! – Denn Argwohn ist so wenig sonst
    Mein Fehler –

SALADIN: Nun, so sage doch, mit wem

Du's hast? – Es schien ja gar, mit Nathan. Wie?
Auf Nathan Argwohn? du? – Erklär dich! sprich!
Komm, gib mir deines Zutrauns erste Probe.

TEMPELHERR:

Ich habe wider Nathan nichts. Ich zürn'
Allein mit mir –

SALADIN: Und über was?

TEMPELHERR: Daß mir
Geträumt, ein Jude könn' auch wohl ein Jude
Zu sein verlernen; daß mir wachend so
Geträumt.

SALADIN: Heraus mit diesem wachen Traume!

TEMPELHERR:

Du weißt von Nathans Tochter, Sultan. Was
Ich für sie tat, das tat ich, – weil ich's tat.
Zu stolz, Dank einzuernten, wo ich ihn
Nicht säete, verschmäht' ich Tag für Tag
Das Mädchen noch einmal zu sehn. Der Vater
War fern; er kömmt; er hört; er sucht mich auf;
Er dankt; er wünscht, daß seine Tochter mir
Gefallen möge; spricht von Aussicht, spricht
Von heitern Fernen. – Nun, ich lasse mich
Beschwatzen, komme, sehe, finde wirklich
Ein Mädchen ... Ah, ich muß mich schämen, Sultan! –

SALADIN:

Dich schämen? – daß ein Judenmädchen auf
Dich Eindruck machte: doch wohl nimmermehr?

TEMPELHERR:

Daß diesem Eindruck, auf das liebliche
Geschwätz des Vaters hin, mein rasches Herz
So wenig Widerstand entgegen setzte! –
Ich Tropf! ich sprang zum zweitenmal ins Feuer. –
Denn nun warb ich, und nun ward ich verschmäht.

SALADIN:

Verschmäht?

TEMPELHERR: Der weise Vater schlägt nun wohl

Mich platterdings nicht aus. Der weise Vater
Muß aber doch sich erst erkunden, erst
Besinnen. Allerdings! Tat ich denn das
Nicht auch? Erkundete, besann ich denn
Mich erst nicht auch, als sie im Feuer schrie? –
Fürwahr! bei Gott! Es ist doch gar was Schönes,
So weise, so bedächtig sein!

SALADIN: Nun, nun!
So sieh doch einem Alten etwas nach!
Wie lange können seine Weigerungen
Denn dauern? Wird er denn von dir verlangen,
Daß du erst Jude werden sollst?

TEMPELHERR: Wer weiß!

SALADIN:
Wer weiß? – der diesen Nathan besser kennt.

TEMPELHERR:
Der Aberglaub', in dem wir aufgewachsen,
Verliert, auch wenn wir ihn erkennen, darum
Doch seine Macht nicht über uns. – Es sind
Nicht alle frei, die ihrer Ketten spotten.

SALADIN:
Sehr reif bemerkt! Doch Nathan wahrlich, Nathan ...

TEMPELHERR:
Der Aberglauben schlimmster ist, den seinen
Für den erträglichern zu halten ...

SALADIN: Mag
Wohl sein! Doch Nathan ...

TEMPELHERR: Dem allein
Die blöde Menschheit zu vertrauen, bis
Sie hellern Wahrheitstag gewöhne; dem
Allein ...

SALADIN: Gut! Aber Nathan! – Nathans Los
Ist diese Schwachheit nicht.

TEMPELHERR: So dacht' ich auch! ...
Wenn gleichwohl dieser Ausbund aller Menschen
So ein gemeiner Jude wäre, daß

Er Christenkinder zu bekommen suche,
Um sie als Juden aufzuziehn: – wie dann?

SALADIN:

Wer sagt ihm so was nach?

TEMPELHERR: Das Mädchen selbst,
Mit welcher er mich körnt, mit deren Hoffnung
Er gern mir zu bezahlen schiene, was
Ich nicht umsonst für sie getan soll haben: –
Dies Mädchen selbst, ist seine Tochter – nicht;
Ist ein verzettelt Christenkind.

SALADIN: Das er
Dem ungeachtet dir nicht geben wollte?

TEMPELHERR *(heftig)*:

Woll' oder wolle nicht! Er ist entdeckt.
Der tolerante Schwätzer ist entdeckt!
Ich werde hinter diesen jüd'schen Wolf
Im philosoph'schen Schafpelz, Hunde schon
Zu bringen wissen, die ihn zausen sollen!

SALADIN *(ernst)*:

Sei ruhig, Christ!

TEMPELHERR: Was? ruhig Christ? – Wenn Jud'
Und Muselmann, auf Jud', auf Muselmann
Bestehen: soll allein der Christ den Christen
Nicht machen dürfen?

SALADIN *(noch ernster)*:   Ruhig, Christ!

TEMPELHERR *(gelassen)*:   Ich fühle
Des Vorwurfs ganze Last, – die Saladin
In diese Silbe preßt! Ah, wenn ich wüßte,
Wie Assad, – Assad sich an meiner Stelle
Hierbei genommen hätte!

SALADIN: Nicht viel besser! –
Vermutlich, ganz so brausend! – Doch, wer hat
Denn dich auch schon gelehrt, mich so wie er
Mit einem Worte zu bestechen? Freilich
Wenn alles sich verhält, wie du mir sagest:
Kann ich mich selber kaum in Nathan finden. –

Indes, er ist mein Freund, und meiner Freunde
Muß keiner mit dem andern hadern. – Laß
Dich weisen! Geh behutsam! Gib ihn nicht
Sofort den Schwärmern deines Pöbels preis!
Verschweig, was deine Geistlichkeit, an ihm
Zu rächen, mir so nahe legen würde!
Sei keinem Juden, keinem Muselmanne
Zum Trotz ein Christ!

TEMPELHERR: Bald wär's damit zu spät!
Doch dank der Blutbegier des Patriarchen,
Des Werkzeug mir zu werden graute!

SALADIN: Wie?
Du kamst zum Patriarchen eher, als
Zu mir?

TEMPELHERR: Im Sturm der Leidenschaft, im Wirbel
Der Unentschlossenheit! – Verzeih! – Du wirst
Von deinem Assad, fürcht' ich, ferner nun
Nichts mehr in mir erkennen wollen.

SALADIN: Wär'
Es diese Furcht nicht selbst! Mich dünkt, ich weiß,
Aus welchen Fehlern unsre Tugend keimt.
Pfleg diese ferner nur, und jene sollen
Bei mir dir wenig schaden. – Aber geh!
Such du nun Nathan, wie er dich gesucht;
Und bring ihn her. Ich muß euch doch zusammen
Verständigen. – Wär' um das Mädchen dir
Im Ernst zu tun: sei ruhig. Sie ist dein!
Auch soll es Nathan schon empfinden, daß
Er ohne Schweinefleisch ein Christenkind
Erziehen dürfen! – Geh!

    (der Tempelherr geht ab, und Sittah verläßt den Sofa.)

FÜNFTER AUFTRITT

Saladin und Sittah

SITTAH:

Ganz sonderbar!

SALADIN:

Gelt, Sittah? Muß mein Assad nicht ein braver,
Ein schöner junger Mann gewesen sein?

SITTAH:

Wenn er so war, und nicht zu diesem Bilde
Der Tempelherr vielmehr gesessen! – Aber
Wie hast du doch vergessen können dich
Nach seinen Eltern zu erkundigen?

SALADIN:

Und ins besondre wohl nach seiner Mutter?
Ob seine Mutter hier zu Lande nie
Gewesen sei? – Nicht wahr?

SITTAH:

Das machst du gut!

SALADIN:

O, möglicher wär' nichts! Denn Assad war
Bei hübschen Christendamen so willkommen,
Auf hübsche Christendamen so erpicht,
Daß einmal gar die Rede ging – Nun, nun;
Man spricht nicht gern davon. – Genug; ich hab'
Ihn wieder! – will mit allen seinen Fehlern,
Mit allen Launen seines weichen Herzens
Ihn wieder haben! – Oh! das Mädchen muß
Ihm Nathan geben. Meinst du nicht?

SITTAH:

Ihm geben?
Ihm lassen!

SALADIN:

Allerdings! Was hätte Nathan,
So bald er nicht ihr Vater ist, für Recht
Auf sie? Wer ihr das Leben so erhielt,
Tritt einzig in die Rechte des, der ihr
Es gab.

SITTAH:

Wie also, Saladin? wenn du

Nur gleich das Mädchen zu dir nähmst? Sie nur
Dem unrechtmäßigen Besitzer gleich
Entzögest?

SALADIN: Täte das wohl not?

SITTAH: Not nun
Wohl eben nicht! – Die liebe Neubegier
Treibt mich allein, dir diesen Rat zu geben.
Denn von gewissen Männern mag ich gar
Zu gern, so bald wie möglich, wissen, was
Sie für ein Mädchen lieben können.

SALADIN: Nun,
So schick und laß sie holen.

SITTAH: Darf ich, Bruder?

SALADIN:
Nur schone Nathans! Nathan muß durchaus
Nicht glauben, daß man mit Gewalt ihn von
Ihr trennen wolle.

SITTAH: Sorge nicht.

SALADIN: Und ich,
Ich muß schon selbst sehn, wo Al-Hafi bleibt.

SECHSTER AUFTRITT

*Szene: die offne Flur in Nathans Hause, gegen die Palmen zu; wie im ersten
Auftritte des ersten Aufzuges. Ein Teil der Waren und Kostbarkeiten liegt aus-
gekramt, deren eben daselbst gedacht wird*

Nathan und Daja

DAJA:
O, alles herrlich! alles auserlesen!
O, alles – wie nur Ihr es geben könnt.
Wo wird der Silberstoff mit goldnen Ranken
Gemacht? Was kostet er? – Das nenn' ich noch
Ein Brautkleid! Keine Königin verlangt
Es besser.

NATHAN: Brautkleid? Warum Brautkleid eben?

DAJA:

> Je nun! Ihr dachtet daran freilich nicht,
> Als Ihr ihn kauftet. – Aber wahrlich, Nathan,
> Der und kein andrer muß es sein! Er ist
> Zum Brautkleid wie bestellt. Der weiße Grund;
> Ein Bild der Unschuld: und die goldnen Ströme,
> Die aller Orten diesen Grund durchschlängeln;
> Ein Bild des Reichtums. Seht Ihr? Allerliebst!

NATHAN:

> Was witzelst du mir da? Von wessen Brautkleid
> Sinnbilderst du mir so gelehrt? – Bist du
> Denn Braut?

DAJA: Ich?

NATHAN: Nun wer denn?

DAJA: Ich? – lieber Gott!

NATHAN:

> Wer denn? Von wessen Brautkleid sprichst du denn? –
> Das alles ist ja dein, und keiner andern.

DAJA:

> Ist mein? Soll mein sein? – Ist für Recha nicht?

NATHAN:

> Was ich für Recha mitgebracht, das liegt
> In einem andern Ballen. Mach! nimm weg!
> Trag deine Siebensachen fort!

DAJA: Versucher!

> Nein, wären es die Kostbarkeiten auch
> Der ganzen Welt! Nicht rühr an! wenn Ihr mir
> Vorher nicht schwört, von dieser einzigen
> Gelegenheit, dergleichen Euch der Himmel
> Nicht zweimal schicken wird, Gebrauch zu machen.

NATHAN:

> Gebrauch? von was? – Gelegenheit? wozu?

DAJA:

> O stellt Euch nicht so fremd! – Mit kurzen Worten!
> Der Tempelherr liebt Recha: gebt sie ihm,

So hat doch einmal Eure Sünde, die
Ich länger nicht verschweigen kann, ein Ende.
So kömmt das Mädchen wieder unter Christen;
Wird wieder, was sie ist; ist wieder, was
Sie ward: und Ihr, Ihr habt mit all' dem Guten,
Das wir Euch nicht genug verdanken können,
Nicht Feuerkohlen bloß auf Euer Haupt
Gesammelt.

NATHAN: Doch die alte Leier wieder? –
Mit einer neuen Saite nur bezogen,
Die, fürcht' ich, weder stimmt noch hält.

DAJA: Wie so?

NATHAN:

Mir wär' der Tempelherr schon recht. Ihm gönnt'
Ich Recha mehr als einem in der Welt.
Allein ... Nun, habe nur Geduld.

DAJA: Geduld?
Geduld, ist Eure alte Leier nun
Wohl nicht?

NATHAN: Nur wenig Tage noch Geduld!...
Sieh doch! – Wer kömmt denn dort? Ein Klosterbruder?
Geh, frag ihn, was er will.

DAJA: Was wird er wollen?
(sie geht auf ihn zu und fragt.)

NATHAN:

So gib! – und eh' er bittet. – (Wüßt' ich nur
Dem Tempelherrn erst beizukommen, ohne
Die Ursach meiner Neugier ihm zu sagen!
Denn wenn ich sie ihm sag', und der Verdacht
Ist ohne Grund: so hab' ich ganz umsonst
Den Vater auf das Spiel gesetzt.) – Was ist's?

DAJA:

Er will Euch sprechen.

NATHAN: Nun, so laß ihn kommen;
Und geh indes.

SIEBENTER AUFTRITT

Nathan und der Klosterbruder

NATHAN: (Ich bliebe Rechas Vater
Doch gar zu gern! – Zwar kann ich's denn nicht bleiben,
Auch wenn ich aufhör', es zu heißen? – Ihr,
Ihr selbst werd' ich's doch immer auch noch heißen,
Wenn sie erkennt, wie gern ich's wäre.) – Geh! –
Was ist zu Euern Diensten, frommer Bruder?

KLOSTERBRUDER:

Nicht eben viel. – Ich freue mich, Herr Nathan,
Euch annoch wohl zu sehn.

NATHAN: So kennt Ihr mich?

KLOSTERBRUDER:

Je nu; wer kennt Euch nicht? Ihr habt so manchem
Ja Euern Namen in die Hand gedrückt.
Er steht in meiner auch, seit vielen Jahren.

NATHAN *(nach seinem Beutel langend)*:

Kommt, Bruder, kommt; ich frisch' ihn auf.

KLOSTERBRUDER: Habt Dank!
Ich würd' es Ärmern stehlen; nehme nichts. –
Wenn Ihr mir nur erlauben wollt, ein wenig
Euch mei n e n Namen aufzufrischen. Denn
Ich kann mich rühmen, auch in E u r e Hand
Etwas gelegt zu haben, was nicht zu
Verachten war.

NATHAN: Verzeiht! – Ich schäme mich –
Sagt, was? – und nehmt zur Buße siebenfach
Den Wert desselben von mir an.

KLOSTERBRUDER: Hört doch
Vor allen Dingen, wie ich selber nur
Erst heut an dies mein Euch vertrautes Pfand
Erinnert worden.

NATHAN: Mir vertrautes Pfand?

KLOSTERBRUDER:

Vor kurzem saß ich noch als Eremit

Auf Quarantana, unweit Jericho.
Da kam arabisch Raubgesindel, brach
Mein Gotteshäuschen ab und meine Zelle,
Und schleppte mich mit fort. Zum Glück entkam
Ich noch, und floh hierher zum Patriarchen,
Um mir ein ander Plätzchen auszubitten,
Allwo ich me nem Gott in Einsamkeit
Bis an mein selig Ende dienen könne.

NATHAN:

Ich steh' auf Kohlen, guter Bruder. Macht
Es kurz. Das Pfand! das mir vertraute Pfand!

KLOSTERBRUDER:

Sogleich, Herr Nathan. – Nun, der Patriarch
Versprach mir eine Siedelei auf Tabor,
Sobald als eine leer; und hieß inzwischen,
Im Kloster mich als Laienbruder bleiben.
Da bin ich itzt, Herr Nathan; und verlange
Des Tags wohl hundertmal auf Tabor. Denn
Der Patriarch braucht mich zu allerlei,
Wovor ich großen Ekel habe. Zum
Exempel:

NATHAN: Macht, ich bitt' Euch!

KLOSTERBRUDER: Nun, es kömmt!

Da hat ihm jemand heut' ins Ohr gesetzt:
Es lebe hier herum ein Jude, der
Ein Christenkind als seine Tochter sich
Erzöge.

NATHAN: Wie? *(betroffen.)*

KLOSTERBRUDER: Hört mich nur aus! – Indem
Er mir nun aufträgt, diesem Juden stracks,
Wo möglich, auf die Spur zu kommen, und
Gewältig sich ob eines solchen Frevels
Erzürnt, der ihm die wahre Sünde wider
Den heil'gen Geist bedünkt; – das ist, die Sünde,
Die aller Sünden größte Sünd' uns gilt,
Nur daß wir, Gott sei Dank, so recht nicht wissen,

Worin sie eigentlich besteht: – da wacht
Mit einmal mein Gewissen auf; und mir
Fällt bei, ich könnte selber wohl vor Zeiten
Zu dieser unverzeihlich großen Sünde
Gelegenheit gegeben haben. – Sagt:
Hat Euch ein Reitknecht nicht vor achtzehn Jahren
Ein Töchterchen gebracht von wenig Wochen?

NATHAN:

Wie das? – Nun freilich – allerdings –

KLOSTERBRUDER: Ei, seht

Mich doch recht an! – Der Reitknecht, der bin ich.

NATHAN: Seid Ihr?

KLOSTERBRUDER:

                    Der Herr, von welchem ich's Euch brachte,
War – ist mir recht – ein Herr von Filnek. – Wolf
Von Filnek!

NATHAN: Richtig!

KLOSTERBRUDER: Weil die Mutter kurz

Vorher gestorben war; und sich der Vater
Nach – mein' ich – Gazza plötzlich werfen mußte,
Wohin das Würmchen ihm nicht folgen konnte:
So sandt' er's Euch. Und traf ich Euch damit
Nicht in Darun?

NATHAN: Ganz recht!

KLOSTERBRUDER: Es wär' kein Wunder,

Wenn mein Gedächtnis mich betrög'. Ich habe
Der braven Herrn so viel gehabt; und diesem
Hab' ich nur gar zu kurze Zeit gedient.
Er blieb bald drauf bei Askalon; und war
Wohl sonst ein lieber Herr.

NATHAN: Ja wohl! ja wohl!

Dem ich so viel, so viel zu danken habe!
Der mehr als einmal mich dem Schwert entrissen!

KLOSTERBRUDER:

O schön! So werd't Ihr seines Töchterchens
Euch um so lieber angenommen haben.

NATHAN: Das könnt Ihr denken.

KLOSTERBRUDER: Nun, wo ist es denn?
Es ist doch wohl nicht etwa gar gestorben? –
Laßt's lieber nicht gestorben sein! – Wenn sonst
Nur niemand um die Sache weiß: so hat
Es gute Wege.

NATHAN: Hat es?

KLOSTERBRUDER: Traut mir, Nathan!
Denn seht, ich denke so! Wenn an das Gute,
Das ich zu tun vermeine, gar zu nah
Was gar zu Schlimmes grenzt: so tu' ich lieber
Das Gute nicht; weil wir das Schlimme zwar
So ziemlich zuverlässig kennen, aber
Bei weitem nicht das Gute. – War ja wohl
Natürlich; wenn das Christentöchterchen
Recht gut von Euch erzogen werden sollte:
Daß Ihr's als Euer eigen Töchterchen
Erzögt. – Das hättet Ihr mit aller Lieb'
Und Treue nun getan, und müßtet so
Belohnet werden? Das will mir nicht ein.
Ei freilich, klüger hättet Ihr getan;
Wenn Ihr die Christin durch die zweite Hand
Als Christin auferziehen lassen: aber
So hättet Ihr das Kindchen Eures Freunds
Auch nicht geliebt. Und Kinder brauchen Liebe,
Wär's eines wilden Tieres Lieb' auch nur,
In solchen Jahren mehr, als Christentum.
Zum Christentume hat's noch immer Zeit.
Wenn nur das Mädchen sonst gesund und fromm
Vor Euern Augen aufgewachsen ist,
So blieb's vor Gottes Augen, was es war.
Und ist denn nicht das ganze Christentum
Aufs Judentum gebaut? Es hat mich oft
Geärgert, hat mir Tränen gnug gekostet,
Wenn Christen gar so sehr vergessen konnten,
Daß unser Herr ja selbst ein Jude war.

NATHAN:

> Ihr, guter Bruder, müßt mein Fürsprach sein,
> Wenn Haß und Gleisnerei sich gegen mich
> Erheben sollten, – wegen einer Tat –
> Ah, wegen einer Tat! – Nur Ihr, Ihr sollt
> Sie wissen! – Nehmt sie aber mit ins Grab!
> Noch hat mich nie die Eitelkeit versucht,
> Sie jemand andern zu erzählen. Euch
> Allein erzähl' ich sie. Der frommen Einfalt
> Allein erzähl' ich sie. Weil die allein
> Versteht, was sich der gottergebne Mensch
> Für Taten abgewinnen kann.

KLOSTERBRUDER: Ihr seid
> Gerührt, und Euer Auge steht voll Wasser?

NATHAN:

> Ihr traft mich mit dem Kinde zu Darun.
> Ihr wißt wohl aber nicht, daß wenig Tage
> Zuvor, in Gath die Christen alle Juden
> Mit Weib und Kind ermordet hatten; wißt
> Wohl nicht, daß unter diesen meine Frau
> Mit sieben hoffnungsvollen Söhnen sich
> Befunden, die in meines Bruders Hause,
> Zu dem ich sie geflüchtet, insgesamt
> Verbrennen müssen.

KLOSTERBRUDER: Allgerechter!

NATHAN: Als
> Ihr kamt, hatt' ich drei Tag' und Nächt' in Asch'
> Und Staub vor Gott gelegen, und geweint. –
> Geweint? Beiher mit Gott auch wohl gerechtet,
> Gezürnt, getobt, mich und die Welt verwünscht;
> Der Christenheit den unversöhnlichsten
> Haß zugeschworen –

KLOSTERBRUDER: Ach! Ich glaub's Euch wohl!

NATHAN:

> Doch nun kam die Vernunft allmählich wieder.
> Sie sprach mit sanfter Stimm': „und doch ist Gott!

decision

Doch war auch Gottes Ratschluß das! Wohlan!
Komm! übe, was du längst begriffen hast;
Was sicherlich zu üben schwerer nicht,
Als zu begreifen ist, wenn du nur willst.
Steh auf!" – Ich stand! und rief zu Gott: Ich will!
Willst du nur, daß ich will! – Indem stiegt Ihr
Vom Pferd', und überreichtet mir das Kind,
In Euern Mantel eingehüllt. – Was Ihr
Mir damals sagtet; was ich Euch: hab' ich
Vergessen. So viel weiß ich nur; ich nahm
Das Kind, trug's auf mein Lager, küßt' es, warf   *abode*
Mich auf die Knie' und schluchzte: Gott! auf sieben
Doch nun schon eines wieder!

KLOSTERBRUDER: Nathan! Nathan!
Ihr seid ein Christ! – Bei Gott, Ihr seid ein Christ!
Ein beßrer Christ war nie!

NATHAN: Wohl uns! Denn was
Mich Euch zum Christen macht, das macht Euch mir
Zum Juden! – Aber laßt uns länger nicht
Einander nur erweichen. Hier braucht's Tat!
Und ob mich siebenfache Liebe schon
Bald an dies einz'ge fremde Mädchen band;
Ob der Gedanke mich schon tötet, daß
Ich meine sieben Söhn' in ihr aufs neue
Verlieren soll: – wenn sie von meinen Händen
Die Vorsicht wieder fodert, – ich gehorche!

KLOSTERBRUDER:
Nun vollends! – Eben das bedacht' ich mich
So viel, Euch anzuraten! Und so hat's
Euch Euer guter Geist schon angeraten!

NATHAN:
Nur muß der erste beste mir sie nicht
Entreißen wollen!

KLOSTERBRUDER: Nein, gewiß nicht!

NATHAN: Wer
Auf sie nicht größre Rechte hat, als ich;
Muß frühere zum mindsten haben –

KLOSTERBRUDER: Freilich!

NATHAN:

Die ihm Natur und Blut erteilen.

KLOSTERBRUDER: So

Mein' ich es auch!

NATHAN: Drum nennt mir nur geschwind
Den Mann, der ihr als Bruder oder Ohm,
Als Vetter oder sonst als Sipp' verwandt:
Ihm will ich sie nicht vorenthalten – sie,
Die jedes Hauses, jedes Glaubens Zierde
Zu sein erschaffen und erzogen ward. –
Ich hoff', Ihr wißt von diesem Euern Herrn
Und dem Geschlechte dessen, mehr als ich.

KLOSTERBRUDER:

Das, guter Nathan, wohl nun schwerlich! – Denn
Ihr habt ja schon gehört, daß ich nur gar
Zu kurze Zeit bei ihm gewesen.

NATHAN: Wißt
Ihr denn nicht wenigstens, was für Geschlechts
Die Mutter war? – War sie nicht eine Stauffin?

KLOSTERBRUDER:

Wohl möglich! – Ja, mich dünkt.

NATHAN: Hieß nicht ihr Bruder
Conrad von Stauffen? – und war Tempelherr?

KLOSTERBRUDER:

Wenn mich's nicht triegt. Doch halt! Da fällt mir ein,
Daß ich vom selgen Herrn ein Büchelchen
Noch hab'. Ich zog's ihm aus dem Busen, als
Wir ihn bei Askalon verscharrten.

NATHAN: Nun?

KLOSTERBRUDER:

Es sind Gebete drin. Wir nennen's ein
Brevier. – Das, dacht' ich, kann ein Christenmensch
Ja wohl noch brauchen. – Ich nun freilich nicht –
Ich kann nicht lesen –

NATHAN: Tut nichts! – Nur zur Sache.

KLOSTERBRUDER:

In diesem Büchelchen stehn vorn und hinten,
Wie ich mir sagen lassen, mit des Herrn
Selbsteigner Hand, die Angehörigen
Von ihm und ihr geschrieben.

NATHAN: O erwünscht!

Geht! lauft! holt mir das Büchelchen. Geschwind!
Ich bin bereit mit Gold es aufzuwiegen;
Und tausend Dank dazu! Eilt! lauft!

KLOSTERBRUDER: Recht gern!

Es ist Arabisch aber, was der Herr
Hineingeschrieben. *(ab.)*

NATHAN: Einerlei! Nur her! –

Gott! wenn ich doch das Mädchen noch behalten,
Und einen solchen Eidam mir damit
Erkaufen könnte! – Schwerlich wohl! – Nun, fall'
Es aus, wie's will! – Wer mag es aber denn
Gewesen sein, der bei dem Patriarchen
So etwas angebracht? Das muß ich doch
Zu fragen nicht vergessen. – Wenn es gar
Von Daja käme?

ACHTER AUFTRITT

Daja und Nathan

DAJA *(eilig und verlegen)*: Denkt doch, Nathan!

NATHAN: Nun?

DAJA:

Das arme Kind erschrak wohl recht darüber!
Da schickt...

NATHAN: Der Patriarch?

DAJA: Des Sultans Schwester,

Prinzessin Sittah...

NATHAN: Nicht der Patriarch?

DAJA:

    Nein, Sittah! – Hört Ihr nicht? – Prinzessin Sittah
    Schickt her, und läßt sie zu sich holen?

NATHAN: Wen?

    Läßt Recha holen? – Sittah läßt sie holen? –
    Nun; wenn sie Sittah holen läßt, und nicht
    Der Patriarch ...

DAJA: Wie kommt Ihr denn auf den?

NATHAN:

    So hast du kürzlich nichts von ihm gehört?
    Gewiß nicht? Auch ihm nichts gesteckt?

DAJA: Ich? ihm?

NATHAN:

    Wo sind die Boten?

DAJA: Vorn.

NATHAN: Ich will sie doch

    Aus Vorsicht selber sprechen. Komm! – Wenn nur
    Vom Patriarchen nichts dahinter steckt. *(ab.)*

DAJA:

    Und ich – ich fürchte ganz was anders noch.
    Was gilt's? die einzige vermeinte Tochter
    So eines reichen Juden wär' auch wohl
    Für einen Muselmann nicht übel? – Hui,
    Der Tempelherr ist drum. Ist drum: wenn ich
    Den zweiten Schritt nicht auch noch wage; nicht
    Auch ihr noch selbst entdecke, wer sie ist! –
    Getrost! Laß mich den ersten Augenblick,
    Den ich allein sie habe, dazu brauchen!
    Und der wird sein – vielleicht nun eben, wenn
    Ich sie begleite. So ein erster Wink
    Kann unterwegens wenigstens nicht schaden.
    Ja, ja! Nur zu! Itzt oder nie! Nur zu! *(ihm nach.)*

FÜNFTER AUFZUG

—

ERSTER AUFTRITT

Szene: das Zimmer in Saladins Palaste, in welches die Beutel mit Geld getragen
worden, die noch zu sehen
Saladin, und bald darauf verschiedene Mamelucken

SALADIN *(im Hereintreten)*:

> Da steht das Geld nun noch! Und niemand weiß
> Den Derwisch aufzufinden, der vermutlich
> Ans Schachbrett irgendwo geraten ist,
> Das ihn wohl seiner selbst vergessen macht; –
> Warum nicht meiner? – Nun, Geduld! Was gibt's?

EIN MAMELUCK:

> Erwünschte Nachricht, Sultan! Freude, Sultan!...
> Die Karawane von Kahira kömmt;
> Ist glücklich da! mit siebenjährigem
> Tribut des reichen Nils.

SALADIN: Brav, Ibrahim!

> Du bist mir wahrlich ein willkommner Bote! –
> Ha! endlich einmal! endlich! – Habe Dank
> Der guten Zeitung.

DER MAMELUCK *(wartend):* (Nun? nur her damit!)

SALADIN:

> Was wart'st du? – Geh nur wieder.

DER MAMELUCK: Dem Willkommnen

> Sonst nichts?

SALADIN: Was denn noch sonst?

DER MAMELUCK: Dem guten Boten
· Kein Botenbrot? – So wär' ich ja der erste,
Den Saladin mit Worten abzulohnen,
Doch endlich lernte! – Auch ein Ruhm! – der erste,
Mit dem er knickerte.

SALADIN: So nimm dir nur
Dort einen Beutel.

DER MAMELUCK: Nein, nun nicht! Du kannst
Mir sie nun alle schenken wollen.

SALADIN: Trotz! –
Komm her! Da hast du zwei. – Im Ernst? er geht?
Tut mir's an Edelmut zuvor? – Denn sicher
Muß ihm es saurer werden, auszuschlagen,
Als mir zu geben. – Ibrahim! – Was kömmt
Mir denn auch ein, so kurz vor meinem Abtritt
Auf einmal ganz ein andrer sein zu wollen? –
Will Saladin als Saladin nicht sterben? –
So mußt' er auch als Saladin nicht leben.

EIN ZWEITER MAMELUCK:
Nun, Sultan!...

SALADIN: Wenn du mir zu melden kömmst...

ZWEITER MAMELUCK:
Daß aus Ägypten der Transport nun da!

SALADIN:
Ich weiß schon.

ZWEITER MAMELUCK: Kam ich doch zu spät!

SALADIN: Warum
Zu spät? – Da nimm für deinen guten Willen
Der Beutel einen oder zwei.

ZWEITER MAMELUCK: Macht drei!

SALADIN:
Ja, wenn du rechnen kannst! – So nimm sie nur.

ZWEITER MAMELUCK:
Es wird wohl noch ein Dritter kommen, – wenn
Er anders kommen kann.

SALADIN: Wie das?

ZWEITER MAMELUCK: Je nu;
Er hat auch wohl den Hals gebrochen! Denn
Sobald wir drei der Ankunft des Transports
Versichert waren, sprengte jeder frisch
Davon. Der Vorderste, der stürzt; und so
Komm' ich nun vor, und bleib' auch vor bis in
Die Stadt; wo aber Ibrahim, der Lecker,
Die Gassen besser kennt.

SALADIN: O der Gestürzte!
Freund, der Gestürzte! – Reit ihm doch entgegen.

ZWEITER MAMELUCK:
Das werd' ich ja wohl tun! – Und wenn er lebt:
So ist die Hälfte dieser Beutel sein. *(geht ab.)*

SALADIN:
Sieh, welch ein guter edler Kerl auch das! –
Wer kann sich solcher Mamelucken rühmen?
Und wär' mir denn zu denken nicht erlaubt,
Daß sie mein Beispiel bilden helfen? – Fort
Mit dem Gedanken, sie zu guter Letzt
Noch an ein anders zu gewöhnen! ...

EIN DRITTER MAMELUCK: Sultan, ...

SALADIN:
Bist du's, der stürzte?

DRITTER MAMELUCK: Nein. Ich melde nur, –
Daß Emir Mansor, der die Karawane
Geführt, vom Pferde steigt ...

SALADIN: Bring ihn! geschwind! –
Da ist er ja! –

ZWEITER AUFTRITT

Emir Mansor und Saladin

SALADIN: Willkommen, Emir! Nun,
Wie ist's gegangen? – Mansor, Mansor, hast
Uns lange warten lassen!

MANSOR: Dieser Brief
Berichtet, was dein Abulkassem erst
Für Unruh in Thebais dämpfen müssen:
Eh' wir es wagen durften abzugehen.
Den Zug darauf hab' ich beschleuniget
So viel, wie möglich war.

SALADIN: Ich glaube dir! –
Und nimm nur, guter Mansor, nimm sogleich...
Du tust es aber doch auch gern?... nimm frische
Bedeckung nur sogleich. Du mußt sogleich
Noch weiter; mußt der Gelder größern Teil
Auf Libanon zum Vater bringen.

MANSOR: Gern!
Sehr gern!

SALADIN: Und nimm dir die Bedeckung ja
Nur nicht zu schwach. Es ist um Libanon
Nicht alles mehr so sicher. Hast du nicht
Gehört? Die Tempelherrn sind wieder rege.
Sei wohl auf deiner Hut! – Komm nur! Wo hält
Der Zug? Ich will ihn sehn; und alles selbst
Betreiben. – Ihr! ich bin sodann bei Sittah.

DRITTER AUFTRITT

Szene: die Palmen vor Nathans Hause, wo der Tempelherr auf und nieder geht

TEMPELHERR:
Ins Haus nun will ich einmal nicht. – Er wird
Sich endlich doch wohl sehen lassen! – Man
Bemerkte mich ja sonst so bald, so gern! –
Will's noch erleben, daß er sich's verbittet,
Vor seinem Hause mich so fleißig finden
Zu lassen. – Hm! – ich bin doch aber auch
Sehr ärgerlich. – Was hat mich denn nun so
Erbittert gegen ihn? – Er sagte ja:
Noch schlüg' er mir nichts ab. Und Saladin

Hat's über sich genommen, ihn zu stimmen. –
Wie? sollte wirklich wohl in mir der Christ
Noch tiefer nisten, als in ihm der Jude? –
Wer kennt sich recht? Wie könnt' ich ihm denn sonst
Den kleinen Raub nicht gönnen wollen, den
Er sich's zu solcher Angelegenheit
Gemacht, den Christen abzujagen? – Freilich;
Kein kleiner Raub, ein solch Geschöpf! – Geschöpf?
Und wessen? – Doch des Sklaven nicht, der auf
Des Lebens öden Strand den Block geflößt,
Und sich davon gemacht? Des Künstlers doch
Wohl mehr, der in dem hingeworfnen Blocke
Die göttliche Gestalt sich dachte, die
Er dargestellt? – Ach! Rechas wahrer Vater
Bleibt, trotz dem Christen, der sie zeugte – bleibt
In Ewigkeit der Jude. – Wenn ich mir
Sie lediglich als Christendirne denke,
Sie sonder alles das mir denke, was
Allein ihr so ein Jude geben konnte: –
Sprich, Herz, – was wär' an ihr, das dir gefiel'?
Nichts! Wenig! Selbst ihr Lächeln, wär' es nichts
Als sanfte schöne Zuckung ihrer Muskeln;
Wär', was sie lächeln macht, des Reizes unwert,
In den es sich auf ihrem Munde kleidet: –
Nein; selbst ihr Lächeln nicht! Ich hab' es ja
Wohl schöner noch an Aberwitz, an Tand,
An Höhnerei, an Schmeichler und an Buhler,
Verschwenden sehn! – Hat's da mich auch bezaubert?
Hat's da mir auch den Wunsch entlockt, mein Leben
In seinem Sonnenscheine zu verflattern? –
Ich wüßte nicht. Und bin auf den doch launisch,
Der diesen höhern Wert allein ihr gab?
Wie das? warum? – Wenn ich den Spott verdiente,
Mit dem mich Saladin entließ! Schon schlimm
Genug, daß Saladin es glauben konnte!
Wie klein ich ihm da scheinen mußte! wie

Verächtlich! – Und das alles um ein Mädchen? –
Curd! Curd! das geht so nicht. Lenk ein! Wenn vollends
Mir Daja nur was vorgeplaudert hätte,
Was schwerlich zu erweisen stünde? – Sieh,
Da tritt er endlich, in Gespräch vertieft,
Aus seinem Hause! – Ha! mit wem! – Mit ihm?
Mit meinem Klosterbruder? – Ha! so weiß
Er sicherlich schon alles! ist wohl gar
Dem Patriarchen schon verraten! – Ha!
Was hab' ich Querkopf nun gestiftet! – Daß
Ein einz'ger Funken dieser Leidenschaft
Doch unsers Hirns so viel verbrennen kann! –
Geschwind entschließ dich, was nunmehr zu tun!
Ich will hier seitwärts ihrer warten; – ob
Vielleicht der Klosterbruder ihn verläßt.

VIERTER AUFTRITT

Nathan und der Klosterbruder

NATHAN *(im Näherkommen)*:

Habt nochmals, guter Bruder, vielen Dank!

KLOSTERBRUDER:

Und Ihr desgleichen!

NATHAN: Ich? von Euch? wofür?
Für meinen Eigensinn, Euch aufzudringen,
Was Ihr nicht braucht? – Ja, wenn ihm Eurer nur
Auch nachgegeben hätt'; Ihr mit Gewalt
Nicht wolltet reicher sein, als ich.

KLOSTERBRUDER: Das Buch
Gehört ja ohnedem nicht mir; gehört
Ja ohnedem der Tochter; ist ja so
Der Tochter ganzes väterliches Erbe. –
Je nu, sie hat ja Euch. – Gott gebe nur,
Daß Ihr es nie bereuen dürft, so viel
Für sie getan zu haben!

NATHAN: Kann ich das?
Das kann ich nie. Seid unbesorgt!

KLOSTERBRUDER: Nu, nu!
Die Patriarchen und die Tempelherren ...

NATHAN:
Vermögen mir des Bösen nie so viel
Zu tun, daß irgend was mich reuen könnte:
Geschweige, das! – Und seid Ihr denn so ganz
Versichert, daß ein Tempelherr es ist,
Der Euern Patriarchen hetzt?

KLOSTERBRUDER: Es kann
Beinah kein andrer sein. Ein Tempelherr
Sprach kurz vorher mit ihm; und was ich hörte,
Das klang darnach.

NATHAN: Es ist doch aber nur
Ein einziger itzt in Jerusalem.
Und diesen kenn' ich. Dieser ist mein Freund.
Ein junger, edler, offner Mann!

KLOSTERBRUDER: Ganz recht;
Der nämliche! – Doch was man ist, und was
Man sein muß in der Welt, das paßt ja wohl
Nicht immer.

NATHAN: Leider nicht. – So tue, wer's
Auch immer ist, sein Schlimmstes oder Bestes!
Mit Euerm Buche, Bruder, trotz' ich allen;
Und gehe graden Wegs damit zum Sultan.

KLOSTERBRUDER:
Viel Glücks! Ich will Euch denn nur hier verlassen.

NATHAN:
Und habt sie nicht einmal gesehn? – Kommt ja
Doch bald, doch fleißig wieder. – Wenn nur heut
Der Patriarch noch nichts erfährt! – Doch was?
Sagt ihm auch heute, was Ihr wollt.

KLOSTERBRUDER: Ich nicht.
Lebt wohl! *(geht ab.)*

NATHAN: Vergeßt uns ja nicht, Bruder! – Gott!
Daß ich nicht gleich hier unter freiem Himmel
Auf meine Kniee sinken kann! Wie sich
Der Knoten, der so oft mir bange machte,
Nun von sich selber löset! – Gott! wie leicht
Mir wird, daß ich nun weiter auf der Welt
Nichts zu verbergen habe! daß ich vor
Den Menschen nun so frei kann wandeln, als
Vor dir, der du allein den Menschen nicht
Nach seinen Taten brauchst zu richten, die
So selten seine Taten sind, o Gott! –

FÜNFTER AUFTRITT

Nathan und der Tempelherr, der von der Seite auf ihn zu kömmt

TEMPELHERR:

He! wartet, Nathan; nehmt mich mit!

NATHAN: Wer ruft? –
Seid Ihr es, Ritter? Wo gewesen, daß
Ihr bei dem Sultan Euch nicht treffen lassen?

TEMPELHERR:

Wir sind einander fehl gegangen. Nehmt's
Nicht übel.

NATHAN: Ich nicht; aber Saladin ...

TEMPELHERR:

Ihr wart nur eben fort ...

NATHAN: Und spracht ihn doch?
Nun, so ist's gut.

TEMPELHERR: Er will uns aber beide
Zusammen sprechen.

NATHAN: Desto besser. Kommt
Nur mit. Mein Gang stand ohnehin zu ihm. –

TEMPELHERR:

Ich darf ja doch wohl fragen, Nathan, wer
Euch da verließ?

NATHAN: Ihr kennt ihn doch wohl nicht?

TEMPELHERR:

War's nicht die gute Haut, der Laienbruder,
Des sich der Patriarch so gern zum Stöber
Bedient?

NATHAN: Kann sein! Beim Patriarchen ist
Er allerdings.

TEMPELHERR: Der Pfiff ist gar nicht übel:
Die Einfalt vor der Schurkerei voraus
Zu schicken.

NATHAN: Ja, die dumme; – nicht die fromme.

TEMPELHERR:

An fromme glaubt kein Patriarch.

NATHAN: Für den
Nun steh' ich. Der wird seinem Patriarchen
Nichts Ungebührliches vollziehen helfen.

TEMPELHERR:

So stellt er wenigstens sich an. – Doch hat
Er Euch von mir denn nichts gesagt?

NATHAN: Von Euch?
Von Euch nun namentlich wohl nichts. – Er weiß
Ja wohl auch schwerlich Euern Namen?

TEMPELHERR: Schwerlich.

NATHAN:

Von einem Tempelherren freilich hat
Er mir gesagt ...

TEMPELHERR: Und was?

NATHAN: Womit er Euch
Doch ein für allemal nicht meinen kann!

TEMPELHERR:

Wer weiß? Laßt doch nur hören.

NATHAN: Daß mich einer
Bei seinem Patriarchen angeklagt ...

TEMPELHERR:

> Euch angeklagt? – Das ist, mit seiner Gunst –
> Erlogen. – Hört mich, Nathan! – Ich bin nicht
> Der Mensch, der irgend etwas abzuleugnen
> Im Stande wäre. Was ich tat, das tat ich!
> Doch bin ich auch nicht der, der alles, was
> Er tat, als wohlgetan verteid'gen möchte.
> Was sollt' ich eines Fehls mich schämen? Hab'
> Ich nicht den festen Vorsatz ihn zu bessern?
> Und weiß ich etwa nicht, wie weit mit dem
> Es Menschen bringen können? – Hört mich, Nathan! –
> Ich bin des Laienbruders Tempelherr,
> Der Euch verklagt soll haben, allerdings. –
> Ihr wißt ja, was mich wurmisch machte! was
> Mein Blut in allen Adern sieden machte!
> Ich Gauch! – ich kam, so ganz mit Leib und Seel'
> Euch in die Arme mich zu werfen. Wie
> Ihr mich empfingt – wie kalt – wie lau – denn lau
> Ist schlimmer noch als kalt; wie abgemessen
> Mir auszubeugen Ihr beflissen wart;
> Mit welchen aus der Luft gegriffnen Fragen
> Ihr Antwort mir zu geben scheinen wolltet:
> Das darf ich kaum mir itzt noch denken, wenn
> Ich soll gelassen bleiben. – Hört mich, Nathan! –
> In dieser Gärung schlich mir Daja nach,
> Und warf mir ihr Geheimnis an den Kopf,
> Das mir den Aufschluß Euers rätselhaften
> Betragens zu enthalten schien.

NATHAN: Wie das?

TEMPELHERR:

> Hört mich nur aus! – Ich bildete mir ein,
> Ihr wolltet, was Ihr einmal nun den Christen
> So abgejagt, an einen Christen wieder
> Nicht gern verlieren. Und so fiel mir ein,

Euch kurz und gut das Messer an die Kehle
Zu setzen.

NATHAN: Kurz und gut? und gut? – Wo steckt
Das Gute?

TEMPELHERR: Hört mich, Nathan! – Allerdings:
Ich tat nicht recht! – Ihr seid wohl gar nicht schuldig. –
Die Närrin Daja weiß nicht was sie spricht –
Ist Euch gehässig – sucht Euch nur damit
In einen bösen Handel zu verwickeln –
Kann sein! kann sein! – Ich bin ein junger Laffe,
Der immer nur an beiden Enden schwärmt;
Bald viel zu viel, bald viel zu wenig tut –
Auch das kann sein! Verzeiht mir, Nathan.

NATHAN: Wenn
Ihr so mich freilich fasset –

TEMPELHERR: Kurz, ich ging
Zum Patriarchen! – hab' Euch aber nicht
Genannt. Das ist erlogen, wie gesagt!
Ich hab' ihm bloß den Fall ganz allgemein
Erzählt, um seine Meinung zu vernehmen. –
Auch das hätt' unterbleiben können: ja doch! –
Denn kannt' ich nicht den Patriarchen schon
Als einen Schurken? Konnt' ich Euch nicht selber
Nur gleich zur Rede stellen? – Mußt' ich der
Gefahr, so einen Vater zu verlieren,
Das arme Mädchen opfern? – Nun, was tut's!
Die Schurkerei des Patriarchen, die
So ähnlich immer sich erhält, hat mich
Des nächsten Weges wieder zu mir selbst
Gebracht. – Denn hört mich, Nathan; hört mich aus! –
Gesetzt; er wüßt' auch Euern Namen: was
Nun mehr, was mehr? – Er kann Euch ja das Mädchen
Nur nehmen, wenn sie niemands ist, als Euer.
Er kann sie doch aus Euerm Hause nur
Ins Kloster schleppen. – Also – gebt sie mir!
Gebt sie nur mir; und laßt ihn kommen. Ha!

Er soll's wohl bleiben lassen, mir mein Weib
Zu nehmen. – Gebt sie mir; geschwind! – Sie sei
Nun Eure Tochter, oder sei es nicht!
Sei Christin, oder Jüdin, oder keines!
Gleich viel! gleich viel! Ich werd' Euch weder itzt
Noch jemals sonst in meinem ganzen Leben
Darum befragen. Sei, wie's sei!

NATHAN: Ihr wähnt
Wohl gar, daß mir die Wahrheit zu verbergen
Sehr nötig?

TEMPELHERR: Sei, wie's sei!

NATHAN: Ich hab' es ja
Euch – oder wem es sonst zu wissen ziemt –
Noch nicht geleugnet, daß sie eine Christin,
Und nichts als meine Pflegetochter ist. –
Warum ich's aber ihr noch nicht entdeckt? –
Darüber brauch' ich nur bei ihr mich zu
Entschuldigen.

TEMPELHERR: Das sollt Ihr auch bei ihr
Nicht brauchen. – Gönnt's ihr doch, daß sie Euch nie
Mit andern Augen darf betrachten! Spart
Ihr die Entdeckung doch! – Noch habt Ihr ja,
Ihr ganz allein, mit ihr zu schalten. Gebt
Sie mir! Ich bitt' Euch, Nathan; gebt sie mir!
Ich bin's allein, der sie zum zweitenmale
Euch retten kann – und will.

NATHAN: Ja – konnte! konnte!
Nun auch nicht mehr. Es ist damit zu spät.

TEMPELHERR:
Wie so? zu spät?

NATHAN: Dank sei dem Patriarchen ...

TEMPELHERR:
Dem Patriarchen? Dank? ihm Dank? wofür?
Dank hätte der bei uns verdienen wollen?
Wofür? wofür?

NATHAN: Daß wir nun wissen, wem
Sie anverwandt; nun wissen, wessen Händen
Sie sicher ausgeliefert werden kann.

TEMPELHERR:
Das dank' ihm – wer für mehr ihm danken wird!

NATHAN:
Aus diesen müßt Ihr sie nun auch erhalten;
Und nicht aus meinen.

TEMPELHERR: Arme Recha! Was
Dir alles zustößt, arme Recha! Was
Ein Glück für andre Waisen wäre, wird
Dein Unglück! – Nathan! – Und wo sind sie, diese
Verwandte?

NATHAN: Wo sie sind?

TEMPELHERR: Und wer sie sind?

NATHAN:
Besonders hat ein Bruder sich gefunden,
Bei dem Ihr um sie werben müßt.

TEMPELHERR: Ein Bruder?
Was ist er, dieser Bruder? Ein Soldat?
Ein Geistlicher? – Laßt hören, was ich mir
Versprechen darf.

NATHAN: Ich glaube, daß er keines
Von beiden – oder beides ist. Ich kenn'
Ihn noch nicht recht.

TEMPELHERR: Und sonst?

NATHAN: Ein braver Mann!
Bei dem sich Recha gar nicht übel wird
Befinden.

TEMPELHERR: Doch ein Christ! – Ich weiß zu Zeiten
Auch gar nicht, was ich von Euch denken soll: –
Nehmt mir's nicht ungut, Nathan. – Wird sie nicht
Die Christin spielen müssen, unter Christen?
Und wird sie, was sie lange gnug gespielt,
Nicht endlich werden? Wird den lautern Weizen,

Den Ihr gesä't, das Unkraut endlich nicht
Ersticken? – Und das kümmert Euch so wenig?
Dem ungeachtet könnt Ihr sagen – Ihr? –
Daß sie bei ihrem Bruder sich nicht übel
Befinden werde?

NATHAN: Denk' ich! hoff' ich! – Wenn
Ihr ja bei ihm was mangeln sollte, hat
Sie Euch und mich denn nicht noch immer? –

TEMPELHERR: Oh!
Was wird bei ihm ihr mangeln können! Wird
Das Brüderchen mit Essen und mit Kleidung,
Mit Naschwerk und mit Putz, das Schwesterchen
Nicht reichlich gnug versorgen? Und was braucht
Ein Schwesterchen denn mehr? – Ei freilich: auch
Noch einen Mann! – Nun, nun; auch den, auch den
Wird ihr das Brüderchen zu seiner Zeit
Schon schaffen; wie er immer nur zu finden!
Der Christlichste der Beste! – Nathan, Nathan!
Welch einen Engel hattet Ihr gebildet,
Den Euch nun andre so verhunzen werden!

NATHAN:

Hat keine Not! Er wird sich unsrer Liebe
Noch immer wert genug behaupten.

TEMPELHERR: Sagt
Das nicht! Von meiner Liebe sagt das nicht!
Denn die läßt nichts sich unterschlagen; nichts.
Es sei auch noch so klein! Auch keinen Namen! –
Doch halt! – Argwohnt sie wohl bereits, was mit
Ihr vorgeht?

NATHAN: Möglich; ob ich schon nicht wüßte,
Woher?

TEMPELHERR: Auch eben viel; sie soll – sie muß
In beiden Fällen, was ihr Schicksal droht,
Von mir zuerst erfahren. Mein Gedanke,
Sie eher wieder nicht zu sehn, zu sprechen,

Als bis ich sie die Meine nennen dürfe,
Fällt weg. Ich eile ...

NATHAN: Bleibt! wohin?

TEMPELHERR: Zu ihr!
Zu sehn, ob diese Mädchenseele Manns genug
Wohl ist, den einzigen Entschluß zu fassen
Der ihrer würdig wäre!

NATHAN: Welchen?

TEMPELHERR: Den:
Nach Euch und ihrem Bruder weiter nicht
Zu fragen –

NATHAN: Und?

TEMPELHERR: Und mir zu folgen; – wenn
Sie drüber eines Muselmannes Frau
Auch werden müßte.

NATHAN: Bleibt! Ihr trefft sie nicht.
Sie ist bei Sittah, bei des Sultans Schwester.

TEMPELHERR:
Seit wenn? warum?

NATHAN: Und wollt Ihr da bei ihnen
Zugleich den Bruder finden: kommt nur mit.

TEMPELHERR:
Den Bruder? welchen? Sittahs oder Rechas?

NATHAN:
Leicht beide. Kommt nur mit! Ich bitt' Euch, kommt!
(er führt ihn fort.)

SECHSTER AUFTRITT

Szene: in Sittahs Harem

Sittah und Recha in Unterhaltung begriffen

SITTAH:
Was freu' ich mich nicht deiner, süßes Mädchen! –
Sei so beklemmt nur nicht! so angst! so schüchtern! –
Sei munter! sei gesprächiger! vertrauter!

RECHA:

Prinzessin, ...

SITTAH: Nicht doch! nicht Prinzessin! Nenn
Mich Sittah, – deine Freundin, – deine Schwester.
Nenn mich dein Mütterchen! – Ich könnte das
Ja schier auch sein. – So jung! so klug! so fromm!
Was du nicht alles weißt! nicht alles mußt
Gelesen haben!

RECHA: Ich gelesen? – Sittah,
Du spottest deiner kleinen albern Schwester.
Ich kann kaum lesen.

SITTAH: Kannst kaum, Lügnerin!

RECHA:

Ein wenig meines Vaters Hand! – Ich meinte,
Du sprächst von Büchern.

SITTAH: Allerdings! von Büchern.

RECHA:

Nun, Bücher wird mir wahrlich schwer zu lesen! –

SITTAH:

Im Ernst?

RECHA: In ganzem Ernst. Mein Vater liebt
Die kalte Buchgelehrsamkeit, die sich
Mit toten Zeichen ins Gehirn nur drückt,
Zu wenig.

SITTAH: Ei, was sagst du! – Hat indes
Wohl nicht sehr unrecht! – Und so manches, was
Du weißt...?

RECHA: Weiß ich allein aus seinem Munde.
Und könnte bei dem meisten dir noch sagen,
Wie? wo? warum? er mich's gelehrt.

SITTAH: So hängt
Sich freilich alles besser an. So lernt
Mit eins die ganze Seele.

RECHA: Sicher hat
Auch Sittah wenig oder nichts gelesen!

SITTAH:

    Wie so? – Ich bin nicht stolz aufs Gegenteil. –

    Allein wie so? Dein Grund! Sprich dreist. Dein Grund?

RECHA:

    Sie ist so schlecht und recht; so unverkünstelt;

    So ganz sich selbst nur ähnlich ...

SITTAH: Nun?

RECHA: Das sollen

    Die Bücher uns nur selten lassen: sagt

    Mein Vater.

SITTAH: O was ist dein Vater für

    Ein Mann!

RECHA: Nicht wahr?

SITTAH: Wie nah er immer doch

    Zum Ziele trifft!

RECHA: Nicht wahr? – Und diesen Vater –

SITTAH:

    Was ist dir, Liebe?

RECHA: Diesen Vater –

SITTAH: Gott!

    Du weinst?

RECHA: Und diesen Vater – Ah! es muß

    Heraus! Mein Herz will Luft, will Luft ...

    (wirft sich, von Tränen überwältiget, zu ihren Füßen.)

SITTAH: Kind, was

    Geschieht dir? Recha?

RECHA: Diesen Vater soll –

    Soll ich verlieren!

SITTAH: Du? verlieren? ihn?

    Wie das? – Sei ruhig! – Nimmermehr! – Steh auf!

RECHA:

    Du sollst vergebens dich zu meiner Freundin,

    Zu meiner Schwester nicht erboten haben!

SITTAH:

    Ich bin's ja! bin's! – Steh doch nur auf! Ich muß

    Sonst Hülfe rufen.

RECHA *(die sich ermannt und aufsteht):*

Ah! verzeih! vergib! –
Mein Schmerz hat mich vergessen machen, wer
Du bist. Vor Sittah gilt kein Winseln, kein
Verzweifeln. Kalte, ruhige Vernunft
Will alles über sie allein vermögen.
Wes Sache diese bei ihr führt, der siegt!

SITTAH: Nun dann?

RECHA:

Nein; meine Freundin, meine Schwester
Gibt das nicht zu! Gibt nimmer zu, daß mir
Ein andrer Vater aufgedrungen werde!

SITTAH:

Ein andrer Vater? aufgedrungen? dir?
Wer kann das? kann das auch nur wollen, Liebe?

RECHA:

Wer? Meine gute böse Daja kann
Das wollen, – will das können. – Ja; du kennst
Wohl diese gute böse Daja nicht?
Nun, Gott vergeb' es ihr! – belohn' es ihr!
Sie hat mir so viel Gutes, – so viel Böses
Erwiesen!

SITTAH: Böses dir? – So muß sie Gutes
Doch wahrlich wenig haben.

RECHA: Doch! recht viel,
Recht viel!

SITTAH: Wer ist sie?

RECHA: Eine Christin, die
In meiner Kindheit mich gepflegt; mich so
Gepflegt! – Du glaubst nicht! – Die mir eine Mutter
So wenig missen lassen! – Gott vergelt'
Es ihr! – Die aber mich auch so geängstet!
Mich so gequält!

SITTAH: Und über was? warum?
Wie?

RECHA: Ach! die arme Frau, – ich sag' dir's ja –
Ist eine Christin; – muß aus Liebe quälen; –
Ist eine von den Schwärmerinnen, die
Den allgemeinen, einzig wahren Weg
Nach Gott, zu wissen wähnen!

SITTAH: Nun versteh' ich!

RECHA:

Und sich gedrungen fühlen, einen jeden,
Der dieses Wegs verfehlt, darauf zu lenken. –
Kaum können sie auch anders. Denn ist's wahr,
Daß dieser Weg allein nur richtig führt:
Wie sollen sie gelassen ihre Freunde
Auf einem andern wandeln sehn, – der ins
Verderben stürzt, ins ewige Verderben?
Es müßte möglich sein, denselben Menschen
Zur selben Zeit zu lieben und zu hassen. –
Auch ist's das nicht, was endlich laute Klagen
Mich über sie zu führen zwingt. Ihr Seufzen,
Ihr Warnen, ihr Gebet, ihr Drohen hätt'
Ich gern noch länger ausgehalten; gern!
Es brachte mich doch immer auf Gedanken,
Die gut und nützlich. Und wem schmeichelt's doch
Im Grunde nicht, sich gar so wert und teuer,
Von wem's auch sei, gehalten fühlen, daß
Er den Gedanken nicht ertragen kann,
Er müss' einmal auf ewig uns entbehren!

SITTAH: Sehr wahr!

RECHA:

Allein – allein – das geht zu weit!
Dem kann ich nichts entgegensetzen; nicht
Geduld, nicht Überlegung; nichts!

SITTAH: Was? wem?

RECHA:

Was sie mir eben itzt entdeckt will haben.

SITTAH:

Entdeckt? und eben itzt?

RECHA: Nur eben itzt!
Wir nahten, auf dem Weg hierher, uns einem
Verfallnen Christentempel. Plötzlich stand
Sie still; schien mit sich selbst zu kämpfen; blickte
Mit nassen Augen bald gen Himmel, bald
Auf mich. Komm, sprach sie endlich, laß uns hier
Durch diesen Tempel in die Richte gehn!
Sie geht; ich folg' ihr, und mein Auge schweift
Mit Graus die wankenden Ruinen durch.
Nun steht sie wieder; und ich sehe mich
An den versunknen Stufen eines morschen
Altars mit ihr. Wie ward mir? als sie da
Mit heißen Tränen, mit gerungnen Händen
Zu meinen Füßen stürzte ...

SITTAH: Gutes Kind!

RECHA:

Und bei der Göttlichen, die da wohl sonst
So manch Gebet erhört, so manches Wunder
Verrichtet habe, mich beschwor; – mit Blicken
Des wahren Mitleids mich beschwor, mich meiner
Doch zu erbarmen! – Wenigstens, ihr zu
Vergeben, wenn sie mir entdecken müsse,
Was ihre Kirch' auf mich für Anspruch habe.

SITTAH:

(Unglückliche! – Es ahnte mir!)

RECHA: Ich sei
Aus christlichem Geblüte; sei getauft;
Sei Nathans Tochter nicht; er nicht mein Vater! –
Gott! Gott! Er nicht mein Vater! – Sittah! Sittah!
Sieh mich aufs neu' zu deinen Füßen ...

SITTAH: Recha!
Nicht doch! steh auf! – Mein Bruder kömmt! steh auf!

SIEBENTER AUFTRITT

Saladin und die Vorigen

SALADIN:

Was gibt's hier, Sittah?

SITTAH: Sie ist von sich! Gott!

SALADIN:

Wer ist's?

SITTAH: Du weißt ja ...

SALADIN: Unsers Nathans Tochter?

Was fehlt ihr?

SITTAH: Komm doch zu dir, Kind! – Der Sultan ...

RECHA *(die sich auf den Knien zu Saladins Füßen schleppt, den Kopf zur*
Erde gesenkt):

Ich steh' nicht auf! nicht eher auf! – mag eher

Des Sultans Antlitz nicht erblicken! – eher

Den Abglanz ewiger Gerechtigkeit

Und Güte nicht in seinen Augen, nicht

Auf seiner Stirn bewundern ...

SALADIN: Steh ... steh auf!

RECHA:

Eh er mir nicht verspricht ...

SALADIN: Komm! ich verspreche ...

Sei was es will!

RECHA: Nicht mehr, nicht weniger,

Als meinen Vater mir zu lassen; und

Mich ihm! – Noch weiß ich nicht, wer sonst mein Vater

Zu sein verlangt; – verlangen kann. Will's auch

Nicht wissen. Aber macht denn nur das Blut

Den Vater? nur das Blut?

SALADIN *(der sie aufhebt)*:   Ich merke wohl! –

Wer war so grausam denn, dir selbst – dir selbst

Dergleichen in den Kopf zu setzen? Ist

Es denn schon völlig ausgemacht? erwiesen?

RECHA:

Muß wohl! Denn Daja will von meiner Amm'
Es haben.

SALADIN: Deiner Amme!

RECHA: Die es sterbend
Ihr zu vertrauen sich verbunden fühlte.

SALADIN:

Gar sterbend! – Nicht auch faselnd schon? – Und wär's
Auch wahr! – Jawohl: das Blut, das Blut allein
Macht lange noch den Vater nicht! macht kaum
Den Vater eines Tieres! gibt zum höchsten
Das erste Recht, sich diesen Namen zu
Erwerben! – Laß dir doch nicht bange sein! –
Und weißt du was? Sobald der Väter zwei
Sich um dich streiten: – laß sie beide; nimm
Den dritten! – Nimm dann mich zu deinem Vater!

SITTAH:

O tu's! o tu's!

SALADIN: Ich will ein guter Vater,
Recht guter Vater sein! – Doch halt! mir fällt
Noch viel was Bessers bei. – Was brauchst du denn
Der Väter überhaupt? Wenn sie nun sterben?
Bei Zeiten sich nach einem umgesehn,
Der mit uns um die Wette leben will!
Kennst du noch keinen? ...

SITTAH: Mach sie nicht erröten!

SALADIN:

Das hab' ich allerdings mir vorgesetzt.
Erröten macht die Häßlichen so schön:
Und sollte Schöne nicht noch schöner machen? –
Ich habe deinen Vater Nathan; und
Noch einen – einen noch hierher bestellt.
Errätst du ihn? – Hierher! Du wirst mir doch
Erlauben, Sittah?

SITTAH: Bruder!

[handwritten in left margin: find yourself a husband]

SALADIN: Daß du ja
   Vor ihm recht sehr errötest, liebes Mädchen!

RECHA:
   Vor wem? erröten?...

SALADIN: Kleine Heuchlerin!
   Nun so erblasse lieber! – Wie du willst
   Und kannst! –
   (eine Sklavin tritt herein, und nahet sich Sittah.)
               Sie sind doch etwa nicht schon da?

SITTAH *(zur Sklavin)*:
   Gut! laß sie nur herein. – Sie sind es, Bruder!

LETZTER AUFTRITT

Nathan und der Tempelherr zu den Vorigen

SALADIN:
   Ah, meine guten lieben Freunde! – Dich,
   Dich, Nathan, muß ich nur vor allen Dingen
   Bedeuten, daß du nun, sobald du willst,
   Dein Geld kannst wieder holen lassen!...

NATHAN: Sultan!...

SALADIN:
   Nun steh' ich auch zu deinen Diensten...

NATHAN: Sultan!...

SALADIN:
   Die Karawan' ist da. Ich bin so reich
   Nun wieder, als ich lange nicht gewesen. –
   Komm, sag mir, was du brauchst, so recht was Großes
   Zu unternehmen! Denn auch ihr, auch ihr,
   Ihr Handelsleute, könnt des baren Geldes
   Zu viel nie haben!

NATHAN: Und warum zuerst
   Von dieser Kleinigkeit? – Ich sehe dort
   Ein Aug' in Tränen, das zu trocknen, mir
   Weit angelegner ist. *(geht auf Recha zu.)* Du hast geweint?
   Was fehlt dir? – bist doch meine Tochter noch?

RECHA:

Mein Vater!...

NATHAN: Wir verstehen uns. Genug! –
Sei heiter! Sei gefaßt! Wenn sonst dein Herz
Nur dein noch ist! Wenn deinem Herzen sonst
Nur kein Verlust nicht droht! – Dein Vater ist
Dir unverloren!

RECHA: Keiner, keiner sonst!

TEMPELHERR:

Sonst keiner? – Nun! so hab' ich mich betrogen.
Was man nicht zu verlieren fürchtet, hat
Man zu besitzen nie geglaubt, und nie
Gewünscht. – Recht wohl! recht wohl! – Das ändert,
                    Nathan,
Das ändert alles! – Saladin, wir kamen
Auf dein Geheiß. Allein, ich hatte dich
Verleitet: itzt bemüh dich nur nicht weiter!

SALADIN:

Wie gach nun wieder, junger Mann! – Soll alles
Dir denn entgegen kommen, alles dich
Erraten?

TEMPELHERR: Nun du hörst ja! siehst ja, Sultan!

SALADIN:

Ei wahrlich! – Schlimm genug, daß deiner Sache
Du nicht gewisser warst!

TEMPELHERR: So bin ich's nun.

SALADIN:

Wer so auf irgend eine Wohltat trotzt,
Nimmt sie zurück. Was du gerettet, ist
Deswegen nicht dein Eigentum. Sonst wär'
Der Räuber, den sein Geiz ins Feuer jagt,
So gut ein Held, wie du!
(auf Recha zugehend, um sie dem Tempelherrn zuzuführen.)
                    Komm, liebes Mädchen,
Komm! Nimm's mit ihm nicht so genau. Denn wär'

Er anders; wär' er minder warm und stolz:
Er hätt' es bleiben lassen, dich zu retten.
Du mußt ihm eins fürs andre rechnen. – Komm!
Beschäm ihn! tu, was ihm zu tun geziemte!
Bekenn ihm deine Liebe! trage dich ihm an!
Und wenn er dich verschmäht; dir's je vergißt,
Wie ungleich mehr in diesem Schritte du
Für ihn getan, als er für dich ... Was hat
Er denn für dich getan? Ein wenig sich
Beräuchern lassen! ist was rechts! – so hat
Er meines Bruders, meines Assad, nichts!
So trägt er seine Larve, nicht sein Herz.
Komm, Liebe ...

SITTAH: Geh! geh, Liebe, geh! Es ist
Für deine Dankbarkeit noch immer wenig;
Noch immer nichts.

NATHAN: Halt Saladin! halt Sittah!

SALADIN:
Auch du?

NATHAN: Hier hat noch einer mitzusprechen ...

SALADIN:
Wer leugnet das? – Unstreitig, Nathan, kömmt
So einem Pflegevater eine Stimme
Mit zu! Die erste, wenn du willst. – Du hörst,
Ich weiß der Sache ganze Lage.

NATHAN: Nicht so ganz! –
Ich rede nicht von mir. Es ist ein andrer;
Weit, weit ein andrer, den ich, Saladin,
Doch auch vorher zu hören bitte.

SALADIN: Wer?

NATHAN: Ihr Bruder!

SALADIN:
Rechas Bruder?

NATHAN: Ja!

RECHA: Mein Bruder?
So hab' ich einen Bruder?

TEMPELHERR *(aus seiner wilden, stummen Zerstreuung auffahrend)*:

Wo? wo ist

Er, dieser Bruder? Noch nicht hier? Ich sollt'
Ihn hier ja treffen.

NATHAN: Nur Geduld!

TEMPELHERR *(äußerst bitter)*:   Er hat

Ihr einen Vater aufgebunden: – wird
Er keinen Bruder für sie finden?

SALADIN: Das

Hat noch gefehlt! Christ! ein so niedriger
Verdacht wär' über Assads Lippen nicht
Gekommen. – Gut! fahr nur so fort!

NATHAN: Verzeih

Ihm! – Ich verzeih' ihm gern. – Wer weiß, was wir
An seiner Stell', in seinem Alter dächten!

(freundschaftlich auf ihn zugehend.)

Natürlich, Ritter! – Argwohn folgt auf Mißtraun! –
Wenn Ihr mich Euers wahren Namens gleich
Gewürdigt hättet...

TEMPELHERR: Wie?

NATHAN: Ihr seid kein Stauffen!

TEMPELHERR:

Wer bin ich denn?

NATHAN: Heißt Curd von Stauffen nicht!

TEMPELHERR:

Wie heiß ich denn?

NATHAN: Heißt Leu von Filnek.

TEMPELHERR: Wie?

NATHAN:

Ihr stutzt?

TEMPELHERR: Mit Recht! Wer sagt das?

NATHAN: Ich; der mehr,

Noch mehr Euch sagen kann. Ich straf' indes
Euch keiner Lüge.

TEMPELHERR: Nicht?

NATHAN: Kann doch wohl sein,
Daß jener Nam' Euch ebenfalls gebührt.

TEMPELHERR:
Das sollt' ich meinen! – (Das hieß Gott ihn sprechen!)

NATHAN:
Denn Eure Mutter – die war eine Stauffin.
Ihr Bruder, Euer Ohm, der Euch erzogen,
Dem Eure Eltern Euch in Deutschland ließen,
Als, von dem rauhen Himmel dort vertrieben,
Sie wieder hier zu Lande kamen: – der
Hieß Curd von Stauffen; mag an Kindes Statt
Vielleicht Euch angenommen haben! – Seid
Ihr lange schon mit ihm nun auch herüber
Gekommen? Und er lebt doch noch?

TEMPELHERR: Was soll
Ich sagen? – Nathan! – Allerdings! So ist's!
Er selbst ist tot. Ich kam erst mit der letzten
Verstärkung unsers Ordens. – Aber, aber –
Was hat mit diesem allen Rechas Bruder
Zu schaffen?

NATHAN: Euer Vater...

TEMPELHERR: Wie? auch den
Habt Ihr gekannt? Auch den?

NATHAN: Er war mein Freund.

TEMPELHERR:
War Euer Freund? Ist's möglich, Nathan!...

NATHAN: Nannte
Sich Wolf von Filnek; aber war kein Deutscher...

TEMPELHERR:
Ihr wißt auch das?

NATHAN: War einer Deutschen nur
Vermählt; war Eurer Mutter nur nach Deutschland
Auf kurze Zeit gefolgt...

TEMPELHERR: Nicht mehr! Ich bitt'
Euch! – Aber Rechas Bruder? Rechas Bruder...

NATHAN:

    Seid Ihr!

TEMPELHERR: Ich? ich ihr Bruder?

RECHA: Er mein Bruder?

SITTAH:

    Geschwister!

SALADIN: Sie Geschwister!

RECHA *(will auf ihn zu)*: ꙮ.   Ah! mein Bruder!

TEMPELHERR *(tritt zurück)*:

    Ihr Bruder!

RECHA *(hält an, und wendet sich zu Nathan)*:

             Kann nicht sein! nicht sein! – Sein Herz
Weiß nichts davon! – Wir sind Betrieger! Gott!

SALADIN *(zum Tempelherrn)*:

    Betrieger? wie? Das denkst du? kannst du denken?
Betrieger selbst! Denn alles ist erlogen
An dir: Gesicht und Stimm und Gang! Nichts dein!
So eine Schwester nicht erkennen wollen! Geh!

TEMPELHERR *(sich demütig ihm nahend)*:

    Mißdeut' auch du nicht mein Erstaunen, Sultan!
Verkenn' in einem Augenblick, in dem
Du schwerlich deinen Assad je gesehen,
Nicht ihn und mich! *(auf Nathan zueilend.)*
               Ihr nehmt und gebt mir, Nathan!
Mit vollen Händen beides! – Nein! Ihr gebt
Mir mehr, als Ihr mir nehmt! unendlich mehr!
(Recha um den Hals fallend.)
Ah meine Schwester! meine Schwester!

NATHAN: Blanda

    Von Filnek.

TEMPELHERR: Blanda? Blanda? – Recha nicht?
Nicht Eure Recha mehr? – Gott! Ihr verstoßt
Sie! gebt ihr ihren Christennamen wieder!
Verstoßt sie meinetwegen! – Nathan! Nathan!
Warum es sie entgelten lassen? sie!

NATHAN:

Und was? – O meine Kinder! meine Kinder! –
Denn meiner Tochter Bruder wär' mein Kind
Nicht auch, – sobald er will?

(indem er sich ihren Umarmungen überläßt, tritt Saladin mit unruhigem Erstaunen zu seiner Schwester.)

SALADIN: Was sagst du, Schwester?

SITTAH:

Ich bin gerührt ...

SALADIN: Und ich, – ich schaudere
Vor einer größern Rührung fast zurück!
Bereite dich nur drauf, so gut du kannst.

SITTAH: Wie?

SALADIN:

Nathan, auf ein Wort! ein Wort! –
(indem Nathan zu ihm tritt, tritt Sittah zu dem Geschwister, ihnen ihre Teilnehmung zu bezeigen; und Nathan und Saladin sprechen leiser.)
Hör! hör doch, Nathan! Sagtest du vorhin
Nicht –?

NATHAN: Was?

SALADIN: Aus Deutschland sei ihr Vater nicht
Gewesen; ein geborner Deutscher nicht.
Was war er denn? wo war er sonst denn her?

NATHAN:

Das hat er selbst mir nie vertrauen wollen.
Aus seinem Munde weiß ich nichts davon.

SALADIN:

Und war auch sonst kein Frank', kein Abendländer?

NATHAN:

O! daß er der nicht sei, gestand er wohl. –
Er sprach am liebsten Persisch ...

SALADIN: Persisch? Persisch?
Was will ich mehr? – Er ist's! Er war es!

NATHAN: Wer?

SALADIN:

Mein Bruder! ganz gewiß! Mein Assad! ganz
Gewiß!

NATHAN: Nun, wenn du selbst darauf verfällst: –
Nimm die Versichrung hier in diesem Buche!

(ihm das Brevier überreichend.)

SALADIN *(es begierig aufschlagend)*:

Ah! seine Hand! Auch die erkenn' ich wieder!

NATHAN:

Noch wissen sie von nichts! Noch steht's bei dir
Allein, was sie davon erfahren sollen!

SALADIN *(indes er darin geblättert)*:

Ich meines Bruders Kinder nicht erkennen?
Ich meine Neffen – meine Kinder nicht?
Sie nicht erkennen? ich? Sie dir wohl lassen? *(wieder laut.)*
Sie sind's! sie sind es, Sittah, sind! Sie sind's!
Sind beide meines... deines Bruders Kinder!

(er rennt in ihre Umarmungen.)

SITTAH *(ihm folgend)*:

Was hör' ich! – Konnt's auch anders, anders sein! –

SALADIN *(zum Tempelherrn)*:

Nun mußt du doch wohl, Trotzkopf, mußt mich lieben!
(zu Recha.)
Nun bin ich doch, wozu ich mich erbot?
Magst wollen oder nicht!

SITTAH: Ich auch! ich auch!

SALADIN *(zum Tempelherrn zurück)*:

Mein Sohn! mein Assad! meines Assads Sohn!

TEMPELHERR:

Ich deines Bluts! – So waren jene Träume,
Womit man meine Kindheit wiegte, doch –
Doch mehr als Träume! *(ihm zu Füßen fallend.)*

SALADIN *(ihn aufhebend)*:   Seht den Bösewicht!

Er wußte was davon, und konnte mich
Zu seinem Mörder machen wollen! Wart!

(Unter stummer Wiederholung allseitiger Umarmungen fällt der Vorhang.)

ANHANG*

Vorarbeiten zum „Nathan"

Nathan der Weise;
in 5 Aufzügen

Zu versifizieren angefangen den 14ten Novbr. 78.
den 2ten Aufzug — — 6 Xbr.
den 3ten Aufzug — — 28 —
— 4ten — — — 2 Febr. 79.
— 5ten — — — 7 März. —

ERSTER AUFZUG

1

Den 12. November.

Nathan kömmt von der Reise. Dina ihm entgegen. Dina
berichtet ihm, welche Gefahr er indes gelaufen. Es schimmert so
etwas durch, wer Rahel eigentlich sei.

DINA: Gottlob, Nathan, daß Ihr endlich wieder da seid.
NATHAN: Gottlob, Dina. Aber warum endlich? Habe ich denn

---

* Entnommen dem zweiten Teil von: Lessings Werke. Auswahl in sechs Teilen.
Auf Grund der Hempelschen Ausgabe neu herausgegeben von Julius Petersen.
Berlin: Deutsches Verlagshaus Bong & Co. o. J.

eher wieder kommen können? wieder kommen wollen?
[Bagdad] Babylon ist von Jerusalem – Meilen; und Schulden
eintreiben ist kein Geschäft, das sich von der Hand schlagen
läßt.

DINA: Wie unglücklich hättet Ihr indes hier werden können!

NATHAN: So habe ich schon gehört. Gott gebe nur, daß ich alles
gehört habe.

DINA: Das ganze Haus hätte abbrennen können.

NATHAN: Dann hätten wir ein neues gebaut, Dinah, u. ein be-
quemres.

DINA: Aber Rahel, Rahel wäre bei einem Haare mit verbrannt.

NATHAN: Rahel? (*Zusammenfahrend.*) Meine Rahel? Das habe
ich nicht gehört. – (*kalt.*) So hätte es für mich keines Hauses
mehr bedurft. – Rahel, meine Rahel fast verbrannt? Sie ist
wohl verbrannt! – Sage es nur vollends heraus. – Sage es nur
heraus – Töte mich; aber martere mich nicht länger. – Ja, ja:
sie ist verbrannt.

DINA: Wenn sie es wäre, würdet Ihr von m i r die [Botschaft gewiß nicht] Nachricht bekommen?

NATHAN: Warum erschreckst du mich denn? – O meine Rahel!

DINAH: [Eure? Eure] Eure Rahel?

NATHAN: Wenn ich jemals aufhören müßte, dieses Kind mein
Kind zu nennen! –

DINAH: [Habt] Besitzt Ihr alles, was Ihr [besitzt aus] Euer nennt,
mit eben dem Rechte?

NATHAN: Nichts mit größerm! – Alles, was ich sonst habe, hat
mir [Natur] Glück u. Natur gegeben. Diesen Besitz allein
danke ich der Tugend.

DINA: O Nathan, Nathan, wie teuer laßt Ihr mich Eure Wohlta-
ten bezahlen! Mein Gewissen – –

NATHAN: Ich habe Euch, Dinah, einen schönen neuen Zeug aus
[Bassora] Bagdad mitgebracht *

---

* [Daneben:]
  DINA: O Nathan, Nathan.
  NATHAN: Ich muß dir es nur gleich sagen, Daja, ich hab' dir einen recht schö-
  nen Zeug aus Babylon mitgebracht.

DINAH: Mein Gewissen, sage ich –

NATHAN: Und ein –

DINAH: Mein Gewissen, sage ich –

NATHAN: Und ein Paar Spangen

DINA: So seid Ihr nun, Nathan. Wenn Ihr nur schenken könnt, wenn Ihr nur schenken könnt: so * denkt Ihr, müsse man sich alles gefallen lassen.

[DINAH] NATHAN: Das heißt meine Geschenke sehr eigennützig machen.

DINAH: Ihr seid ein ehrlicher Mann, Nathan, ein sehr ehrlicher Mann. Aber – –

NATHAN: Aber gleichwohl nur ein Jude: wollt Ihr sagen.

DINAH: Ah! Ihr wißt besser, was ich sagen will. [Aber ich höre, sie kömmt selbst.]

NATHAN: Aber wo ist sie denn? wo bleibt sie denn? Weiß sie denn, daß ich da bin? – Dajah, wo du mich hintergehst –

DAJA: Sie weiß es, daß Ihr da seid; und weiß es vielleicht auch nicht. Das Schrecken ist ihr noch in den Gliedern. Sie faselt im Schlafe die ganze Nacht u. schläft wachende den ganzen Tag. [Sie lag mit verschloßnen Augen wie tot. Plötzlich fuhr sie auf.]

NATHAN: Armes empfindliches Kind!

DAJA: Sie hatte schon lange mit verschloßnen Augen gelegen und war wie tot, als sie auf einmal auffuhr und [schrie] rief: horch! da kommen meines Vaters Kamele, horch! das ist meines Vaters Stimme! – Aber sie schloß die Augen wieder u. fiel auf das Kissen zurück. – Ich nach der Türe: und da sehe ich Euch von ferne, ganz von fern. – Denkt nur! – Aber, [kein] was Wunder? ihre ganze Seele war die Zeit her nur Ihre ganze Seele ist nur immer bei Euch; oder bei ihm – –

NATHAN: Bei ihm? welchem ihm?

DAJAH: Bei ihm, der sie aus dem Feuer rettete.

---

* [Daneben:]
  NATHAN: Wer schenkt nicht gern!
  DINAH: So denkt Ihr, müsse man sich alles –

NATHAN: Wer war das? – Wo ist er?

DAJAH: Ein junger Tempelherr war es, der einige Tage zuvor als
    Gefangner hier eingebracht worden, und dem [der Su] das
    Leben zu schenken der Sultan die ungewöhnliche Gnade ge-
    habt hatte.

NATHAN: Wo ist er? – Ich muß ihm danken, ehe ich sie sehe. –
    Wo ist er?

DAJAH: Wenn wir das wüßten! – In ihm

———

O Nathan! [o] Nathan! Gott sei ewig Dank,
Der endlich doch Euch wieder zu uns führet!
    Ja, Dajah, Gott sei Dank! Doch warum endlich?
Hab' ich denn eher wiederkommen [können?] wollen?
Und wiederkommen können? Babylon
Ist von Jerusalem, wie ich den Weg zu machen
Genötigt [wurde] worden, gute hundert Meilen;
Und Schulden einkassieren ist gewiß
Auch kein Geschäft, das [eben fördert] merklich fördert, das
So von der Hand sich schlagen läßt.
                          – O Nathan!
Wie elend [hättet ihr – elend] hättet Ihr indes
Hier werden können! Euer Haus – das brannte –
    So hab' ich schon gehört, Gott gebe nur,
[Daß ich schon alles gehört auch haben mag]
Daß ich auch alles schon gehört mag haben. –
    Und wäre leicht von Grund aus abgebrannt. –
    Dann Dajah hätten wir ein neues uns
Gebaut und ein bequemers [Haus]
                              Schon wahr!
Doch Rahel wär' bei einem Haare mit
Verbrannt!
                Verbrannt! Wer? [unsre] meine Recha? sie?
Das hab' ich nicht gehört. – Nun denn! So hätt' es für
Mich keines Hauses mehr bedurft! – Verbrannt! –
Bei einem Haare! – Ha. Sie ist es wohl!
Ist wirklich wohl verbrannt! – Sag' nur heraus!

Heraus! [vollende] nur! – Töte mich; [doch] und martre mich
Nicht länger. – Ja, sie ist verbrannt.
                                   Wenn sie
Es wäre, würdet Ihr von mir es hören?
    Warum erschreckest du mich dann. O Rahel!
O meine Rahel!
                        Eure? Eure Rahel!
    Wenn je ich wieder mich entwöhnen müßte
Dies Kind, mein Kind zu nennen!
                                Nennt Ihr alles,
Was Ihr besitzt, mit ebenso viel Rechte
Das Eure?
                Nichts mit größerm! Alles was
Ich sonst besitze, hat Natur und Glück
Mir zugeteilt – Dies Eigentum allein
Dank' ich der Tugend. *

                            2

                                        den 13.

    Zu ihnen Rahel, die von dem gehabten Schrecken noch oft
außer sich kömmt und nur ihren Retter zu sehen verlangt. Nathan verspricht ihr, es soll sein Erstes sein, ihn aufzusuchen.
Dina führt Rahel ab, um sie zu beruhigen.

    Die ersten Tage hatte sich der Tempelherr noch sehen lassen,
unter den Palmen, wohin Rahel manche vergebene Botschaft an
ihn geschickt. Aber seit einigen Wochen ist er verschwunden.
RAHEL: Sage nicht verschwunden. Sage: seit einigen Wochen hat
    er aufgehört, zu erscheinen. Denn es war ein Engel, wahrlich
    es war ein Engel.

                    ————————

* [Darunter, für eine andere Szene bestimmt:]
              Saladin. Ob s. Gefühl Aberglauben.

[in eigner Perso]

RAHEL: [Seid ihr es doch mein Vater] So seid Ihr es doch ganz u.
gar, mein Vater. Ich glaubte, Ihr hättet nur Eure Stimme vor-
ausgeschicket. Wo bleibt Ihr denn, Eure gute Rahel zu
umarmen, die indes fast verbrannt ist? – O es ist ein garstiger
Tod, verbrennen.

NATHAN: Mein Kind, mein liebes Kind! (*sie umarmend.*)

RAHEL: Ihr seid über den Euphrat, über den Jordan, was weiß
ich, über welche Flüsse alle, gekommen. Wie oft habe ich um
Euch gezittert! – Aber wenn man so nahe ist, zu verbrennen,
dünkt uns ersaufen errettet werden. – Ihr seid nicht ersoffen:
ich bin nicht verbrannt. – Wir wollen uns freuen u. Gott loben. – Gott war es, der Euch auf den Flügeln seiner unsichtbaren Engel über die treulosen Wasser trug. – Gott war es,
der einen sichtbaren Engel herabschickte, dessen weißer Fittig die Flamme verwehte, dessen starker Arm mich durch das
Feuer tragen mußte.

DAJAH: Weißer Fittig – Hört Ihr. Des Tempelherrn weißer Mantel. – (*den Nathan anstoßend.*)

NATHAN: Und wenn es auch kein Engel gewesen wäre, der dich
rettete: er war für dich einer. –

RAHEL: Es war wirklich ein Engel, wirklich ein wirklicher Engel –

NATHAN: Diese deine warme Einbildungskraft könnte mir gefallen, wenn sie dich nicht [vielleicht] von deiner Pflicht ab-
führte. Indem du das Werkzeug, durch welches Gott dich
rettete, im Himmel suchst, vergißt deine Dankbarkeit, sich
auf Erden danach umzusehen – wo es doch auch sein könnte.
Komme wieder zu dir! werde ruhig! werde kalt!
(Und durch dergleichen Vorstellungen wird sie es wirklich.)

3

Nathan und der Schatzmeister des Saladin. Dieser will
Geld von Nathan borgen. Nathan schlägt es ihm ab, weil er von
den Schulden, die er zu Bassora einkassieren wollen, nicht die

Hälfte einbekommen und hier ein große Schuld zu bezahlen vor-
finde. Der Schatzmeister über die unweise Freigebigkeit des Saladin. Die Maxime, welche die Araber dem Aristoteles beilegen:
es sei besser, daß ein Fürst ein Geier sei unter Äsern, als ein Aas
unter Geiern.

———

Müde Kamele seufzen vor dem Tore, ihrer Last entladen zu
werden. Vermutlich ist mein Freund wieder nach Hause –

Das ist er. – *(der ihm mit Freundschaft entgegen kömmt.)*
Willkommen, edler Zweig eines Stammes, den der Gärtner noch
nicht auszurotten beschlossen, solange er [noch] solche Zweige
noch treibet! Willkommen!

Du solltest mich so nicht beschämen; denn ich denke, du bist
mein Freund.

Kannst du deinen Wert empfinden, ohne den Unwert deines
Volkes zu fühlen?

So laß meinen Wert auch mit für den Wert meines Volks gelten –

Der groß gnug ist, daß sich ein Volk darein teilen kann.

Höre auf! ich bitte dich. – Wie steht es hier? Wie lebt ihr?

Deiner Hilfe bedürftiger, als jemals.

War es darum, daß du mir

Bei Gott nicht. Und wenn alle deine Kamele mit nichts als
Gold beladen wären: so solltest du dem Schatze des Saladin
nichts mehr [schuldig] leihen. Denn er ist ein gar zu großer Ver-
schwender usw.

———

Ein Heer von hochbeladenen Kamelen
Liegt unterm Tor, aufs müde Knie gelagert. –
Vermutlich ist [mein] Freund Nathan wieder heim –

4

den 14 ten.

Nathan: zu ihm Dinah wiederum, die ihm berichtet, daß sie
diesen Augenblick den jungen Tempelritter aus dem Fenster auf
dem Platze vor der Kirche der Auferstehung unter den Palmen

gehen sehe. Nathan befiehlt ihr, sie soll ihn einladen, zu ihm ins
Haus zu kommen.

––––––––

DINAH: *(eilig)*. Nathan, Nathan, er läßt sich wieder sehen; er
    läßt sich wieder sehen.

NATHAN: Wer er?

DINAH: Er, er – –

NATHAN: Er! – Wann läßt sich der nicht sehen!

[NATHAN.] DINAH: Er gehet dort unter den Palmen auf u. nieder
    u. bricht [Datt] von Zeit zu Zeit Datteln.

NATHAN: Die er ißt? Nun versteh' ich! [Daß] Es ist euer Er, der
    Tempelherr: nicht wahr?

DINAH: Rahels Augen entdeckten ihn sogleich. Mit Euch u. mit
    ihm ist ihre ganze [ruhige] schöne, ruhige, helle Seele wieder
    gekommen. Sie läßt Euch bitten, zu ihm zu gehen; ihn her-
    zubringen.

NATHAN: Ich wäre meine Reisekleider doch erst gerne los. – Geh
    du, Dajah; bitte ihn, zu mir zu kommen.

DAJAH: Zu Euch zu kommen? Das tut er gewiß nicht.

NATHAN: Nun so geh, und laß ihn wenigstens so lange nicht aus
    den Augen, bis ich nachkommen kann. – Und warum sollte
    er nicht zu mir kommen, wenn ihn der Vater selbst bittet.
    Daß er in meiner Abwesenheit mein Haus nicht betreten
    wollen; daß er auf deine Einladung, auf die Einladung meiner
    Tochter nicht kommen wollen –

5

Die Szene ändert sich. Unter den Palmen. Curd von
Stauffen und der Klosterbruder, welcher ihm zu verstehen
gibt, daß ihn der Patriarch gern sprechen u. in wichtigen gehei-
men Angelegenheiten brauchen wolle. Er läßt ihn ablaufen. Der
Klosterbruder freuet sich, einen so würdigen jungen Mann in
ihm gefunden zu haben. Er entschuldiget vor sich selbst seine
unwürdigen Anträge mit der Pflicht seines Gehorsams.

––––––––

Curd geht auf u. nieder. Ein Klosterbruder folgt ihm in einiger Entfernung von der Seite; immer als ob er ihn anreden (?) wollte.

CURD: Mein guter Bruder, – oder guter Vater, wer nur selbst was hätte. (Der gute Mann!) Er hofft umsonst, sieht mir umsonst so in die Hand

Sc. I

A.: [Geistlicher Herr –] Ehrwürd'ger Vater

B.: Bin nur ein Laienbruder, zu christlichem Dienste –

A.: Nun denn, frommer Bruder, warum siehst du mir so nach den Händen? – Aber ich habe nichts. Bei Gott, ich habe nichts.

B.: Geben wollen ist auch geben! Zudem erwarte ich von dir nichts. Ich bin dir gar nicht nachgeschickt, um dich um etwas anzuflehen. *
Aber nachgeschickt

A.: [Also] bist du mir doch [nachgeschickt]?

B.: Aus jenem Kloster. –
ein Mittagessen

A.: Wo ich eine Mittagssuppe suchte? – und die Tische schon besetzt fand? – Es tut nichts. ** Ich habe noch vorgestern eine gegessen; und die Oliven sind reif. *(Er langt nach einer auf der Erde und ißt sie.)*

B.: Sei nur so gut u. komm mit mir wieder zurück.

––––––

A.: [Darum wardst du mir nachgeschickt?] Nein, guter Bruder. Ich habe ehegestern noch eine gegessen, u. die Datteln sind ja reif.

––––––

* [Am Rand mit Rotstift:] Die Gabe macht der Wille. Auch ward ich dir nicht nachgeschickt, um etwas mir von dir zu betteln.
** [Mit Rötel:] Wo ich ein kleines Pilgermahl suchte. Tisch schon besetzt finde. Es tut nichts –

B.: Nimm dich nur in acht, Fremdling! Du mußt diese Frucht nicht zu viel genießen. Sie verstopft Milz und Lunge, macht melancholisches Geblüt.

A.: Immerhin. – Aber du wardst mir doch nicht bloß darum nachgeschickt?

B.: Nein, nicht bloß darum. [Der Patriarch hat dich erblickt u. will,] ich soll mich erkundigen, wer du bist.

A.: Und wendest dich desfalls sofort an mich.

B.: Warum nicht?

A.: Und wer ist so neugierig, mich zu kennen?

B.: Niemand geringerer, als der Patriarch.

A.: Der kennt mich schon. Sag' ihm nur das.

B.: Das dünkt ihn auch. Aber er kann sich nicht erinnern, wo er dich hin tun soll.

A.: Ich lasse mich von Eurem Herrn nicht zum zweiten vergessen.

B.: Er [ist so] wird alt; es kam ihm lange so kein Gesicht vor. Er ... das mir. Ohne Galle, lieber Fremdling, dein Name.

A.: Curd von Stauffen.

B.: Curd von Stauffen? So.

A.: Ja!

B.: So wie der [, den Saladin von zwanzig Tempelherrn allein] junge Tempelherr, den Saladin der Mächtige [?] allein begnadigte, der ihn nach der Schlacht *

A.: ... Weiß ich dergleichen noch oft und finde ich die Gnade [?]

B.: Nun sage! So war das Bild von Palast doch nicht aus der Seele. Ach! .... [?] Eile ihm nach! Ich muß ihn sprechen. –

A.: Nun so komm.

B.: Nein, erst in dem .... [?]

A.: In der Dämmrung? Hat er sich mir, oder habe ich mich ihm ...... [?] ? –

B.: Wohl keines von beiden. Aber du .... [?] Saladin läßt auf alles er

---

* [Darunter:] B. Der zu Acca [?], da Saladin einen gefangnen Tempelherrn allein begnadigte, nach der Schlacht.

6

Curd von Stauffen und Dinah, die er gleichfalls als eine Kupplerin abfertiget. Dinah zweifelt, ob er ein Mann sei. Ein Ordensmann ein halber Mann.

CURD *(der die Daja kommen sieht):* O schön! der Teufel wirft mich aus einer seiner Klauen in die andere.

DAJA: Ein Wort, edler Ritter –

CURD: Bist du seine rechte oder seine linke? –

DAJA: Kennt Ihr mich nicht?

CURD: Ei wohl! Du bist nur seine linke, aus der ich schon öftrer entwischte.

DAJA: Was linke?

CURD: Werde nicht ungehalten. Ich sage es nicht, dich zu verkleinern. Denn wer weiß, ob der Teufel nicht links ist; ob er seine Linke nicht so gut brauchen kann, als seine Rechte! Und sodann hat weder der Mönch die Vettel, noch die Vettel den Mönch zu beneiden. Siehst du? – Aber was gibt's Neues, Mutter? Du wirst mir doch nicht immer die nämliche antragen? –

ZWEITER AUFZUG

1

Zimmer im Palast des Sultan. Saladin und seine Schwester Sittah sitzen u. spielen Schach. Saladin spielt zerstreut, macht Fehler über Fehler und verliert.

SITTAH: Bruder, Bruder, wie spielst du heut? Wo bist du?

SALADIN: Wie das?

SITTAH: Ich soll heute nur tausend Dinare gewinnen, und nicht einen Asper mehr.

SALADIN: Wie so?

SITTAH: Du willst mit Gewalt verlieren. – Dabei finde ich meine
    Rechnung nicht. Außer daß ein solches Spiel ekel ist: so ge-
    wann ich immer mit dir am meisten, wenn i c h verlor. Wenn
    hast du, mich des verlornen Spieles wegen zu trösten, mir
    nicht den Satz doppelt geschenkt!
SALADIN: Ei sieh, so verlorest du wohl mit Fleiß, wenn du verlo-
    rest?
SITTAH: Wenigstens hat deine Freigebigkeit gemacht, daß ich
    nicht besser spielen lernen.

                              2

    Zu ihnen der Schatzmeister, den Saladin rufen lassen, um an
Sittah die tausend Dinare zu bezahlen, um welche sie gespielt.
Der Schatzmeister beklagt, daß der Schatz so völlig erschöpft sei,
daß er auch diese Summe nicht auf der Stelle bezahlen könne. Er
schickt ihn wieder fort, sogleich Anstalt zu Wiederfüllung des
Schatzes zu machen, weil er auch sonst ehstens Geld brauchen
werde. Alle Quellen, sagt der Schatzmeister, sind durch deine
Freigebigkeit erschöpft; u. borgen – bei wem? auf was? Nathan
selbst, bei dem er sonst immer offene Kasse gefunden, wolle
nicht mehr borgen. – Wer ist dieser Nathan? – Ein Jude, dem
Gott das kleinste u. größte aller menschlichen Güter gegeben,*
Reichtum u. Weisheit. – Warum kenne ich ihn nicht? – Er hat
dich sagen hören: glücklich, wer uns nicht kennt, glücklich, wen
wir nicht kennen. – Geh, bitte ihn in meinem Namen.

                    ———————

    Das kleinste u. größte aller menschlichen Güter. Was nennst
du das kleinste?
    Was sonst als Reichtum.
    Und das größte?
    Was sonst als [Reichtum] Weisheit?
    Ich wußte nicht, daß ich einen so erleuchteten Sophi zu mei-
nem Schatzmeister hätte.

                    ———————

SALADIN: Bei wem? Nur nicht bei denen, die ich reich gemacht. Es würde meine Geschenke wieder fodern heißen. – Auf was? Auf mein Bedürfnis. Geh, du wirst mich gegen die Menschen nicht mißtrauisch machen. Ich gebe gern, wenn ich habe: wer hat, wird auch mir gern geben. Und wer am geizigsten ist, gibt mir am ersten, denn noch haben es meine Gläubiger immer gemerkt, [Meine Gläubiger sollen es merken,] daß ihr Geld durch meine Hand gegangen.

3

Saladin u. Sittah. Sittah spottet über seine Freigebigkeit, die ihn in solche Verlegenheit setze; und bietet ihm doch in dem nämlichen Augenblicke alle ihre Barschaft, alles ihr Geschmeide an. – Das würde ich genommen haben, wenn du verspielt hättest. – – Habe ich schon gegen dich verspielt? – Schenktest du mir nicht immer das Doppelte des Satzes, wenn ich verlor? – Aber wer ist dieser Nathan? fragt Saladin; Kennst denn du ihn? – Er soll durch seine Weisheit die Gräber des David u. Salamon gefunden und unsägliche Reichtümer darin entdeckt haben – – [Du i] Das ist gewiß falsch: hat er Reichtum in den Gräbern entdeckt: so waren es gewiß nicht die Gräber Davids u. Salamons. – Aber sie verzweifelt, daß er ihm helfen werde. Denn er sei ein Jude, der nicht alles an einen Nagel hänge. Indes, wenn er nicht in Guten leihen wolle: so müsse man ihn mit List dazu zu zwingen suchen. Ein Jude sei zugleich ein sehr furchtsames Geschöpf – Saladin gesteht ihr seine äußersten Geldbedürfnisse. Der Waffenstillestand mit den Kreuzfahrern sei zu Ende. Die Tempelherren haben die Feindseligkeiten bereits wieder angefangen. Geschichte des jungen Tempelherrens, den er begnadiget. – Sittah sagt, sie wolle auf eine List denken, den Nathan zu vermögen.

––––––––––

Sittah sagt, daß er auf diese Weise seinen Kindern nichts hinterlassen wird. Er antwortet mit der Fabel vom Pfau: wenn es meine Kinder sind, wird es ihnen an Federn nicht fehlen.

4

Die Szene ändert sich und ist vor dem Hause des Nathan.
Unter der Türe des Hauses erscheinen Nathan u. Rahel. Rahel hat den Tempelherren wieder aus ihrem Fenster erblickt u.
beschwört ihren Vater, ihm nachzueilen. Sie sehen Curden gegen
sich zukommen, u. Rahel geht wieder in das Haus.

5

Nathan u. Curd. Nathan dankt ihm, und bietet ihm seine
Dienste an; welches Anerbieten erst sehr frostig angenommen
wird, bis Curd sieht, welch ein Mann Nathan ist. Er verspricht,
zu ihm zu kommen. Curds Gestalt u. einiges, was er von ihm bei-
läufig gehört, machen ihn aufmerksam. Curd ab.

———————

NATHAN: Verzeih, edler Franke –
CURD: Was, Jude?
NATHAN: Daß ich mich unterstehe, dich anzureden. Verzeih, u.
eile nicht so stolz u. verächtlich vor einem Manne vorbei, den
du dir ewig zu deinem Schuldner gemacht hast.
CURD: Ich wüßte doch nicht.
NATHAN: Ich bin Nathan, der Vater des Mädchens –
CURD: Ich wußte nicht, daß es deine Tochter war. Du bist mir
keinen Dank schuldig. Es ist eines Tempelherrn Pflicht, den
Ersten den Besten beizuspringen, der seine Hilfe bedarf.
Mein Leben war mir in dem Augenblicke zur Last. Ich ergriff
die Gelegenheit gern, es für ein andres Leben zu wagen –
wenn es auch schon nur das Leben einer Jüdin wäre.
NATHAN: Groß u. abscheulich! – Doch, ich versteh'. Groß bist
du; und abscheulich machst du dich, um nicht von mir be-
wundert zu werden. Aber wenn du diesen Dank, den Dank
der Bewundrung, von mir verschmähest: womit kann ich dir
sonst bezeigen – – –
CURD: Mit – nichts.
NATHAN sagt, daß er sich also zum ersten Male arm fühle.

CURD: Ich habe einen reichen Juden darum nie für den bessern gehalten.

NATHAN: So brauche wenigstens, was das Beßre an ihm ist – seinen Reichtum.

CURD: Nun gut, das will ich nicht ganz verreden. Wenn dieser mein weißer Mantel einmal gar nichts mehr taugt, gar kein Fetzen mehr hält – Vor itzt aber siehst du, ist er noch so ziemlich gut. Bloß der eine Zipfel ist ein wenig versengt – das bekam er, als ich deine Tochter durch das Feuer trug.

Der Jude ergreift diesen versengten Zipfel und läßt seine Tränen darauf fallen.

N.: Daß doch in diesem Brandmale dein Herz besser zu erkennen ist als in allen deinen Reden.

———

T.: Jude, was erdreistet dich, so mit mir zu sprechen?

N.: Ah, wer einen Menschen aus dem Feuer rettet, bringt keinen ins Feuer.

6

Dinah u. Nathan. Zu ihnen ein Bote des Saladin, der ihn unverzüglich vor ihn fodert.

———

NATHAN: Hast du gesehen, Dinah?

DINAH: Ist der Bär gezähmt? – Wer kann Euch widerstehen! Einem Mann, der wohltun kann u. wohltun will.

NATHAN: Er wird zu uns kommen. Sie wird ihn sehen; und gesund werden – Wenn sie nicht kränker wird. – Denn wahrlich, es ist ein herrlicher junger Mann. So hatte ich in meiner Jugend einen Freund unter den Christen. – Um ihn liebe ich die Christen, so bittere Klagen ich auch über sie zu führen hätte.

DRITTER AUFZUG

1

Im Hause des Nathan. Dinah und Rahel, die Curden erwarten. Nathan ist zu Saladin gegangen.

————————

RAHEL: Gib acht, Dinah; er kömmt doch nicht.

DINAH: Wenn ihm Nathan auf dem Wege zum Sultan begegnet
   ist: so kann es leicht sein, daß er seinen Besuch verschieben
   zu müssen glaubt.

RAHEL: Wie so? ist er bei uns allein nicht sicher?

DINAH: Liebe Unschuld! Wo sind Leute sicher, die sich selbst
   nicht trauen dürfen. Und wer darf sich selbst weniger trauen,
   als der unnatürliche Gelübde auf sich genommen hat.

RAHEL: Ich verstehe dich nicht.

2

Curd kömmt und wird von Rahel über alle Maße eingenommen. Er führt sich sein Gelübde zu Gemüte, u. entfernt sich,
mit einer Eilfertigkeit, welche die Frauenzimmer betroffen
macht.

RECHA: Nicht wahr, Ihr seid nicht krank gewesen? – Nein, Ihr
   seid nicht krank gewesen. Ihr seht noch so wohl, so glühend
   aus, als da Ihr mich aus dem Feuer trugt.

3

Im Palaste des Saladin. Saladin u. Sittah. Er lobt ihren Einfall
von seiten der Verschlagenheit; sagt, daß er bereits nach Nathan
geschickt habe; daß es ihm aber Überwindung kosten werde,
wenn es ein guter Mann sei, ihm eine so kleine Falle zu stellen.
Nathan wird gemeldet, u. Sittah entfernet sich.

4

Saladin u. Nathan. Die Szene aus dem Boccaz – Nathan bietet dem Saladin zweimal so viel an, als er dem Schatzmeister abgeschlagen hatte. Er würde ihm noch mehr geben können, wenn er nicht eine Summe zu Curds Belohnung zurückbehalten müßte. Er erzählt, was Curd getan, u. Saladin freuet sich, einem solchen jungen Mann das Leben geschenkt zu haben. Er schenke ihm hiermit auch seine Freiheit. Nathan will eilen, ihm diese Nachricht zu bringen.

5

Unter den Palmen. Curd, der sich in den plötzlichen Eindruck nicht finden kann, den Rahel auf ihn gemacht – Ich habe eine solche himmlische Gestalt schon wo gesehen – eine solche Stimme schon wo gehört. – Aber wo? Im Traume? – Bilder des Traumes drücken sich so tief nicht ein.

Noch weiß ich nicht, was in mir vorgeht. – Die Wirkung war so schnell! so allgemein! Sie sehen und sie – was? sie lieben? – Nenn' es, wie du willst – Sie sehn, und der Entschluß, sich nie von ihr wieder trennen zu lassen, war eins!

Noch weiß ich nicht, was in mir vorgegangen! –
Die Wirkung war so schnell, so allgemein!
Nur sehn, u. sie – was? – lieben? – lieben? [......] nicht?
[Und] Nun nimm es wie du willst; Sie sehn, u. der Entschluß,
Sie aus den Augen wieder nie zu lassen,
War eins! – Eins durch ein Drittes doch? Was war
Dies Dritte? – Sehn ist leiden; u. – Entschluß
Ist tun; so gut als tun. – Durch was entspringt
Aus leiden tun? Das k
Ich bin umsonst geflohen.
Noch weiß ich nicht, was in mir vorgeht, – mag's
Beinah nicht wissen! – Aber weiß wohl, daß ich nur

Umsonst geflohn – Sie sehen [u. sie nie aus] und der Ent-
schluß,
Sie aus den Augen wieder nie zu lassen,
War, [ist] eins – bleibt eins. –
   Genug: ich bin umsonst entflohen.
Umsonst! – Fliehn war auch alles, was ich konnte.
Sie sehn u. der Entschluß, nie aus den Augen
Sie wieder zu verlieren.

6

   Zu ihm Nathan, der ihm seine Freiheit ankündiget. Curd,
ungewiß, ob er sich darüber freuen oder betrüben soll. Ihn bin-
det, seitdem er Rahel gesehen, an diesen Ort, er weiß nicht was.
Er fühlt Abneigung zu seiner vorigen Bestimmung. Doch will er
gehen u. sich dem Saladin zu Füßen werfen. Zugleich sagt er, daß
er Rahel gesehen; und preiset Nathan glücklich, eine solche
Tochter zu haben. – Nathan hilft ihn auf den Gedanken, ob wohl
nicht Rahel seiner Mutter gleiche, die er jung verloren. – Bei
Gott, das wäre möglich. So ein Lächeln, so einen Blick, habe ich
mir wenigstens immer gedacht, wenn ich an meine Mutter dachte. – Wie glücklich der sie einst besitzen wird. – Er wirbt nicht
undeutlich um sie; aber Nathan tut, als ob er ihn nicht verstünde,
u. geht ab. Curd, allein, macht sich Vorwürfe, in eine jüdische
Dirne verliebt zu sein.

7

   Curd sieht Dinah zum Hause heraus und auf sich zukommen.

CURD: Soll ich ihr wohl Rede stehen? –

DINAH: Sollte wohl nun auch die Reihe an ihn sein? Wenn ich
täte, als ob ich ihn gar nicht gewahr würde? Laßt doch sehen –

CURD: Aber sie sieht mich nicht. Ich muß sie schon selbst anreden. –

Er entdeckt ihr seine Liebe, wofür er seine Fassung gegen Rahel hält. Dinah, die in dieser Liebe ein Mittel wahrzunehmen glaubt, Rahel wieder zu ihren Religionsverwandten zu bringen, billiget sie, u. verrät ihm, daß sie eine Christin ist, die Nathan nur an Kindesstatt angenommen. Sogleich entschließt er sich, sie aus seinen Händen zu retten; und den Patriarchen aufzufordern, ihm darin behilflich zu sein, noch ehe er dem Saladin gedankt.

VIERTER AUFZUG

1

Im Kloster. Der Laienbruder u. Curd. – Der Patriarch wird gleich da sein; gedulde dich nur einen Augenblick.

Der Laienbruder glaubt, daß sich Curd nun besonnen u. wider sein Gewissen sich zu allen den Dingen will brauchen lassen, die er ihm ehedem vorgeschlagen. Das jammert ihm; er habe müssen gehorchen u. es ihm antragen.

———

Szene. Kreuzgang des Klosters d. h. Auferstehung.

KLOSTERBRUDER.

Der Patriarch schmält mit mir, daß ich alles, was er mir aufträgt, so links ausrichte, daß ich in nichts glücklich bin; und gleichwohl unterläßt er nicht, mir immer neue Aufträge zu machen. Ja, ich habe zwar das Gelübde des Gehorsams getan, getan
      hat   noch
Es [will] mir freilich [nichts] von alle dem [gelingen]
[Gelingen] Nicht viel gelingen wollen, was er mir
So aufgetragen! Warum trägt er mir [auch]
                      Da ich nun von der gleichen (?)
Nur lauter solche Sachen auf? Ich mag
Nicht fein sein, mag nicht überreden, mag
Mein [Händchen] Näschen nicht in alles [haben] stecken, mag
                Mein Händchen nicht in alles haben.

Gehorchen muß ich; aber wem denn nützen sie [?]
    [Das] Ich bin ja aus der Welt geschieden nicht,
    Um mit der Welt mich erst recht zu verketten.

    Er hat schon recht, der Patriarch,
Ja, ja. Es will mir freilich nichts gelingen,
Was er mir aufträgt. Warum trägt er mir
Auch lauter, lauter Sachen auf, zu denen
Man keinen Bruder schickt? [?]
                    Nun endlich, guter Bruder!

    Endlich treff' ich Euch. Ihr werft mir große Augen zu. Kennt
Ihr mich nicht mehr?
    Doch, doch! Ich kenn' den Herrn recht gut. Gott gebe nur,
daß er derselbe immer bleibt. Aber es ist mir nun ganz bange.
    Warum?
    Wenn meine Rede nur nicht etwa noch
    Gewirkt hätte. Ich habe Euch freilich einen Antrag machen
müssen, aber ich habe ihn doch so verführerisch eben auch nicht,
den Nutzen, sich ihm zu unterziehen, nicht sehr groß geschil-
dert. Gott, wenn Ihr Euch gleichwohl besonnen hättet, u. Ihr
kämet, dem Patriarchen Eure Dienste anzubieten.
    Das wolltet Ihr nicht,
    Um alle Welt nicht.

                    2

    Der Patriarch u. Curd. Der Patriarch will Gefälligkeit um
Gefälligkeit erzeigt wissen. Er verspricht ihm das Mädchen, u.
verspricht, ihm die Absolution seines Gelübds vom Papste zu
verschaffen, wenn er sich ganz dem Dienste der Kreuzfahrer
wieder widmen will. Curd sieht, daß das auf völlige Verräterei
hinaus läuft, wird unwillig u. beschließt, sich an den Saladin
selbst zu wenden.

3

Im Palast. Saladin u. Sittah. Saladin hat seine Schwester bezahlen lassen, von dem Gelde, welches Nathan in den Schatz liefern lassen. Er rühmt ihr den Nathan, wie sehr er den Namen des Weisen verdiene. Curd wird gemeldet.

SITTAH: Nun, lieber Bruder, da du nun auserzählt hast, will ich dir gestehen: ich habe gehorcht. Nur weil ich nicht alles [?] verstanden habe, habe ich es noch einmal von dir hören. Aber einer Sache erwähnst du ja gar nicht; des Tempelherrn, dem unser Bruder, sagst du, so ähnlich gewesen pp.

4

Curd u. die Vorigen. Sittah hat ihren Schleier herabge- schlagen, um so bei dieser Audienz gegenwärtig sein zu können. Curd zu den Füßen des Saladin. Saladin bestätiget ihm das Ge- schenk der Freiheit, mit der Bedingung, nie wieder gegen die Muselmänner zu dienen, sondern in sein Vaterland zurückzu- kehren. Er lobt auch ihm den Nathan. Curd widerspricht zum Teil. Er sei doch ein Jude u. für seinen jüdischen Aberglauben allein eingenommen, der nur den Philosophen spiele, wie ihm vielleicht nächstens die Klage des Patriarchen überzeugen werde.

Laß den Patriarchen aus dem Spiele, sagt Saladin, u. sage du selbst, was du von ihm weißt. Er sagt, daß Nathan ein aufgelese- nes Christenkind als seine Tochter u. folglich, als eine Jüdin er- ziehe. Saladin will das näher untersuchen lassen u. beurlaubet Curd.

CURD: Sultan, weder mein Stand noch mein Charakter leiden es, dir sehr zu danken, daß du mir das Leben gelassen. Aber ver- sichern darf ich dich, daß ich es jederzeit wieder für dich auf- zuopfern brenne.

Du hast befohlen

Ich k

[Ich komme Sultan nicht]

Ich, dein Gefangner, Sultan ...

                   Mein Gefangner?
Wem ich das Leben schenke, werd' ich dem
Nicht auch die Freiheit schenken?

                      Was dir ziemt
Zu tun, das ziemt mir [von dir zu hören, nicht] nicht vor-
                             auszusetzen,
[Vorauszusetzen] Ziemt mir, erst zu vernehmen.

Act. II

SALADIN zu Curd, der ihn um Erlaubnis bittet, sein Gelübde er-
füllen zu dürfen. Ein Paar Hände mehr gönne ich meinen
Feinden gern. Aber ein Herz mehr wie deines; ein Kopf mehr
wie deiner: bei Gott, den gönne ich ihnen nicht.

5

Sittah u. Saladin. Sittah verrät nicht undeutlich, wie sehr
ihr Curd gefallen. Sie werden einig, das Mädchen vor allen Dingen kommen zu lassen.

6

Flur in Nathans Hause, wo ein Teil der Waren aus [?]

In Nathans Hause. Dinah gesteht ihm, daß sie Curden entdeckt habe, daß Rahel eine Christin sei, weil sie dieses für die beste Gelegenheit angesehen, sie wieder aus seinen Händen unter
ihre Religionsverwandte zu bringen. Nathan hierüber höchst
mißvergnügt. Daja ab.

7

[. . . . .]
[N.: Was ist zu Diensten lieber Bruder?]
      Nathan u. der Klosterbruder.

8

Der Tempelherr u. Nathan.

Nathan, wir haben einander verfehlt. Ich komme von Saladin, u. er will, daß wir beide vor ihm erscheinen sollen. Ist es
Euch gefällig, mich zu ihm zu begleiten?

7

Sittah schickt, die Rahel abzuholen. Der Patriarch schickt,
Nathan zu beobachten; worunter der Laienbruder sein kann.

Sittah läßt Recha zu sich entbieten, zu sich laden.

8

Curd kömmt auf dieses Lärmen dazu; u. tröstet den Nathan, etwas spöttisch. Saladin sei sein Freund u. wolle ihn vielleicht nur zwingen, ebensogut zu handeln, als er spreche. Nathan
erkundiget sich nebenher u. gewandtsweise nach Curd näher u.
wird in seinem Argwohn bestärkt, daß Curd Rahels Bruder sei.
Sie wollen beide zum Saladin.

_____

NATHAN: Ist sie darum weniger Christin, weil sie bis in ihr 17 tes
Jahr in meinem Hause noch kein Schweinefleisch gegessen?

FÜNFTER AUFZUG

1

Im Seraglio der Sittah. Sittha u. Rahel. Sittah findet an Ra-
hel nichts, als ein unschuldiges Mädchen ohne alle geoffenbarte
Religion, wovon sie kaum die Namen kennt, aber voll Gefühl des
Guten u. Furcht vor Gott.

2

Saladin zu ihnen. Er freuet sich, zu finden, daß Nathan keine Jüdin aus einer Christin machen wollen, und ihr nur eine Erziehung gegeben, bei der sie in jeder Religion ein Muster der Vollkommenheit sein könne. Nathan wird gemeldet.

3

Nathan u. die Vorigen. Saladin unterstützt Curds Gesuch. Nathan weigert sich noch; welches dem Curd fast unbegreiflich wird.

4

Curd dazu, u. die Entdeckung geschieht. Als Curd herein kömmt, schlug Sittah den Schleier herab. Sie schlägt ihn wieder auf, führet ihrem Bruder die Rahel zu. Ihr Bruder führt ihr Curden zu, den er zum Fürsten von Antiochien macht, von deren Geschlechte er abstammet. Sittah errötet u. läßt den Schleier wieder fallen.

NATHAN: Du bist nicht Curd von Stauffen.

CURD: Woher weißt du das?

NATHAN: Du bist Heinrich von Filnek.

CURD: Ich erstaune.

NATHAN: Du wirst noch mehr erstaunen – Und das ist deine Schwester.

CURD *(der auf Nathan zugeht):* Nathan, Nathan, Ihr seid ein Mann – ein Mann, wie ich ihn nicht verstehe – nie vorgekommen ist – ich bin aber nichts als ein Krieger – ich hab' Euch unrecht getan – Vergebt mir – Ich bitte Euch nicht darum, als ob es Euch Mühe kosten würde – Ich bitte Euch, um Euch gebeten zu haben.

Schluß

SALADIN: Du sollst nicht mehr Nathan der Weise, du sollst nicht mehr Nathan der Kluge – du sollst Nathan der Gute heißen.

————

NB. Für Dinah lieber Daja. Daja heißt, wie ich aus den
Excerptis ex Abulfeda, das Leben des Saladin betreffend, beim
Schultens S. 4 sehe, so viel als Nutrix, und vermutlich, daß das
spanische Aya davon herkömmt, welches Covarruvias von dem
griechischen αγω, παιδαγωγος herleitet. Aber gewiß kömmt es
davon nicht unmittelbar her, sondern vermutlich vermittelst des
Arabischen, welches wohl aus dem Griechischen könnte gemacht sein.

§

Die Mameluken, oder die Leibwacht des Saladin, trug eine
Art von gelber Liberei. Denn dies war die Leibfarbe seines ganzen Hauses; u. alle, die ihm ergeben scheinen wollten, suchten
darin einen Vorzug, daß sie diese Farbe annahmen.

Marin, I. 218.

§

Die Kreuzbrüder, die so unwissend als leichtgläubig waren,
streuten oft aus, daß sie Engel in weißen Kleidern, mit blitzenden
Schwerden in der Hand, u. insonderheit den heiligen Georg zu
Pferde in voller Rüstung hätten vom Himmel herabkommen sehen, welche an der Spitze ihrer Kriegsvölker gestritten hätten.

Ebend., I. 352.

Ludwig von Helfenstein u. verschiedne andre deutsche
Herrn bezeugten mit einem Eide auf das Evangelium, daß sie
[bey] in dem Treffen, welches Kaiser Friedrich I. bei Iconium
gewonnen, den h. Victor u. d. h. Georg an der Spitze des christlichen Heeres in voller Rüstung, u. zwar zu Pferde u. in weißen
Kleidern, hätten fechten sehen.

Ebend. II. 176.

§

Unter den Titeln, deren sich Saladin bediente, war auch
„Besserer der Welt u. des Gesetzes".

Marin. II. 120.

§

Daß die gefangenen Tempelherrn für ihre Loskaufung nichts
geben durften als cingulum & cultellum, Dolch u. Gürtel.
Ebend., I. 249.

§

Islam, ein arabisches Wort, welches die Überlassung seiner
in den Willen Gottes bedeut.
Ebend., I. 79.

§

Der grüne Ritter, den Saladin beschenkte, weil er sich so
tapfer gegen ihn erwiesen hatte.
Ebend., II. 85. 78.

————————

In dem Historischen, was in dem Stücke zugrunde liegt, habe
ich mich über alle Chronologie hinweg gesetzt; ich habe sogar
mit [in] den einzeln Namen nach meinem Gefallen geschaltet.
Meine Anspielungen auf wirkliche Begebenheiten sollen bloß
den Gang meines Stücks motivieren.

So hat der Patriarch Heraklius gewiß nicht in Jerusalem bleiben dürfen, nachdem Saladin es eingenommen. Gleichwohl
nahm ich ohne Bedenken ihn daselbst noch an u. bedaure nur,
daß er in meinem Stücke noch bei weitem so schlecht nicht erscheint als in der Geschichte.

————————

Saladin hatte nie mehr als ein Kleid, nie mehr als ein Pferd in
seinem Stalle. Mitten unter Reichtümern und Überfluß freute er
sich einer völligen Armut. H., 331. Ein Kleid, ein Pferd, einen
Gott!

Nach seinem Tode fand man in des Saladin Schatze mehr
nicht als einen Dukaten u. 40 silberne Naserinen.
Delitiae orient., p. 180.

Ankündigungen und Vorreden zum „Nathan"

1. Ankündigung

Da man durchaus will, daß ich auf einmal von einer Arbeit feiern soll, die ich mit derjenigen frommen Verschlagenheit ohne Zweifel nicht betrieben habe, mit der sie allein glücklich zu betreiben ist: so führt mir mehr Zufall als Wahl einen meiner alten theatralischen Versuche in die Hände, von dem ich sehe, daß er schon längst die letzte Feile verdient hätte. Nun wird man glauben, daß ihm diese zu geben, ich wohl keine unschicklichere Augenblicke hätte abwarten können, als Augenblicke des Verdrusses, in welchen man immer gern vergessen möchte, wie die Welt wirklich ist. Aber mit nichten: die Welt, wie ich sie mir denke, ist eine ebenso natürliche Welt, und es mag an der Vorsehung wohl nicht allein liegen, daß sie nicht ebenso wirklich ist.

Dieser Versuch ist von einer etwas ungewöhnlichen Art, und heißt: Nathan, der Weise, in fünf Aufzügen. Ich kann von dem nähern Inhalte nichts sagen; genug, daß er einer dramatischen Bearbeitung höchst würdig ist, und ich alles tun werde, mit dieser Bearbeitung selbst zufrieden zu sein.

Ist nun das deutsche Publikum darauf begierig: so muß ich ihm den Weg der Subskription vorschlagen. Nicht weil ich mit einem einzigen von den Buchhändlern, mit welchen ich noch bisher zu tun gehabt habe, unzufrieden zu sein Ursache hätte: sondern aus andern Gründen.

Meine Freunde, die in Deutschland zerstreuet sind, werden hiermit ersucht, diese Subskription anzunehmen und zu befördern. Wenn sie mir gegen Weihnachten dieses Jahres wissen lassen, wie weit sie damit gekommen sind: so kann ich um diese Zeit anfangen lassen, zu drucken. Das Quantum der Subskription wird kaum einen Gulden betragen: den Bogen zu einem Groschen gerechnet, und so gedruckt, wie meine übrigen dramatischen Werke bei Voß gedruckt sind.

Wolfenbüttel den 8ten August 1778.

Gotthold Ephraim Lessing.

2. Nachricht in der Buchhändlerzeitung auf das Jahr 1779.

Diejenigen, welche Subskription auf das Schauspiel: Nathan der Weise, von Gotthold Ephraim Lessing angenommen, oder noch anzunehmen Lust haben, sollen für ihre Mühwaltung funfzehn Prozent abziehen, und werden zugleich hierdurch ersucht, ihre Subskribenten entweder an die Voßische Buchhandlung in Berlin, oder an den jüngern Herrn Lessing daselbst, oder auch dessen Bruder in Wolfenbüttel unfrankiert einzusenden. Die Subskription kann bis Ostern angenommen werden, doch wird man es gerne sehen, wenn die Herrn Collecteurs um Fasten meldeten, wie viel sie schon hätten, und ungefähr noch bekommen würden. Denn zur Ostermesse erscheint dieses Stück ganz gewiß, und die Herrn Subskribenten können die schleunigste Ablieferung ihrer Exemplare, die frankiert zugeschickt werden, erwarten. –

3. Entwürfe zu einer Vorrede

a)

Es ist allerdings wahr, und ich habe keinem meiner Freunde verhehlt, daß ich den ersten Gedanken zum Nathan im Dekameron des Boccaz gefunden. Allerdings ist die dritte Novelle des ersten Buchs, dieser so reichen Quelle theatralischer Produkte, der Keim, aus dem sich Nathan bei mir entwickelt hat. Aber nicht erst jetzt, nicht erst nach der Streitigkeit, in welche man einen Laien, wie mich, nicht bei den Haaren hätte ziehen sollen. Ich erinnere dieses gleich anfangs, damit meine Leser nicht mehr Anspielungen suchen mögen, als deren noch die letzte Hand hineinzubringen imstande war.

Nathans Gesinnung gegen alle positive Religion ist von jeher die meinige gewesen. Aber hier ist nicht der Ort, sie zu rechtfertigen.

b)

Vorrede

Wenn man sagen wird, dieses Stück lehre, daß es nicht erst von gestern her unter allerlei Volke Leute gegeben, die sich über

alle geoffenbarte Religion hinweggesetzt hätten, und doch gute
Leute gewesen wären; wenn man hinzufügen wird, daß ganz
sichtbar meine Absicht dahin gegangen sei, dergleichen Leute in
einem weniger abscheulichen Lichte vorzustellen, als in welchem
der christliche Pöbel sie gemeiniglich erblickt: so werde ich nicht
viel dagegen einzuwenden haben.

Denn beides kann auch ein Mensch lehren und zur Absicht
haben wollen, der nicht jede geoffenbarte Religion, nicht jede
ganz verwirft. Mich als einen solchen zu stellen, bin ich nicht ver-
schlagen genug: doch dreist genug, mich als einen solchen nicht
zu verstellen. –

Wenn man aber sagen wird, daß ich wider die poetische
Schicklichkeit gehandelt, und jenerlei Leute unter Juden und
Muselmännern wolle gefunden haben: so werde ich zu bedenken
geben, daß Juden und Muselmänner damals die einzigen Gelehrten waren; daß der Nachteil, welchen geoffenbarte Religionen
dem menschlichen Geschlechte bringen, zu keiner Zeit einem
vernünftigen Manne müsse auffallender gewesen sein, als zu den
Zeiten der Kreuzzüge, und daß es an Winken bei den Geschicht-
schreibern nicht fehlt, ein solcher vernünftiger Mann habe sich
nun eben in einem Sultane gefunden.

Wenn man endlich sagen wird, daß ein Stück von so eigner
Tendenz nicht reich genug an eigner Schönheit sei: – so werde ich
schweigen, aber mich nicht schämen. Ich bin mir eines Ziels bewußt, unter dem man auch noch viel weiter mit allen Ehren bleiben kann.

Noch kenne ich keinen Ort in Deutschland, wo dieses Stück
schon jetzt aufgeführt werden könnte. Aber Heil und Glück
dem, wo es zuerst aufgeführt wird. –

NACHWORT

I

Von 1772 bis 1778 hat sich Lessing von der Bühne ferngehalten. Als festbeamteter Bibliothekar in Wolfenbüttel hat er dem Herzog von Braunschweig die weltberühmte Bibliothek geordnet, hat seinen und des Landesherrschers Ruhm durch die Herausgabe von wissenschaftlichen Nachrichten aus den Beständen der Bibliothek vermehrt und hat dabei die theologische Kontroverse von der Ebene der esoterischen Wissenschaft auf die Ebene des öffentlichen Diskurses gebracht. 1774 hatte er begonnen, Teile aus der *Apologie oder Schutzschrift für die vernünftigen Verehrer Gottes*, dem Lebenswerk des verstorbenen Religionskritikers Heinrich Samuel Reimarus, mit Kommentaren herauszugeben. Insgesamt veröffentlichte Lessing in seiner periodischen Publikation aus der Wolfenbütteler Bibliothek sieben sogenannte Fragmente. Er hatte von Anfang an den Verfassernamen geheimgehalten, und dies mit gutem Grunde. Reimarus war Rationalist von reinstem Wasser; er kritisierte beide Testamente vom Standpunkt einer natürlichen vernünftigen Gotteserkenntnis, des Deismus. Nicht bloß einzelne Partien der Bibel, wie etwa die Wundergeschichten, oder einzelne dogmatische Glaubenssätze fielen unters Messer, sondern der gesamte christliche Offenbarungsbegriff. Und das heißt: die christliche Glaubenslehre schlechthin. Der Verstand sieht Gott als intelligentes Wesen, das die Welt erschaffen und mit vernünftigen Naturgesetzen ausgestattet hat; die Welt geht nun ihren unabhängigen und naturgesetzlichen Gang, und Gott ist ganz außerhalb dieser Welt. Die Vernunft ist das einzige Instrument, durch das die Rationalität der Welt und damit die Existenz ihres Schöpfers deduziert werden kann. In dieser Anschauung haben natürlich Wunder oder göttliche Offenbarungen keinen Platz.

Lessing hatte mit der Publikation keinen Skandal im Sinn. Er wußte zwar von der Brisanz der Schriften Reimarus', denn als er sie zuerst in Berlin veröffentlichen wollte, schritt der dortige theologische Zensor ein. Auch die Berliner Freunde hatten ihre Bedenken. Aber Lessing wollte eine Diskussion anfachen in der Gelehrtenwelt und außerdem die Wolfenbütteler Bibliothek weiter im Gespräch halten. Die Diskussion mit den Verteidigern der christlichen Lehre in ihrer traditionellen Form schien ihm für die Sache wichtig zu sein. Zu dieser Zeit plagte er sich nämlich mit einem nie zustande gekommenen Hauptwerk über Fragen der Theologie. Lessing betrachtete seine Polemik, die er führte, erst um seine Herausgeberschaft zu verteidigen, später um seine theologischen Kritiker zurechtzuweisen, als Beiwerk, und zwar als lästiges, das ihn von der eigentlich wissenschaftlichen theologischen Arbeit abhielt. Er gab die Teile aus der *Apologie* Reimarus' jedesmal mit erklärenden und kritischen Zusätzen heraus, aus denen klar wird, daß er sich in keiner Phase mit dem Standpunkt des Rationalisten identifizierte. Seine orthodoxen Gegner hat das nicht angefochten. Und das mit einigem Recht. Denn von ihrem Standpunkt war die Herausgabe eines solchen ketzerischen Werks schon Parteinahme schlechthin; weil sie den Verfasser nicht kannten, mußte der Herausgeber herhalten. Immerhin ging es um religiöse Existenzfragen der Kirche. Was heißt, daß es auch bald um die wissenschaftliche und physische Existenz Lessings ging.

Nach den ersten Fragmenten hatte es Lessing noch mit theologischen Widersachern zu tun, die auf ein halbwegs wissenschaftliches Gespräch aus waren. Lessings Reaktionen waren dementsprechend sachlich. Ende 1777 änderte sich die Lage, denn in den Streit griff nun der Hamburger Pastor Goeze ein. Der hatte ein reputierliches wissenschaftliches Organ zur Verfügung, die *Freiwilligen Beiträge zu den Hamburgischen Nachrichten aus dem Reiche der Gelehrsamkeit;* schon das setzte ihn in eine viel stärkere Position als die bisherigen Kritiker Lessings. Denn die Vermittlung von Wissenschaft und Kunst an ein größer werdendes Laienpublikum war auf solche Organe angewiesen. Hinzu kam, daß der Pastor Goeze in keiner Weise ein Tölpel war, der Lessing nur die Stichworte gab: So haben ihn Lessing-Verehrer schon im 18. Jahrhundert fälschlicherweise gemalt. Nicht ohne Grund war Goeze Hauptpastor an der Hamburger Katharinenkirche und zugleich Senior des Ministeriums, eine Stellung, die der des heutigen Superintendenten gleichkommt. Goeze hat seine kirchenpolitische Macht zielstrebig eingesetzt. Nach halbjähriger Kontroverse machte er Lessing mundtot dadurch, daß er den braunschweigischen Herzog direkt anging und dieser dann auch am 13. Juli 1778 ein Verbot an seinen Wolfenbütteler Bibliothekar richtete, den öffentlichen theologischen Disput fortzusetzen.

Lessing wendet sich, mit seinen Worten an Elise Reimarus, „meiner alten Kanzel, dem Theater" zu. In einem Brief an seinen Bruder vom 11. August 1778 heißt es: „Noch weiß ich nicht, was für einen Ausgang mein Handel nehmen wird. Aber ich möchte gerne auf einen jeden gefaßt sein. Du weißt wohl, daß man das nicht besser ist, als wenn man Geld hat, so viel man braucht; und da habe ich diese vergangene Nacht einen närrischen Einfall gehabt. Ich habe vor vielen Jahren einmal ein Schauspiel entworfen, dessen Inhalt eine Art von Analogie mit meinen gegenwärtigen Streitigkeiten hat, die ich mir damals wohl nicht träumen ließ. [...] Ich glaube, eine sehr interessante Episode dazu erfunden zu haben, daß sich alles sehr gut soll lesen lassen, und ich gewiß den Theologen einen ärgern Possen damit spielen will, als noch mit zehn Fragmenten." Der frühere Entwurf bezog sich auf die dritte Novelle im ersten Buch von Boccaccios Novellensammlung *Decamerone* (1349–51). Für das neue Drama schreibt er eine Ankündigung der Subskription. In ihr wird ein Faden weitergesponnen, der die gesamte Lessingsche Geschichtsphilosophie durchzieht. Es heißt in dieser *Ankündigung* vom 8. August 1778: „Da man durchaus will, daß ich auf einmal von einer Arbeit feiern soll, die ich mit derjenigen frommen Verschlagenheit ohne Zweifel nicht betrieben habe, mit der sie allein glücklich zu betreiben ist: so führt mir mehr Zufall als Wahl einen meiner alten theatralischen Versuche in die Hände, von dem ich sehe, daß er schon längst die letzte Feile verdient hätte. Nun wird man glauben, daß ihm diese zu geben, ich wohl keine unschicklichere Augenblicke hätte abwarten können, als Augenblicke des Verdrusses, in welchen man immer gern vergessen möchte, wie die Welt wirklich ist. Aber mitnichten: die Welt, wie ich sie mir denke, ist eine ebenso natürliche Welt, und es mag an der Vorsehung wohl nicht allein liegen, daß sie nicht ebenso wirklich ist."

Natürlichkeit und Wirklichkeit stehen in einem Korrespondenzverhältnis: Lessing glaubt, ein Stück geschrieben zu haben, dessen Weltentwurf den Anspruch auf das, was sein könnte, nämlich auf Natürlichkeit, erhebt. Es entspricht nicht der wirklichen Welt (,,und es mag an der Vorsehung wohl nicht allein liegen, daß sie nicht ebenso wirklich ist"). Die Übereinstimmung von Natürlichkeit und Wirklichkeit ist verhindert, und zwar durch menschliches Handeln; die Nichtübereinstimmung kann nicht der Vorsehung angelastetet werden, d. h. die Diskrepanz darf nicht als geschichtsphilosophisch notwendig angesehen werden. Eine Übereinstimmung beider Welten, wie sie im Stück zustande kommt (,,die Welt, wie ich sie mir denke"), ist daher Utopie. Der Stein des Anstoßes, der auf dem Theater viel besser als auf einer Kirchenkanzel unter die Leute zu bringen ist, liegt darin, daß die Kluft zwischen wirklicher schlechter und natürlicher richtiger Welt im utopischen Modell anschaulich gemacht werden kann. Lessing kann vor Augen führen, wie die Welt ,,wirklich" sein sollte. Wie die Utopie in die geschichtliche Praxis zu überführen ist, das muß sich der Leser/Zuschauer zwar selbst klar machen. Aber es kann ihm klar werden, wer und was die Utopie verhindert. Daß es die gleichen Kräfte sind, die eine Vermittlung von esoterisch-akademischer Sphäre mit der Öffentlichkeit in Sachen Glauben und Theologie verhindert haben, das macht die biographische Schreibsituation Lessings deutlich.

Ein letztes ist aus der *Ankündigung* ersichtlich. Lessing betont, daß die ausgedachte natürliche Welt nicht mit der geschichtlich wirklichen übereinstimme, obwohl das der Fall sein könnte oder sollte. Er verschmäht die traditionelle poetologische Beteuerung, daß sein Stück der Forderung nach Wahrscheinlich-

keit Rechnung trage. Er ersetzt diesen Hinweis durch die An-
zeige des Bruchs. Der Begriff der Natürlichkeit – hier dessen,
was sein sollte und könnte – löst den Begriff der Wahrscheinlich-
keit ab. Die Abbildungsmuster, die noch für das neue bürgerliche Drama, etwa für ,,Emilia Galotti'', zutrafen, werden hier
ausdrücklich außer Kraft gesetzt. Konsequent heißt die gat-
tungsmäßige Bezeichnung des *Nathan* nicht Drama oder Komödie oder Trauerspiel, sondern ,,dramatisches Gedicht''. Mit einem Widerhall mochte Lessing nicht rechnen. Er behielt recht:
Erst mit der Aufführung in Weimar 1801, für die Schiller das
Stück erheblich bearbeitet hatte, fand es seinen festen Platz im
Spielplan.

II

Die Handlung ist in Jerusalem lokalisiert. Jerusalem ist und
war für drei Offenbarungsreligionen – den Islam, das Judentum
und das Christentum – ein heiliger Ort. Es ist daher dramatur-
gisch der beste Schauplatz, um die Frage der Priorität einer Religion und ihrer geschichtlichen Beweise diskutieren zu lassen.
Lessing greift eine geschichtliche Periode heraus, die der Kreuzzüge, in der am heftigsten und blutigsten der Primat einer Religion ausgefochten wurde. Die christlichen Heere hatten im Jahr
1099 unter unglaublichen Verlusten Jerusalem erobert und einen
guten Teil der jüdischen und mohammedanischen Bevölkerung
abgeschlachtet. Im 12. Jahrhundert dehnte wiederum ein mohammedanischer Sultan seine Macht in Ägypten im Vorderen
Orient aus und eroberte 1187 Jerusalem. Dieser Sultan war Saladin. Die dramatische Handlung spielt etwas außerhalb der historischen Chronologie während eines Waffenstillstands zwischen
dem Kreuzzügler Richard Löwenherz und Saladin im Jahre
1192.

Mit Saladin hat es seine eigene Bewandtnis. In geschichtlichen Darstellungen des 18. Jahrhunderts, beispielsweise in
François Claude Marins *Geschichte Saladins, Sulthans von Ägypten und Syrien* (deutsche Übersetzung Celle 1761), die Lessing

zur Vorlage hatte, erscheint Saladin als vorbildlicher, den Wissenschaften zugeneigter und humaner Herrscher. In Voltaires *Essai sur les moeurs et l'esprit des nations* (1756) heißt es im zweiten Teil über Saladin (in der Lessing bekannten Übersetzung): „Man sagt, er habe in seinem Testamente verordnet, gleich große Summen unter die armen Mahometaner, Juden und Christen als Almosen auszuteilen, durch welche Verordnungen er habe zu verstehen geben wollen, daß alle Menschen Brüder wären und man, um ihnen beizustehen, sich nicht darnach, was sie glaubten, sondern, was sie auszustehen hätten, erkundigen müßte. Er hatte auch niemals um der Religion willen jemand verfolgt; er war zugleich ein Bezwinger, ein Mensch und ein Philosoph." Wir haben es in diesem Zitat mit funktionaler Geschichtsschreibung zu tun, mit einer Historiographie, die bestimmte Aspekte historischer Persönlichkeiten oder Ereignisse einseitig akzentuiert, um einer bestimmten Absicht zu dienen. Den Herrschern des 18. Jahrhunderts wird hier beispielhaft ein aufgeklärter, tugendhafter Despot vorgeführt. Dem absolutistischen Monarchen gegenüber betont Voltaire, daß Saladin alle Menschen als Brüder ansah und daß er Herrscher, Mensch und Philosoph in einer Person gewesen sei. Lessing bedient sich der im 18. Jahrhundert gängigen Verkleidungsform für Kritik an den gegenwärtigen abendländischen Verhältnissen: der orientalischen Lokalität. Auch benutzt er das Schema und die Mittel der Verwechslungskomödie, in der sich seit altersher Gesellschaftskritik in sorglos-heiterer Weise unterbringen ließ. Zeitgeschichte erscheint nicht direkt auf der Bühne wie in der *Minna von Barnhelm*. Auch haben wir im Nathan-Drama keine Handlung, die gesellschaftliche Konfrontation unmittelbar widerspiegelt wie in *Emilia Galotti*. Aber das heißt nicht, daß Lessing von seiner eigenen Schreibpraxis abgewichen sei. Denn im Stück erscheint Saladins Regime durchaus von absolutistischer Willkür gezeichnet. Macht ist hier ebenso monopolisiert wie beim Prinzen Hettore Gonzaga in der *Emilia*. Wie dieser Prinz ist Saladin spendabel, wenn es ihm grad paßt; beide beziehen ihre Finanzen durch die Ausbeutung der Untertanen. Wie bei Hettore steht die Befriedi-

gung von Launen allem voran. Zwar bleibt das geknechtete und
ausgesogene Volk der Bauern, Soldaten, Handwerker und Tage-
löhner unsichtbar vor dem Haus des reichen Nathan oder dem
Palast des Sultans, aber in den Gesprächen erscheint es gleich-
förmig als almosenbedürftige und ausgebeutete Masse. Statt di-
rekter Darstellung auf der Bühne nun kritischer Anstoß zum Räsonnement, zur Diskussion der schlechten Zustände. Saladins
Mildtätigkeit, das macht Al-Hafi im Stück dem Zuschauer klar
(I 3), ist eine Nachäffung der Mildtätigkeit Gottes und dient nur
dem Mythos von der Gottähnlichkeit des Fürsten. Anders als in
Emilia Galotti läßt sich am Ende des Stücks aber der Fürst Saladin vom Bürger Nathan belehren; er beschließt, mit dem vom
Juden erborgten Geld sparsam zu wirtschaften. Der Herrscher
mit den menschlich-bürgerlichen Zügen zeigt sich dem Rat des
Bürgers aufgeschlossen. Auch hinter Lessings Saladin steht also
das Ideal eines Arrangements von Absolutismus und Bürgertum.
Das Stück hält an dem Gedanken fest, daß soziale Veränderungen sich am besten durch die Erziehung der Individuen, besonders der Fürsten, erzielen lassen. Noch in Kants Aufklärungs-
schrift von 1781 wird die gleiche These vertreten. Erst 1789 fegt
die Französische Revolution diese Bildungsidee hinweg.

Neben dem Juden in Lessings frühem Schauspiel *Die Juden*
1749 ist Nathan ein Beispiel, wie Lessing sich mit der Judenpro-
blematik als Aufklärer auseinandersetzt. Auch hier geht er differenziert vor. Daja und der Tempelherr sind als Christen geprägt
durch ihre Vorurteile Juden gegenüber, der Patriarch vertritt den
militanten Antisemitismus in brutaler und dummschlauer Art,
und der Jude Nathan ist sich bei seiner Begegnung mit Saladin
bewußt: „Ich muß behutsam gehen." Alle diese Elemente spie-
geln Momente der realgeschichtlichen Situation der Juden im
18. Jahrhundert wider. Die Juden hatten je nach ihrer wirt-
schaftlichen Stellung sehr unterschiedliche Rechte in den einzelnen Ländern des Deutschen Reiches, sie unterlagen Beschrän-
kungen, die in Vorschriften vor allem ihre Arbeitsmöglichkeiten
festlegten und erhebliche Differenzen in der Freizügigkeit schu-
fen. Allgemeine Faustregel war, daß ein Jude immer viel Geld

bezahlen mußte für die Rechte, die die Christen einfach hatten. Es gab Orte, an denen sich überhaupt keine Juden niederlassen durften; an anderen, wie in Frankfurt, wurde ihnen ein Stadtteil zugewiesen, in dem sie leben und Geschäfte betreiben durften; vielerorts mußten sie für Privilegien und Schutzbriefe hohe Summen zahlen.

Die komplizierte Besonderheit des *Nathan* besteht in der kunstvollen Vermischung vieler Zeitebenen. Es ist ein mehrfach historischer Boden. Das Stück spielt zur Zeit der Kreuzzüge. Am Anfang der Ringparabel wird auf viel weiter zurückliegende ,,graue Jahre" verwiesen. Am Ende der Parabel wird von einer fernen Zukunft in tausend Jahren gesprochen, von einer Zeit also, die auch noch im 18. Jahrhundert Zukunft sein mußte. Nathans Bericht von seinem persönlichen Leid – seine Familie ist ausgerottet worden – spricht des zeitgenössischen Zuschauers Kenntnis von den Judenverfolgungen seit dem Mittelalter an und erinnert den heutigen an die Judenmorde in den Konzentrationslagern. Die Zeitebenen vermitteln ein Gestrüpp vielfältiger geschichtlicher Intoleranz in konkreten geographischen und historischen Verweisen. Bewußt komponiert steht demgegenüber am Ende des Stücks ein zeitloses Tableau der allseitigen Versöhnung und ein Versprechen auf friedliches Zusammenleben im Sinne von Toleranz und Humanität. Diese Utopie ist aber auf dem konkreten Hintergrund absolutistischer Machtausübung im 18. Jahrhundert zu sehen. Die Konkurrenz der zahlreichen Fürstenhäuser machte den Gedanken an die Einheit des Heiligen Römischen Reiches Deutscher Nation zur Farce. Land- und Stadtbevölkerung waren der Willkür und dem Ausbeutungswillen der Herrscher ausgeliefert. Das friedliche Zusammenleben, das Lessing beschwört, kontrastiert aufklärerisch mit einer ununterbrochenen Kette von Kriegen, die allesamt der politischen und finanziellen Machtbereicherung der Fürsten dienten; zu nennen sind die drei Schlesischen Kriege zwischen 1740 und 1763, der Bayerische Erbfolgekrieg 1778/79 und der Amerikanische Unabhängigkeitskrieg 1775–83, an dem die deutsche Bevölkerung durch Söldnertruppen aus einzelnen Landesteilen betei-

ligt war. Dreimal lieh das Herrscherhaus in Lessings Braunschweig zwischen 1769 und 1789 Landeskinder als Soldaten an
kriegführende Mächte aus, um seine Finanzen zu sanieren. 1776
ergab ein derartiger Truppenverleih an England für den Krieg gegen die amerikanischen Kolonien einen Reingewinn von 2 Millionen Talern. Auf der Kostenseite stand der Verlust von 50 Prozent der ausgeliehenen 5723 Soldaten. Für sie strich Karl Wilhelm Ferdinand von Braunschweig auch noch die Kopfprämie in
die fürstliche Privatschatulle ein. Das ist die ,,wirkliche" Welt,
zu der nach Lessings Ankündigungsschreiben die natürliche
Welt in Gegensatz steht. Es wird klar, warum Lessing mit böser
Ironie sagt: ,,... es mag an der Vorsehung wohl nicht allein liegen, daß sie nicht ebenso wirklich ist." Oder anders gesagt: Es
gibt für Lessing und die übrigen Aufklärer keine theologische
oder philosophische Legitimation dafür, daß die Welt im
18. Jahrhundert so ist, wie sie ist.

Bis zum Nationalsozialismus gehörte *Nathan der Weise* zum
Kanon der Schullektüre. Dort wie beim bürgerlichen Bildungs-
publikum überhaupt erscheint das Stück auf die Ringparabel
verkürzt und auf die Begriffe Humanität und Toleranz gebracht.
In der Form von Bildungsgütern sind diese Vorstellungen auf ihr
Assoziationspotential vernebelt worden. Toleranz und Menschlichkeit, das sind in der Tat Begriffe, mit denen Lessings ,,natür-
liche" Welt, als die noch ausstehende, charakterisiert werden
kann. Aber erkundet werden muß, wie es im Stück zu diesen
Idealen kommt, auf welchen Wegen und gegen welche Wider-
stände Menschlichkeit und Toleranz ins Bild gesetzt werden.
Man darf das Stück nicht von den bürgerlichen Interessen reini-
gen, um ein von Verträglichkeit und Harmonie durchwehtes
Stück im Sinne der Goetheschen *Iphigenie* herauszupräparieren.
Es geht Lessing im *Nathan* nicht um ein abstrakt Vernünftiges,
vielmehr setzt Nathan der Jude eine bestimmte Menschen- und
Weltanschauung redend gegenüber anderen, zuerst skeptischen
und offen feindseligen Mitmenschen durch. Dabei kann der Zuschauer und Leser aufschlüsseln, was es mit der wirklichen Welt
auf sich hat, die Humanität und Toleranz als Utopien wegredet.

Noch ein Hinweis ist vonnöten: Zur unlösbaren Schwierigkeit
der Lessingschen Geschichtsphilosophie gehört es, daß der
Glaube an die Vorsehung, an einen prinzipiell vernünftigen Lauf
der Geschichte (wie er am stärksten in der Schrift „Die Erziehung des Menschengeschlechts" formuliert ist), sich mit Lessings Forderung nach Freiheit des individuellen Handelns reibt.
Wenn tatsächlich Vorsehung regiert, wenn der Geschichtspro-
zeß auch gegen die historischen Zeugnisse der Barbarei von Menschen gegen Menschen einem festen Ziel zustrebt, das womöglich mit Humanität und Vernunft umschrieben werden kann, wo
ist dann in diesem Verlauf der Ort für persönliches Wirken?
Geschichtsphilosophie und individuelle Praxis dürfen nicht aus-
einanderfallen. Darüber belehrt eindringlich das Freimaurer-Ge-
spräch zwischen Ernst und Falk. Das Nathan-Drama versucht,
einen Vermittlungsvorschlag buchstäblich vor Augen zu führen.
Auch darin ist es die Fortsetzung der theologisch-philosophi-
schen Debatte in einem anderen Medium.

                                III

    Am Anfang des Stücks stehen sich drei Parteien gegenüber, in
faktischen und sprachlosen, weil nicht persönlichen Beziehungen: Nathan und Recha, Sittah und Saladin, der Tempelherr.
Den handlungsmäßigen Zusammenhang zwischen den Parteien
begründen die Rettung Rechas und die Begnadigung des Templers. Das sind die Tatbestände, die das Stück voraussetzt. Am
Ende steht ein Tableau der Harmonie, in dem in Form einer Fa-
milienzusammenführung alle Parteien unter einen Hut gebracht
sind. Die rein faktischen Beziehungen sind abgelöst durch inten-
sive persönliche. Dazwischen liegt ein Prozeß, der nach der Lo-
gik der Ausgangssituation ein Prozeß fortschreitender sprachli-
cher Verständigung sein muß. Dieser Sachlogik entspricht im
Drama die Verwandlung von sich indifferent gegenüberstehen-
den Menschen in Freunde. Draußen bleibt der Patriarch, der in
einen Gesprächskontakt nur zum Tempelherrn tritt und dabei

nicht zum Menschen und Freund wird. Gespräche und Argumente schaffen die Bereitschaft zum Wandel. Diese Beobachtung ist wichtig im Hinblick auf die Einbettung des Stücks in die aufklärerische Strategie Lessings. Diese kann man als öffentliche Argumentation und wissenschaftliches Gespräch charakterisieren. Man wird sich daher mit guten Gründen den großen Gesprächen zuwenden, die zwischen den beteiligten Personen stattfinden. Doch schon die Tatsache, daß dies Humanitätsstück so eindeutig auf der Gesprächsform beruht, verweist auf seine sozialgeschichtliche Begrenzung: Veränderungen im sozialen und individuellen Leben von Menschen werden argumentativ und durch neu gewonnene Einsicht erreicht, nicht durch Veränderung von sozialen Tatsachen, was nach unserem Verständnis die Basis für Veränderung im kommunikativen Bereich ist. Auch hier erkennen wir die Grenze der Aufklärungsintention im 18. Jahrhundert, die 1789 mit der Französischen Revolution historisch überholt wurde.

Den Gesprächen voraus und zugrunde liegen Vorgeschichten. Sie bezeichnen die Wege der Vorsehung, die, vom Menschen unabhängig, unkontrollierbar und auch unaufhaltsam den Geschichtsverlauf einem vernünftigen Ende zuführt. Diese Vorsehung erscheint im *Nathan* als Vorgeschichte. Ihre Enthüllung wird über die fünf Akte verteilt und ist erst am Ende dem Zuschauer ganz einsichtig: dann, wenn menschliches Handeln sich mit dem göttlichen Handeln verbunden erweist. Vorgeschichte sind im Stück menschliche Handlungen wie die Rettung Rechas aus dem Feuer, die Begnadigung des Tempelherrn und, noch weiter vorgelagert, die Annahme Rechas als Nathans Tochter. Davon erfahren wir erst im vierten Akt. Die Motive zu diesen drei Handlungen sind vielfältig. Die Hilfe des Tempelherrn und Saladins Begnadigungsakt sind keineswegs von vornherein moralisch wertige Aktionen. Da ist beim Tempelherrn die Rede davon, daß er gar nicht weiß, warum er Recha rettete; der Sultan selbst sagt zu seinem Begnadigungsakt, er sei aus bloßer Leidenschaft geschehen, weil er im gefangenen Templer das Ebenbild seines verlorenen Bruders erkannte. Nur Nathans Adoption Re-

chas geschah aus präzisen Motiven: aus Einsicht in die Vorsehung und aus Beugung unter Gottes Willen, wie Szene IV 7 belehrt. Deshalb ist Nathan im Stück anders legitimiert als das übrige Personal. Was die drei Elemente der Vorgeschichte verbindet, sind die Folgen; diese Folgen sind dem menschlichen Willen
nicht anheimgestellt. Daß alle drei Fäden der Vorgeschichte ver-
knüpft werden, damit am Ende das harmonische Tableau von
Menschlichkeit und Toleranz zustande kommt, das eben ist der
Gang der Geschichte, genannt Vorsehung. Das Ergebnis von individuellen Handlungen war in allen drei Fällen, daß Menschen
vor dem Tode gerettet wurden. Durch Fügung geraten diese drei
Taten in Verbindung. Ihre Abhängigkeit untereinander erscheint
zuerst beliebig und willkürlich. Aber die vollendeten Tatsachen
üben Einfluß aus: Da hat der Tempelherr ein Gefühl der Zunei-
gung zu Saladin, Nathan ist dem Templer dankbar, Recha und
Nathan bewegen sich im Vater-Tochter-Verhältnis. Alle sind
disponiert zu einem menschlichen Kontakt miteinander. Nathan, und darauf läuft die Dramaturgie des Stücks hinaus, akti-
viert nun alle diese emotionalen Voraussetzungen. Nicht so, als
ob er sich immer und an jedem Punkt seiner Aktivitäten als be-
wußtes Werkzeug der Vorsehung verstünde. Er fühlt sich vielmehr verpflichtet durch die geschehenen Tatsachen: dem Tempelherrn für die Rettung Rechas und dem Saladin für die Rettung
des Templers. Nathan stellt sich bewußt unter die Tatsachen, die
die Vorsehung geschaffen hat. Damit nimmt er die Chance wahr,
daß sich beides, menschliches Handeln und unbeeinflußbares
Vorsehungsereignis, in Einklang befinden. In der geschichtsphi-
losophischen Terminologie: Nathan findet einen Zusammenhang – und stiftet diesen für andere in seinen Gesprächen – zwischen dem vorbestimmten vernünftigen Gang der Geschichte
und dem punktuellen, aber ebenfalls geschichtsbeeinflussenden
Tun des Menschen. Oder: zwischen Determination und Freiheit.

IV

Das erste Gespräch von dieser Art findet zwischen Vater und Tochter statt (I 2). Inhalt des Gespräches ist die Frage des Wunders, Anlaß die Rettung Rechas. Nun hat das Wunder einen geistes- und theologiegeschichtlichen Stellenwert, denn die Wunder Christi und vor allem die im Alten Testament waren Steine des Anstoßes, an denen die aufklärerischen Rationalisten ihre Messer wetzten. Wenn wir aber den Dialog unter dem Aspekt betrachten, was er für die Partner bringt und welche Beziehung er zum Schluß des Stücks hat, zum Harmonietableau, dann gerät die theologische Seite des Wunders in den Hintergrund.

Nathan hat schon vor dem Gespräch, auf die Schilderung der Dienerin Daja (I 1) hin, den Zustand Rechas analysiert: Recha schwärmt, sie verwechselt Herz und Kopf. Rechas Glaube, von einem Engel gerettet zu sein, bezeichnet daher nicht einen Wunderbegriff, der diskussionswürdig wäre; Nathans Gesprächsziel ist, ihren Wahn zu zerstören. Recha insistiert auf einem wirklichen Engel und beruft sich auf den Vater selbst, der ihr die Möglichkeit von Engeln und Wundern beigebracht habe. Jetzt erst beginnt Nathan ernsthaft mit der Destruktion der Schwärmerei. Für ihn gibt es einmal die Wunder Gottes „von aller Ewigkeit an", eben Vorsehungseingriffe; dann gibt es aber die Möglichkeit, daß wir in unserer Wirklichkeit etwas als Wunder ansehen, was eigentlich eine alltägliche Handlung sein sollte. Nathan formuliert es allerdings andersherum: in der jetzigen Situation ist die Rettungstat des Templers an einem Judenmädchen ein echtes Wunder; noch wunderbarer wäre es, wenn in Zukunft ein derartiges Wunder etwas Alltägliches würde.

Nun nimmt Nathan das Wunderbare an der Rettungssituation auseinander. Zuerst die Tatsache, daß ein Tempelherr ein Judenmädchen rettet. Dann, daß ein Tempelherr begnadigt in der Stadt herumläuft. Schließlich die Tatsache, daß der Tempelherr offenbar dem Bruder Saladins ähnlich sieht. Jetzt wird mit dem Kopf argumentiert, denn Recha und Daja kommentieren diese Information mit dem Ausruf „unglaublich". Was vorher

einfach wunderbar war, ist nun nicht-glaubwürdig. Daß aber
beide Unglaublichkeiten in dieser Situation zusammenkommen,
das ist ein Wunder auch für Nathan, aber eins, das er als Vorsehung identifiziert. Den Vorgang der Rettung und die vielen unglaublichen Voraussetzungen dafür hat Nathan beschrieben. Das
Zusammenfallen von all diesem, das nennt auch er Wunder, göttlichen Plan. Langsam hat Nathans Auseinanderlegung den
schwärmerischen Begriff vom Engel abgebaut. Auf dieser Stufe
ist Recha verunsichert. Ein Ergebnis hat Nathans Gesprächs-
kunst aber noch nicht gezeitigt.

Auf eine solche Konsequenz des Dialogs hebt der letzte Teil
der Unterredung ab, den Nathan mit einem ,,Kommt! hört mir
zu" einleitet. Thema ist der Dank, zu dem sich die Gerettete verpflichtet weiß. Einem Engel kann man keinen Dank abstatten,
keine Dienste tun, aber einem Menschen! Die nächste logische
Stufe ist, Rechas Drängen nach praktischem Dank und ihr
schwärmerisches Bild vom Retter zu versöhnen. Dazu dienen die
verschiedenen Vermutungen Nathans, der Retter könne krank
sein, gar im Sterben liegen. Recha identifiziert sich völlig mit diesem Spiel und wird am Ende fast ohnmächtig vor Erschütterung.
Wie in einer Tragödie kommt nun nach der gelungenen Identifikation die Katharsis, in Lessings Verständnis die Umwandlung
der Leidenschaften in tugendhafte Fertigkeiten. Die tote Begrifflichkeit, mit der Recha einen Menschen vermittels ihrer schwärmerischen Phantasie zum Engel stilisiert hatte, mußte sie vom
Handeln fernhalten. Dieser Trägheit des Denkens hat Nathan
gegengesteuert. Das Bild vom hilfebedürftigen Templer setzt
Recha in einen neuen, praxisbezogenen Zustand. Nathan hat zugleich dem Zuschauer klar gemacht, wie die wahren Wunder alltäglich werden können: durch Praxis, die sich dem anderen als
Menschen zuwendet. Die Tatsachen der Vorsehung, Rechas Rettung durch einen begnadigten Tempelherrn, können nun mit
dem individuellen Handeln von Menschen vermittelt werden.
Dazu hat Erkenntnis verholfen. Die wurde durchs Gespräch
herbeigeführt, durch wörtliche Aufklärung.

Auch im Dialog zwischen Nathan und Al-Hafi (I 3) läßt sich gut die Wirkung von aufklärerischem Gespräch verfolgen. Am Anfang der Szene kommt der Derwisch als Schatzmeister des Sultans zum Juden, um Geld zu borgen. Später, in II 9, steht er im Lendenschurz auf der Bühne und macht sich auf den Weg in die Einsiedelei am Ganges. Mit Weltflucht hat man dies interpretiert, als ob der Derwisch nicht gute Gründe anführte, warum er seinen Job nicht weiter ausüben will. Im Unterschied zu den anderen wichtigen Dialogen bezieht sich Nathan hier nicht auf ein vorausliegendes Faktum, das die Vorsehung geschaffen hat. Auch sind beide schon vor Gesprächsbeginn Freunde. Freundschaft und Menschlichkeit sind hier gegeben: ,,Laß dich umarmen, Mensch. – Du bist doch noch mein Freund?'' Damit klingen leitmotivisch beide Begriffe in Relation an: Freund und Mensch sind aufeinander bezogen. Al-Hafi verweist auf seine Staatsstellung; die beruhigende Antwort Nathans macht klar, daß zwar zwischen Derwischsein und Staatsstellung, zwischen Mensch und sozialer Rolle eine Kluft bestehen könnte; aber solange der Derwisch ein Mensch bleibt, könnte seine Stellung bei Hofe als Rolle vernachlässigt werden.

Über diese Rolle am Hofe äußert sich Al-Hafi im zweiten Dialogteil. Er schildert die ökonomische Praxis des Sultans und bezeichnet damit die verwundbarste Stelle der propagierten Idealherrschaft Saladins. Vor den Ansprüchen des 18. Jahrhunderts zeichnet sie sich durch unerträglichen Schlendrian aus. Die Unfähigkeit im Umgang mit Geld, mit den seinen Untertanen abgepreßten Steuern, unterscheidet Saladin von Nathan wie den absolutistischen Herrscher vom kaufmännisch bewußten Bürger. Die Heftigkeit der Abneigung Al-Hafis gegenüber seiner Tätigkeit ist begründet und hat die Erfahrungen des Staatsbürgers Lessing angesichts des Finanzgebarens seiner Obrigkeiten verarbeitet. Wenn Al-Hafi seinen Posten Nathan anbietet, dann setzt er ausdrücklich den Dialog unter das Rollenspiel. Jetzt geht es nicht um Konsens, sondern um Unterscheidung. Erst am Ganges wird es dem Derwisch gelingen, die Trennung seiner Person in Schatzmeister und Mensch wieder aufzuheben. Seine Arbeit bei Hofe zwingt ihm diese Trennung auf.

Was kennzeichnet den Alltag des Schatzmeisters? Al-Hafi erzählt, wie er zu seinem Amte kam. Lessing erzählt, wie hinfällig die Annahme ist, durch Bekleidung eines höfischen Amts könnten die Abläufe der Dinge verändert werden. Das Gleichnis von den Röhren trifft zu, auch wenn Al-Hafi ersetzt würde durch einen Nathan. Gegen illusorischen Reformismus geht das, nicht gegen Teilnahme der Bürger am Alltag der Verwaltung und Politik. Auf diese Teilnahme bezog sich ja das politische Streben des Bürgertums im aufgeklärten Absolutismus; problematisch – so läßt sich Al-Hafis Warnung an den zeitgenössischen Zuschauer verstehen – ist der Schein eines falschen Idealismus. Der Derwisch rechtfertigt sein Urteil mit einer Analyse der karitativen Politik Saladins. Das aus der gesamten Bevölkerung herausgepreßte Geld wird in scheinbar menschenfreundlicher Güte an Bedürftige verteilt. Dies Vorgehen beschreibt Al-Hafi als einen Aspekt der absolutistischen Ideologie. Auf der einen Seite steht der Herrscher als Abbild göttlicher Macht, „von Gottes Gnaden". Auf der anderen Seite ist da die Welt der menschlichen Ökonomie mit ihrem Prinzip von der Knappheit der Güter. In dieser Welt entlarvt sich der Anspruch des Herrschers, gottgleich zu sein, als Schein, seine mildtätige Praxis hat keine Basis in den ökonomischen Gegebenheiten. Denn Grundlage der herrscherlichen Karitas heißt nicht Fülle wie bei Gott, sondern Ausbeutung. Diesen ideologischen Schein nennt Al-Hafi „Geckerei". Kann nun der einzelne um der „guten Seite" willen am so entlarvten System weiter teilnehmen? Nathan macht die Antwort deutlich, wenn er den Schatzmeister zum Ganges schickt, eben weil dieser drauf und dran ist, sein Menschsein in der ungeliebten sozialen Rolle zu verlieren: „Grad unter Menschen möchtest du ein Mensch zu sein verlernen." In der Abschiedsszene II 9 hat Al-Hafi die reichen Kleider seiner sozialen Rolle abgelegt und steht als nackter Mensch da.

Al-Hafis Kritik ist mehr als punktuelle Fürstenkritik. Denn nur im gesamtgesellschaftlichen Rahmen entsteht eine kritische

Konstellation, wird eine menschenfreundliche Praxis zum Betrug. Im Rahmen des gesamten Systems erscheint der Sultan als Geck, isoliert gesehen bleibt er ein Menschenfreund. Lessing beginnt hier nichts weniger als eine radikale personenunabhängige Systemkritik. Doch an der Einsilbigkeit Nathans wird deutlich, daß Lessing nicht bereit ist, den Beginn auszubauen. Nathan begreift sehr wohl die Berechtigung der kritischen Analyse des Derwischs, aber er distanziert sich von ihr. ,,Gemach, mein Derwisch, gemach!" oder ,,Genug! Hör auf!" – das sind seine Kommentare. Der Grund der Zurücknahme ist, daß in dieser systematischen Kritik der einzelne Mensch, um den es Nathan und Lessing geht, notwendig herausfallen muß. Zöge Nathan die Konsequenzen aus Al-Hafis richtiger Analyse, müßte er Systemveränderung propagieren. In einer vorrevolutionären Zeit gibt es nur einen Ausweg: persönliche Resignation. Die Konsequenz seiner Systemkritik fällt daher allein auf Al-Hafi zurück. Er steigt aus. Nur: Der Analyse selbst hat Nathan an keinem Punkte widersprochen. Das utopische Harmonietableau am Ende des Stücks wird durch diese Szene beunruhigt.

Lessing zielt in Nathans Gesprächen darauf ab, eine Vorstellung vom Menschsein und menschlicher Kommunikation zu vermitteln, die es dem einzelnen ermöglicht, sein Tun in das geschichtliche Handeln der Vorsehung einzubinden. In seinem Gespräch mit dem Tempelritter (II 5) stehen Nathan das religiöse und soziale Vorurteil entgegen. Der Templer hat das unüberhörbar der Dienerin Daja mitgeteilt, als diese ihn zum wiederholten Mal in Nathans Haus einlädt: ,,Auch laßt / Den Vater mir vom Halse. Jud' ist Jude, / Ich bin ein plumper Schwab." (I 6) Der Tempelherr, das wissen wir von Daja, hat immer versucht, dem Kontakt mit dem Judenmädchen oder ihrem Vater auszuweichen. Seine Strategie, die Begegnung mit Nathan abzukürzen, besteht in der Distanzierung von seiner Rettungstat. Er will den menschlichen Kontakt, dies ganze Gespräch vereiteln. An diesem Punkt wechselt Nathan auf die geschäftliche Ebene über, geht weg von der persönlichen. Gerade hier ist das Vorurteil mächtig. Es knüpft an Nathans Vorstellung an, mit der er sein Hilfeangebot untermauert: „Ich bin ein reicher Mann." Drauf das Vorurteil des Templers: „Der reiche Jude war / Mir nie der bessere Jude." Später heißt das: Von einem Juden nimmt man nichts an, man borgt höchstens von ihm. Mensch und soziales Etikett, Nathan und Jude, Sein und Haben – das sind im Vorurteil des Tempelherrn eins. Es wäre verfehlt, wollte man in der Diskussion der beiden den Standesunterschied zwischen Ritter und Bürger eigens herausstellen. Der Tempelherr ist kein typischer Vertreter der Aristokratie. Er ist ja schon aufgeklärt, ist schon ein Kritiker von Ausschließlichkeitsansprüchen. Aber er zeigt die Persönlichkeitsmerkmale seines Standes: Rauhe Tugend, trotziger Blick, bittere Schale, das sind Nathans erste Eindrücke; später kommen hinzu Stolz, Verachtung, Größe, die sich hinter Abscheulichkeit verbirgt – das Vorurteil, sicher verstärkt durch die problematische Existenz des begnadigten Ritters im Feindesland, leistet im zwischenmenschlichen Verkehr das, was zwischen den Klassen die nur langsam abbröckelnde institutionelle Absonderung des adligen Standes zufügte: nämlich die Abtötung eines Dialogs, der Folgen im Handeln haben könnte. Nathan muß durch die Schale zum Kern vordringen. Der Brandfleck am Mantel, jenes Zeugnis gegen die vorgeschobene zynische Interpretation des Tempelherrn für seine Menschlichkeit, öffnet den Weg. Der Tempelherr wird in seinem natürlichen Anstand getroffen, als Nathan von Rechas Dankbarkeit spricht. Die anfängliche Verwirrung geht in die namentliche Anrede über („Aber, Jude – / Ihr heißet Nathan? – Aber, Nathan ..."). Damit ist das Vorurteil durchbrochen; der Tempelherr redet zu einer Person, die nicht nur repräsentiert, weder ein Volk noch eine Religion, noch eine soziale Rolle. Das Gespräch kann anders verlaufen. Es wird sich nun um ein menschliches Verhalten aus ethischer Verantwortung drehen.

Nathan kümmert sich um die Momente der Gemeinsamkeit unter Menschen. Standesethik, willkürliche Regeln, Konventionen hindern eine humane Axiomatik: „Ich weiß, wie gute Menschen denken; weiß, / Daß alle Länder gute Menschen tragen."

Die kritische Frage des Tempelherrn nach den manifesten Unterschieden gibt Nathan Anlaß zur Konkretisierung. Seine Wertvorstellung beruht auf empirischer Erfahrung, und diese ihrerseits ist zuerst einmal quantitativ angelegt. Wenn viele Bäume wachsen sollen, dann darf keiner mehr Raum als notwendig beanspruchen. Daraus leiten sich drei Forderungen ab, sie stehen im apodiktischen ,,muß": Keine Kritik am Habitus (nicht mäkeln), Duldung der anderen (sich vertragen), realistische Selbsteinschätzung (sich nicht vermessen). Die Argumentationsbasis ist durchaus bevölkerungspolitisch, die vorhandene Menge der Menschen ist Anlaß für soziale und kommunikative Regeln. In den Begriff des Mittelguts geht die demographische Realität ebenso ein wie die Pluralität der Sitten und die Heraufkunft eines starken Mittelstandes. Gerade die Mehrdeutigkeit der Metapher eignet sich gut für die Integration vieler verschiedener Auffassungen. Denn die Dialogführung Nathans ist ja nicht aus auf wortwörtliche Übereinstimmung oder gar auf Unterwerfung. Die Auseinandersetzung zwischen dem Kaufmann und dem Adligen, der seinen Stand nicht mehr so ganz repräsentiert, läuft auf ein Konkurrenzverhältnis auf moralischer Ebene hinaus. Genau so sieht das deutsche Bürgertum im 18. Jahrhundert, genauer: das aufklärerische und aufgeklärte, die Idealbeziehung zur Aristokratie. Nicht an die Stelle, sondern neben den Adel will es treten, und das soll möglich werden im Prozeß einer langdauernden Erziehung. So stellten es sich die Gebildeten unter den Bürgern vor, die Gelehrten und Dichter.

Die Gemeinsamkeit zwischen Ritter und jüdischem Kaufmann ist im Stück die Erfahrung, eigenes Erleben. Der Tempelherr lehnt nach dem, was er auf den Kreuzzügen mitangesehen hat, die Ideologie der Sonderstellung ab. Der Kampf für die Ausbreitung des Glaubens hat ihn zur Einsicht in die Notwendigkeit religiöser Toleranz gezwungen. Er setzt daher zu den Forderungen Nathans die Wirklichkeit seiner eigenen Geschichte. Und gerade diese Reflexion auf erlebte Geschichte verbindet ihm Nathan enger als die ausgeklügelte Dialogführung. Nathan hatte ja auch am eigenen Leibe die Grausamkeit des intoleranten Reli-

gionskampfes erfahren, als seine Frau und sieben Söhne verbrannt wurden. Der gemeinsame Nenner von beiden reflektier-
ten Erfahrungen heißt Humanität. Im Rückzug auf ein Bild vom
Menschen jenseits der sozialen, religiösen und nationalen Vorurteile finden sich die beiden als Freunde. Sie finden sich zusammen
gegen die Anmaßung der Religionen, die als menschenfeindlich
dem Zuschauer im Parkett erläutert und sinnlich vorgeführt
wird. Im Gespräch zwischen Tempelherr und Nathan beweist
Lessing, wie Religion in der Geschichte als verheerende politische Kraft und Institution wirkt. Die leidvollen Erfahrungen der
Gesprächspartner mit dem Ausschließlichkeitsanspruch begründen von außen her die Notwendigkeit, diesen Anspruch aller Offenbarungsreligionen zu relativieren. Der zweite Schritt
müßte nun im Sinne des Theologiekritikers Lessing der sein, den
Absolutheitsanspruch der Religion von innen her in Frage zu
stellen. Diesem Unternehmen gilt die Ringparabel.

Auch Nathan und Saladin sind durch die Vorsehung moti-
vierte Gesprächspartner, beide scheiden nach dem Gespräch als
Freunde. Die Anfangssituation ist allerdings verschieden. Wir
wissen, daß Saladin den Juden benötigt und daß seine Schwester
Sittah eine Falle vorgeschlagen hat (III 4). Auf seiner Seite will
Nathan die Bekanntschaft jenes Herrschers machen, der aus welchen Gründen auch immer den Retter seiner Tochter begnadigt
hat. Nathan stellt seine kaufmännische, seine bürgerliche Klug-
heit, in der er bisher ausdrücklich den Palast gemieden hatte, zurück. Mit Saladins Motiv sieht es noch einfacher aus: Er will von
Nathan Geld. Zwar scheut er sich, es ihm rundheraus abzupres-
sen, aber die schon von Boccaccios Geschichte des Juden Melchi-
sedek akzentuierte Falle ist nur eine kümmerliche Verschleie-
rung. Diese Falle wird in privater Audienz gestellt – so als ob Nathan es mit einem Freund der Wahrheit zu tun habe, als ob ein
Zwiegespräch zwischen Herrscher und Untertan das erstre-
benswerteste Ziel sei. Dagegen setzt Nathan das Selbstbewußtsein des Bürgers, der seiner Sache gewiß ist: ,,Möchte doch auch
die ganze Welt uns hören.`` (III 7) Es geht ihm nicht um eine Of-

fenbarung der Herzen in einer intimen höfischen Situation, er redet, wenn er zu Saladin spricht, wie zu den vielen anderen – zwar der Gesprächssituation angepaßt mit Vorsicht und Mißtrauen, aber doch mit der Forderung nach öffentlicher, zumindest aber umfassender Diskussion. Es ist kein Bescheidenheitstopos, wenn Nathan seine Reputation als Weiser im Volksmund herunterspielt; er wehrt sich vielmehr gegen Vereinzelung.

Der Sultan verlangt von Nathan Gründe für seinen Glauben. Er will eine Antwort auf ein Spezialproblem, über das er vorgeblich selbst aus Zeitgründen nicht hat nachdenken können. Er meint, das Problem sei lösbar, und meint darüber hinaus, die Lösung sei übertragbar. Saladin will konkretes Wissen ganz dinglich, er will Nathans Überlegungen und Argumente zu seinem Besitz machen. Damit unterscheidet sich Wissen von Geld nur im Material, nicht in der Funktion. Beiden gleich ist der Aspekt der Veräußerlichung und Aneignung. Die ideologische Pointe dieses Ansinnens besteht darin, daß der Sultan Wissen, Vernunft, Denken wie Ware behandelt. Das hatte Lessing schon am Pastor Goeze kritisiert. Der Inhalt der Frage ist auf den Weisen gemünzt, die Struktur der Frage aber zielt auf den Kaufmann. Darauf kann sich Nathan einen Reim machen (III 6). Er ist – wie Lessing – im Denken über das Verhältnis von Philosophie und Ökonomie weiter und ehrlicher als die späteren Interpreten dieses Gesprächs. Und: intellektuelle Kraft, Geistesschärfe und Redegabe dienen bei Lessing zu etwas, sie werden – das demonstriert Nathan – zielbewußt eingesetzt. Weder Lessing noch Nathan sind „Virtuosen der Dialektik" (H. C. Seeba), wie das eine neuere, für die germanistische Wissenschaft typische Deutung meint.

Bei seiner Analyse der Frage Saladins stößt Nathan auf ein bestimmtes Denkmuster. Damit ist eine erste Antwortrichtung vorgegeben. Er wird dem Sultan zeigen, daß Wahrheit einer Religion nicht wie ein äußerliches und verfügbares Kriterium anhaftet. Was heißt: Nathan setzt sich vorerst nicht mit Wahrheit an sich, sondern mit einem gängigen Wahrheitsbegriff auseinander. Die Wahrheit ist nicht einem logischen Satz gleich, sie ist nicht

„neue Münze, / Die nur der Stempel macht, die man aufs Brett / Nur zählen darf". Nathan differenziert: „Ja, wenn noch / Uralte Münze, die gewogen ward! – / Das ginge noch." Ein schönes Sprachspiel? Wägen hat etwas mit Wahrheit zu tun. Die uralte Münze repräsentiert keinen Materialwert, sie ist der Materialwert selbst, daher das Geschäft des Wägens mit dem Nachteil der begrenzten Stückelung. Die neue Münze hingegen repräsentiert nur den Wert; allein die Prägung ist entscheidend, und die ist beliebig. Wie in seiner theologischen Streitschrift, der „Duplik", versucht Nathan, den gängigen Wahrheitsbegriff auseinanderzunehmen. Er ist sich zugleich darüber klar, daß die moralischen Schwierigkeiten, die der Wahrheitsfrage unterliegen, eine bestimmte Form der Antwort erfordern. Damit glaubt er der geahnten Falle des Sultans zu entgehen; diese bietet einen Grund für die Märchenform der Antwort. „Doch, Sultan, eh ich mich dir ganz vertraue, / Erlaubst du wohl, dir ein Geschichtchen zu / Erzählen?"

Ein erster Aspekt der Ringparabel ist ihre Geschichtslosigkeit. Die liegt zwar in der Tradition der Parabel, hat aber hier einen tieferen Sinn: Der Erkenntnisgegenstand der Parabel ist der Geschichte nicht zugänglich. Die Vererbung des Ringes an drei gleichermaßen geliebte Söhne geht ausdrücklich vonstatten ohne Ansehen von Erstgeburt und Vorrecht, also ohne die Rechtsnormen der Geschichte. Vollends symbolisiert auch die Gleichheit der Ringe den Verlust jeder geschichtlichen Substanz. Genau hier unterbricht daher auch der Sultan: „Wie? das soll / Die Antwort sein auf meine Frage?" und bringt die unterscheidenden Merkmale der Religion ins Spiel; eben die Unterschiede, die historisch gewachsen sind: „... bis auf die Kleidung; bis auf Speis und Trank!" Nathan macht klar, daß die äußeren geschichtlichen Merkmale nicht hinreichend sind, die Wahrheit der Religion zu bestimmen. Geschichte entscheidet über die Religionszugehörigkeit, nicht über deren Wahrheit. Daher die geschichtslose Atmosphäre der Parabel, die ja auf Wahrheit aus ist. Der Sultan zeigt eine Reaktion der Betroffenheit („Bei dem Lebendigen! Der Mann hat Recht, / Ich muß verstummen") genauso wie der

Tempelherr („Bald aber fängt / Mich dieser Jud' an zu verwirren"). Und wie beim Templer beginnt Nathan das eigentliche
Gespräch erst richtig, nachdem der Sultan die Unhaltbarkeit seiner Fragestellung eingestanden hat.

Das Folgende ist ganz Lessings Erfindung, es steht in keiner
Überlieferung der Parabel. Mit der Figur des Richters greift Nathan zu einer Instanz, die gesellschaftlich „wahr" und „falsch"
beurteilt. Es zeigt sich aber, daß die Wahrheitsfrage nicht im
Modus der menschlichen Gesetzesnorm gelöst werden kann. Als
Träger einer sozialen Rolle weiß der fiktive Richter keine Antwort. Er verweigert den Spruch, schlüpft aus seiner Rolle heraus
und gibt als Mensch einen Rat. Sein Rat zielt auf die Praxis einer
vorurteilsfreien Liebe unter den Menschen, er legitimiert sich
vom Ende aller Geschichte her und richtet sich zugleich auf den
konkreten Menschen in seiner alltäglichen Geschichte. Es ist gut,
sich an dieser Stelle noch einmal zurückzuerinnern, in welcher
Form die Wahrheitsfrage von Saladin gestellt wurde. Da war die
Rede von Verstand, von Gründen, die man einsehen und über-
nehmen könne, da war die Rede von Besitz und Ware. Das war
die Struktur der kirchlichen Wahrheiten in Form von Dogmen.
Diese Form fand in der Situation der Falle ihre gemäße In-
szenierung durch den Sultan. Lessing läßt Nathan zeigen, daß die
Religionswahrheit sich nicht in verwendbare Begriffe fassen läßt,
daher gibt der Richter nur einen Rat, er fällt keinen normierten
Spruch. Dieser Rat ist eine Anleitung zum Handeln. Er zielt auf
freie selbstbestimmte Sittlichkeit des einzelnen und ist legitimiert
durch den Verweis auf die Vorsehung. Daher fallen auch die
kirchlichen Verwalter der Wahrheit unter die Weigerung des
Richters, genormte Antworten zu geben. Das sittliche Handeln
des Individuums unter dem Aspekt der Vorsehung gilt als allei-
nige Quelle der Religionswahrheit. Es ist eine relationale Wahrheit im Gegensatz zum Absolutheitsanspruch der herrschenden
Kirchen.

Der Sultan kann diese Worte Nathans akzeptieren, weil er in
diesem Gespräch nicht Sultan ist, also keine Herrscherrolle inne-
hat. Man bekommt das ganz klar vor Augen, wenn man einen

Augenblick an den Patriarchen denkt, der ausschließlich seine
Rolle lebt. Auch Saladin hat eine herrscherliche Aura, so wenn er
wegen einer augenblicklichen Emotion den Tempelherrn begnadigt. Im Gegensatz zum Patriarchen, der uns im Rahmen eines
öffentlichen Auftritts mit allem Pomp gezeigt wird, obwohl er
nur von einem Krankenbesuch kommt, erscheint Saladin im
Stück als Privatmann. Er empfängt Nathan im Harem seiner
Schwester, im Familienraum. Lessing knüpft hier an das zeitge-
nössische Bild von Saladin als dem guten und menschlichen Fürsten an, das scharf kontrastiert zur Aktualität des absolutistischen Herrschers. Die Kontrastwirkung ist die geschichtliche
Rechtfertigung für dies eigentümliche Sultansbild. Ein Sultan,
der seine Herrscherwürde ausspielen würde, gehörte in das Lager des Patriarchen, er könnte kein Freund Nathans werden.
Deshalb ist der Harem der Schwester auch ein dramaturgischer
Rückzugsort, denn sonst müßte das dramatische Gedicht zur
Tragödie werden. Der orientalische Ton des Stücks hat nicht nur
ästhetische, sondern auch politische Gründe. Im Falle einer kla-
ren und direkten Äußerung der Figuren, jenseits aller Märchen-
erzählungen und Haremsräume, könnte die Aussage des Stücks
schlimme Konsequenzen für Lessing haben.

In der Erkenntnis einer gemeinsamen Aufgabe, nämlich
Wahrheit durch individuelles Handeln zu erweisen, können Nathan und Saladin Freunde werden. Freundschaft wird damit end-
gültig lokalisierbar: Sie ist eine Übereinstimmung im wertorientierten Handeln, im Gegensatz zum zweckorientierten Handeln
unter der Maxime von Tausch und Besitz. In dieser Sphäre des
wertorientierten Handelns ist Eingliederung unter die Vorsehung möglich. Nathan weist am Ende des Gesprächs darauf hin.
Der eigentlich aufklärerische Kern der Lessingschen Ringparabel
ist darin zu suchen, daß der Appell zur sittlichen Praxis auf Er-
kenntniskritik gegründet ist. Lessing zeigt im Verlauf des Gesprächs, wie bestimmte eingefahrene Denkweisen sowohl die
Erkenntnis der Wahrheit als auch das zweckfreie wertorientierte
Handeln verunmöglichen. Und wie diese bestimmten Denkweisen sich an bestimmten gesellschaftlichen Gegebenheiten: näm-

lich Besitz, Rolle, Tausch, Ware, orientieren. Auch hierfür ist
die Szene mit dem Patriarchen als wichtiges Gegenbeispiel her-
anzuziehen. Denn der Kirchenfürst vertritt die Wirklichkeit der
Geschichte und Gesellschaft. In dem Gespräch zwischen Tempelherr und Patriarch in IV 2 bleiben die herrschende Sprache als
Sprache der Herrschenden und das gesellschaftliche Denken un-
korrigiert. Diese Sprache und ihr Denken läßt eine Verständigung nicht zu. Der Sprachgestus des Patriarchen ist der Machtspruch. Er verlangt Gehorsam, Unterwerfung, wie das ja auch
die orthodoxe Kirche von Lessing verlangte. Die Sprecher solcher Sprache sind Rollenträger, sie sind Vertreter der Institutio-
nen. Hingegen ist die Sprache der Natürlichkeit zur Konfliktlö-
sung geeignet; statt Machtspruch ist ihre Sprachform der Rat,
ihre Träger sind allererst Menschen, die ihre Rollen bzw. Vorurteile ablegen müssen. Der Patriarch ist somit das negative Exempel auf die Probe, die Nathan vor Saladin ablegt. Er zeigt, daß ein
Absolutheitsanspruch auf Wahrheit, der kirchliche in diesem
Fall, und ein vorurteilsfreies wertorientiertes Handeln nicht ver-
einbar sind.

V

Das Konzept der Menschlichkeit, das Lessing den Nathan in
seinen Gesprächen freilegen läßt, wird in den ,,Freimaurerge-
sprächen" zwischen Ernst und Falk als Konzept der Öffentlichkeit verhandelt. Schon das kann darauf verweisen, daß das fami-
liäre Tableau am Schluß des *Nathan* als bühnenwirksames Bild
für einen Anspruch einstehen soll, der ganz und gar politisch ist.
Der Begriff der Humanität ist seit dem deutschen Idealismus im
19. Jahrhundert als Bildungskonzept verramscht worden. Noch
im späten 18. Jahrhundert hat dagegen die Verwendung der
Worte Mensch und Menschlichkeit eine Frontstellung anzuzei-
gen gegen Begriffe wie Untertan und Herrschaft. In das Wort
Humanität sind bürgerliche Forderungen eingegangen; längst
vorhandene Traditionen des Wortes halten Querverbindungen

zu neuen philosophischen, politischen und naturwissenschaftlichen Anschauungen. Zu nennen wären die Forderung nach Gleichheit, nach Herrschaft der Vernunft und vor allem nach Beachtung der Menschenrechte, die als Naturrechte verstanden werden. Alle diese vielfältigen Bezüge sind im Humanitätskonzept des *Nathan* mitzudenken. Die Basis für diese Versuche, mit einer neuen Begrifflichkeit politisch zu wirken, ist die bürgerlich artikulierte Unzufriedenheit mit den bestehenden Verhältnissen, also mit dem absolutistischen System. Deshalb ist der Angelpunkt des neuen Sprachfeldes die Selbstbestimmung des Individuums. Mit diesem Axiom läßt sich der Begriff Mensch aus den gegebenen schlechten gesellschaftlichen Bezügen lösen und läßt sich gegen diese richten: ,,Mensch" gegen Herrschaft, gegen Rolle, gegen Institution.

Bezeichnenderweise mußten auch die Fürsten diesen neuen Formulierungen Rechnung tragen. Friedrich der Große tat sich besonders hervor. Im *Antimachiavell* (1739) betont der preußische Kronprinz Friedrich mit Stolz, daß er ein Mensch war, bevor er König wurde. Wenn der Begriff Mensch selbst von den Herrschenden respektiert wurde, dann bewies das seine große Durchschlagskraft. Gerade seine Mehrdeutigkeit ließ zu, daß das Begriffsinventar des absolutistischen Staates hintergangen werden konnte. Die Unschärfe des Wortes Mensch konnte Dinge in Bewegung bringen. Der Untertan war nun vorrangig ein Mensch mit Rechten und Pflichten; ebenso war der Herrscher zuerst ein Mensch. Was der Untertan als Mensch forderte, das sollte der Herrscher als Mensch gewähren. Das sind nicht nur Sprachspiele. Sie bezeichnen vielmehr den Freiraum, den das Bürgertum hatte, um seine Interessen auf den Begriff zu bringen, ohne gleich des Hochverrats bezichtigt zu werden.

Andererseits muß man sehen, daß diese Allgemeinheit auch eine negative Seite hatte. Sie verhinderte nämlich eine politische Konkretisierung. Da das Bürgertum noch nicht an der Macht war, wählte es einen Begriff, der Machtpositionen philosophisch verhüllend fordert. Erst im Umkreis der Französischen Revolution ging man daran, den Begriff des Menschen in den des Bürgers zu überführen. In ihm konnten dann konkrete Rechte und Pflichten festgesetzt werden. Nicht so in Deutschland. Die Sicherheit, die der allgemeine Begriff Mensch aus dem Naturrecht zog, mußte er weiterhin mit fehlender politischer Praktikabilität bezahlen. Genauer: mit politischer Beliebigkeit. Nicht anders ist zu erklären, daß schon gegen Ende des 18. Jahrhunderts der naturrechtliche Begriff Mensch herhalten konnte, die Rechte und den Besitz des arrivierten Bürgerstandes gegen die Besitz- und Rechtlosen zu verteidigen.

Lessings Stück zeigt, wie die Vorurteile des Standes und der Religion in einer neuen Freiheit des Menschen aufgehoben werden *können*. Die utopische Komponente ist genau im Blick zu behalten. Was im philosophischen Gespräch von *Ernst und Falk* in differenzierter Weise auseinandergelegt und von verschiedener Seite beleuchtet wird, das kann auf der Bühne als Tat oder Handlungsanweisung inszeniert werden. Im Drama sehen wir neues Verhalten aus Gesprächen herauswachsen, es wird nicht nur darüber geredet. Andererseits, und das ist der Unterschied der dramatischen Form gegenüber dem philosophischen Diskurs, bleibt das Räsonnement an die jeweilige Sprecherfigur und an die inszenierte Gesprächssituation in verpflichtender Weise gebunden. Deshalb eignet sich die Bühne für den mit Zensur belegten Lessing so gut, die Diskussion auf seiner gewohnten Kanzel, wie er sie nennt, weiterzuführen. Denn schließlich ist es Nathan, der redet und handelt, der herrschende Vorurteile abbaut, der Fürsten aufklärt; es ist nicht der Bibliothekar und braunschweigische Untertan Lessing. Die Möglichkeit eines andersartigen gesellschaftlichen Zusammenlebens, die das Stück entwirft und die sich gegen die Zwänge der herrschenden Gesellschaftsform richtet, ist in erster Linie ein Spielraum. An seinen Bruder Karl schreibt Lessing besorgt am 19. Dezember 1779: ,,Ich will doch nicht hoffen, daß mir der Zensor in Berlin wird Händel machen? Denn er dürfte leicht in der Folge mehr sehr auffallende Zeilen finden, wenn er aus der Acht läßt, aus welchem Munde sie kommen, und die Personen für den Verfasser nimmt."

Das ,,orientalische Märchen", wie Lessing sein Stück nennt,

ist kein realistisches Stück im Sinne einer Abbildtheorie. Aber die
Lebensverhältnisse der Figuren, mit deren Verknüpfung Lessing
frei und wunschgemäß umspringt, die sind in sich voll zeitgenös-
sischer Realität. Sie enthalten darüber hinaus eine deutliche Stel-
lungnahme zu dieser zeitgenössischen Realität. Dem gilt es zum
Schluß genauer nachzugehen.

Das handlungsfähige, vernünftige und mit praktischen Ab-
sichten vorgehende Individuum wird als Bühnenfigur mit historischer Notwendigkeit aus der begüterten Schicht des Bürgertums entnommen. Das Volk bleibt in allen Dramen Lessings
draußen, es erscheint in Nathans Gesprächen lediglich als ausgebeutete und almosenbedürftige Masse. Der Typ des kaufmänni-
schen Bürgers im *Nathan* wird den Theatergängern und Stücke-
lesern aber nicht in seinen Geschäfts-, sondern in seinen Klassen-
interessen zur Identifikation angeboten: Nathan steht im Wider-
spruch gegen den geistlichen Despotismus, in der Abwehr
schwärmerischer Einstellung (wie er Recha klar macht), in der
Lenkung und Erziehung von Despoten. Letzteres mit Vorbe-
halt: Zwar ist Saladin ein edler Fürst, der freigiebig Almosen bis
zum eigenen Ruin verteilt, aber die Systemkritik hat ja schon
Al-Hafi deutlich vorgetragen. Und der Zuschauer wird nicht
vergessen, daß das Stück in der Phase eines kurzen Waffenstill-
standes spielt, daß Saladin gewohnt ist, alle Gefangenen gleich zu
köpfen und den Tempelherrn nur aus einer Laune heraus begnadigte, ihn später auch gleich vergaß. Lessing deckt mit seinem
utopischen Schluß nicht alle im Stück aufgebrochenen Gegen-
sätze zu. Wie wird bei Saladin Geld eingetrieben? „Bei Hunderttausenden die Menschen drücken, / Ausmergeln, plündern, martern, würgen" – damit ist die Perspektive und das Hauptproblem
der Massen im quasi wildwüchsigen Feudalismus genau ausge-
sprochen. Nur graduell unterscheidet sich davon die Zentralisie-
rung der Steuereintreibung und die Effizienz der Finanzwirt-
schaft im aufgeklärten Absolutismus eines Friedrich des Großen.
Auch wo das abgepreßte Geld bleibt, ist wichtig. An der Ober-
fläche mag es scheinen, als ob Saladin nun wirklich alles Geld, aus
Privatschatulle und Hofkasse, für die Armen ausgäbe. Aber

Al-Hafi macht deutlich, daß hier Hunderttausenden das Geld
abgepreßt wird, damit der Fürst „ein Menschenfreund an einzelnen scheinen" kann. Nicht die verarmten Massen sind die
Empfänger der Zuwendungen, sondern einzelne hartnäckige
Bettler und vor allem die Freunde des Herrschers, die „Geier",
wie sie Al-Hafi tituliert. Hier ist das von Nathan angesprochene
Kanalsystem, das alle Einkünfte verschlingt. Wieviel in der nächsten Umgebung des Herrschers hängen bleibt, beweist Saladins
Schwester. Was soll der Zuschauer über die vielbeschworene
Mildtätigkeit denken, wenn er in II 1, 2 hört, daß der Sultan
beim regelmäßigen Schachspiel 1000 Dinare an Sittah verschenkt
und daß die in der Lage ist, einen Zusatzhaushalt zu führen, der
die Finanzmisere Saladins über mehrere Monate spielend über-
brücken kann. Die zeitgenössischen Erfahrungen des Mätres-
senwesens sind plastisch hier abgebildet.

Dem Moment der Herrschafts- und Systemkritik im Dialog
zwischen Nathan und Al-Hafi gesellt sich als Pendant das Moment der Kirchenkritik, die der Klosterbruder am Patriarchen
übt (I 5). Auch er ist Episodenfigur, darum kann auch seine Kritik offener und konkreter sein als die eines Nathan, der zu leicht
zum Sprachrohr seines Verfassers gemacht werden könnte. Wie
Al-Hafi gehört der Klosterbruder nicht zur großen Familie am
Ende, hat also nicht die Utopie der harmonischen Gesellschaft zu
vertreten. Deshalb stößt auch seine Kritik ins Zentrum der zeitgenössischen Erfahrungen, sie hat nicht den Maulkorb der idealen Realität. Wie die Dienerfiguren der älteren Komödie können
Al-Hafi und der Klosterbruder ungeschminkt vom Leder ziehen. Der Klosterbruder hat es mit einer besonders undurch-
schaubaren Institution zu tun, bei der geistlicher Anspruch und
weltliche Machtgier mit Verschlagenheit und Prunksucht ein
Syndrom absolutistischer Herrschaft bilden. Der Klosterbruder,
der im mönchischen Gehorsam widerspruchslos Befehle befolgt,
bringt nicht nur die große Macht des Kirchenfürsten und die Un-
erschöpflichkeit theologischer Argumente für diese Macht zum
Ausdruck; er zeigt auch die Fragwürdigkeit all dieser Argumente, ihre Entfernung von den eigentlichen Problemen der von der

Kirche verwalteten Menschen. Seine verbale verschmitzte Distanzierung von seinem Kirchenoberen („meint der Patriarch")
demonstriert die Technik der moralischen Sabotage. Im Patriarchen selbst sind die beiden Kunstgriffe der machtmäßigen Verfügung der Religion über die Menschen auf den Begriff gebracht;
Recha formuliert sie als Vorstellung von Gott als einem persönlichen Eigentum und von Gott als einem Befehl zur Völkerausrottung. „Was ist das für ein Gott, / Der einem Menschen eignet?
der für sich / Muß kämpfen lassen?" (III 1). Die Versuche, sich
aus den Banden der Religion zu befreien, was auch Lessing vorgeworfen wurde, wurden deshalb so unerbittlich verfolgt, weil
diese Bindungen zur Aufrechterhaltung des Gehorsams gegen
die Obrigkeit unerläßlich waren. „Alle bürgerliche Bande / Sind
aufgelöset, sind zerrissen, wenn / Der Mensch nichts glauben
darf", das sagt der Patriarch (IV 2), und das sagte in leicht abgewandelter Form auch der Pastor Goeze in seinem Schreiben an
die weltliche Macht des Braunschweiger Hofs, in dem er vor Lessing warnte. Die Arbeitsteilung von gewaltsamer und ideologischer Unterdrückung hat Lessing in der späten Phase seines Lebens in ihrer Wirksamkeit genau erfahren.

Die Hauptfigur des Stücks ist ein Kaufmann. Nathan ist die
einzige Bühnengestalt Lessings, der eine ganze Fülle betont bürgerlicher Charakterzüge vergönnt ist. Die verschiedenen konkreten Beschreibungen von Nathans Kaufmannschaft kommen
unter der Hand zur Sprache, etwa in I 1, I 6, II 2. Wichtig ist
hier der Ausgang der Ringparabel, jener Teil, den Lessing gegenüber der Parabeltradition hinzugedichtet hat. Das Hauptmotiv
der Parabel ist antifeudalistisch, gegen Abstammung und Erblichkeit gerichtet, für freien Wettbewerb und Bewährung in der
Praxis. Der Ring vermag den Träger vor Gott und Menschen angenehm zu machen, wenn er ihn in dieser Zuversicht trägt. Der
Soziologe Max Weber hat in seiner Untersuchung zur protestantischen Ethik als Voraussetzung des modernen Kapitalismus auf
genau diese Vorstellung abgehoben. Die kalvinistische Ethik
wertete den beruflichen Erfolg in der Welt als Zeichen des Auserwähltseins. Vereinfacht: Der Gott und den Mitmenschen an-

genehme Kaufmann ist für den Himmel auserwählt. Die un-
beirrbare Zuversicht auf diesen Gnadenstand ist der Motor und
zugleich die Voraussetzung für das Streben nach irdischen Gütern, nach Besitz und, später, nach politischer Macht. Die Vita
activa des Kaufmanns und die weise Menschlichkeit des Juden,
die sich aus der Ergebung in die göttliche Vorsehung speist – dieser wechselseitige Kausalzusammenhang in der Nathan-Figur
macht den sozialphilosophischen Tiefsinn der Dichtung aus. Die
Rolle des Kaufmanns Nathan in der Handlung des Stücks führt
zur Verbrüderung der verschiedenen Stände und Religionen.
Daß Lessing diese Kaufmannsfigur in die Gestalt eines Juden
kleidet, mag für seinen dramaturgischen Realitätssinn zeugen.
Denn die Anschauung von der völker- und klassenverbindenden
Rolle des modernen Handels im 17./18. Jahrhundert setzt ideale
Bürger voraus. Einen solchen idealen Kaufmann auf der Bühne
als deutschen Bürger glaubhaft zu machen, dazu hätte es mehr als
nur der dramatischen Illusionierung bedurft. Auch deshalb: Nathan der Jude. In ihm schafft Lessing gleichsam das Ideal des
Bürgers vor den Schattenbildern des zeitgenössischen deutschen
Bürgertums. Daß ein solcher Kaufmann und Bürger am Ende die
Haushaltspolitik des Herrschers in bessere Bahnen lenkt, diesen
zu sich heranzieht, wortwörtlich neben den Fürsten tritt – das ist
ebenso aufklärerisch, wie es unrevolutionär ist. Hier ist bürgerliches Selbstbewußtsein zu belegen, wie das schon 1731 der englische Dramatiker George Lillo in seinem Stück *The London Mer-
chant* vorgespielt hatte, zugleich aber auch die vorrevolutionäre
Ideologie, daß sich soziale Veränderung durch Dialog und Erziehung der Individuen erreichen ließe. Kant drückt das noch
1784 in seiner programmatischen Schrift *Idee zu einer allgemeinen Geschichte in weltbürgerlicher Absicht* aus: ,,Ferner: Die
bürgerliche Freiheit kann jetzt auch nicht sehr wohl angetastet
werden, ohne den Nachteil davon in allen Gewerben, vornehmlich dem Handel, dadurch aber auch die Abnahme der Kräfte des
Staats im äußeren Verhältnis zu fühlen. Diese Freiheit geht aber
allmählich weiter. Wenn man den Bürger hindert, seine Wohlfart
auf alle ihm selbst beliebige Art, die nur mit der Freiheit anderer

zusammen bestehen kann, zu suchen, so hemmt man die Lebhaftigkeit des durchgängigen Betriebes und hiermit wiederum die Kräfte des Ganzen. Daher wird die persönliche Einschränkung in seinem Tun und Lassen immer mehr aufgehoben, die allgemeine Freiheit der Religion nachgegeben; und so entspringt allmählich, mit unterlaufendem Wahne und Grillen, *Aufklärung*, als ein Gut, welches das menschliche Geschlecht sogar von der selbstsüchtigen Vergrößerungsabsicht seiner Beherrscher ziehen muß, wenn sie nur ihren eigenen Vorteil verstehen. Diese Aufklärung aber, und mit ihr auch ein gewisser Herzensanteil, den der aufgeklärte Mensch am Guten, das er vollkommen begreift, zu nehmen nicht vermeiden kann, muß nach und nach bis zu den Thronen hinaufgehen und selbst auf ihre Regierungsgrundsätze Einfluß haben." (Achter Satz)

Nathan der Weise ist gleichwohl ein utopisches Drama, für die Zeitgenossen Lessings und stärker noch für die heutigen Leser und Zuschauer. In der geschichtlichen Lage der Gesellschaft des späten 18. Jahrhunderts, deren sozialer und geistiger Umbruch für viele am Tage lag, wird auf der Bühne eine sozial nicht eingegrenzte Kommunikationsgemeinschaft zur Anschauung gebracht. Die soll auf die bestehende schlechte Realität argumentativ, wertevermittelnd und handlungsanweisend einwirken. Gegenstand der Bühnenarbeit im *Nathan* ist ein „herrschaftsfreier Dialog" (Habermas), eine Lebenssituation, in der die systematische Verzerrung der Kommunikation im weitesten Sinne, herbeigeführt durch die geschichtliche Dialektik von Herrschaft und Arbeit, aufgehoben ist. Für die Dauer des Spiels – vorerst. Für den Aufklärer Lessing galt das Ende seines Stücks als Versprechen einer nicht so fernen Zukunft. Für den heutigen Spieler, Zuschauer und Leser kann und muß es ein Anstoß sein, erbittert nachzufragen, warum diese Zukunft statt näher viel ferner gerückt ist.

Joachim Bark

ZEITTAFEL

1729   22. Januar: Gotthold Ephraim Lessing in Kamenz (Lausitz) geboren. Vater: Johann Gottfried Lessing, Pfarrer; Mutter: Justine Salomone, Tochter des Pfarrers Feller.

1741   21. Juni: Nach Unterricht beim Vater Aufnahme in die Quarta der Fürstenschule St. Afra in Meißen. Beginn des Österreichischen Erbfolgekrieges (bis 1748).

1742   Lessing bekommt die von der Familie von Carlowitz gestiftete Freistelle an der Fürstenschule. *Glückwunschrede, bei dem Eintritt des 1743. Jahres, von der Gleichheit eines Jahres mit dem andern.*

1745   Öffentliche Schulrede *De vitae brevis felicitate.* Gottscheds Sammlung geeigneter Theaterstücke nach französischem Muster für ein deutsches nationales Theater: *Deutsche Schaubühne nach den Regeln der Griechen und Römer eingerichtet* (6 Bände, seit 1740).

1746   30. Juni: Rede zum Schulabgang. *De mathematica barbarorum.* Gedichte *An den Oberstleutnant von Carlowitz, Über die Mehrheit der Welten.* 20. September: Immatrikulation in Leipzig als Student der Theologie.

1747   Beginn der journalistischen Arbeit als Mitarbeiter der *Ermunterungen zum Vergnügen des Gemüths* und der Wochenschrift *Der Naturforscher.* Lustspiel *Damon oder die wahre Freundschaft.*

1748   Ostern: Lessing wechselt zum Medizinstudium über. Aufbruch nach Berlin im Juni. Erkrankung in Wittenberg, Immatrikulation dort als Student der Medizin. Lustspiele *Der junge Gelehrte* (aufgeführt von der Theatergruppe der Neuberin), *Der Misogyne, Die alte Jungfer.* Klopstocks *Messias,* 1. – 3. Gesang. – Höhepunkte der französischen Aufklärung: Lamettries *Der Mensch eine Maschine,* Montesquieus *Geist der Gesetze,* Voltaires *Zadig oder das Schicksal.*

1749   Lessing in Berlin. Lustspiele *Die Juden, Der Freigeist*.
Dramenfragment *Samuel Henzi*. Erzählung *Der Eremit*.
Beginn der *Abhandlungen von den Pantomimen der Alten* (bis Januar 1751).

1750   Mitarbeiter der *Berlinischen privilegierten Zeitung (Vossische Zeitung)*. Herausgabe der *Beiträge zur Historie und Aufnahme des Theaters* zusammen mit Johann Christlob Mylius. Lustspiel *Der Schatz*. Wissenschaftliche Arbeiten *Abhandlung von dem Leben und den Werken des M. A. Plautus, Kritik über die ,,Gefangenen" des Plautus, Gedanken über die Herrenhuter*.

1751   Erste Gedichtsammlung *Kleinigkeiten*. Lessing wird Redakteur des *Gelehrten Artikels* der *Berlinischen privilegierten Zeitung* in der Nachfolge von Mylius und gibt die Monatsbeilage *Das Neueste aus dem Reiche des Witzes* heraus. Wegzug nach Wittenberg. – Erscheinungsbeginn der französischen *Enzyklopädie* (35 Bände) von Diderot, d'Alembert, Rousseau u. a. (bis 1780).

1752   Lessing bis November in Wittenberg. Promotion zum Magister der freien Künste. Danach Rückkehr nach Berlin.

1753   *G. E. Leßings Schrifften. Erster und Zweiter Theil* (darin: *Briefe*). *Das Christentum der Vernunft*.

1754   Teil 3 und 4 der *Schrifften*. *Theatralische Bibliothek*, Stücke 1, 2 und Ergänzung (darin u. a.: *Von den lateinischen Trauerspielen, die unter dem Namen des Seneca bekannt sind, Abhandlungen von dem weinerlichen oder rührenden Lustspiele, Leben des Herrn Jakob Thomson, Die Schauspieler*). Theologiegeschichtliche Abhandlungen, u. a. *Rettung des Hier. Cardanus, Rettung des ,,Inepti Religiosi" und seines ungenannten Verf., Ein Vademecum für den Hrn. Sam. Gottl. Lange*. Beginn der Freundschaft mit Moses Mendelssohn. – Tod Christian Wolffs, des bedeutendsten deutschen Philosophen der frühen Aufklärung.

1755   Teil 5 und 6 der *Schrifften* (in Teil 6: *Miß Sara Sampson*.

Ein bürgerliches Trauerspiel). Theatralische Bibliothek,
3. Stück. Gemeinsam mit Moses Mendelssohn: *Pope, ein
Metaphysiker!* Lessing macht in Berlin die Bekanntschaft
des Lyrikers Johann Wilhelm Ludwig Gleim. Im Oktober Wegzug nach Leipzig und Beginn der Suche nach
langfristiger Anstellung (bis 1770). 10. Juli: Im Beisein
Lessings Erstaufführung der *Miß Sara Sampson* in Frankfurt an der Oder durch die Schauspieltruppe von Acker-
mann.

1756   Antritt einer Bildungsreise als Begleiter des Kaufmanns
Christian Gottfried Winkler. Besuch in Halberstadt bei
Gleim. Im September Abbruch der Reise in Amsterdam
wegen Ausbruch des Siebenjährigen Krieges. Im Winter:
Beginn des Briefwechsels mit Friedrich Nicolai und Moses Mendelssohn über das Trauerspiel. – Krieg Preußens
mit Österreich, Rußland, Frankreich und Kursachsen um
Schlesien (bis 1763). Aufschwung der patriotischen Dichtung in Preußen.

1758   *Theatralische Bibliothek*, 4. Stück und Ergänzung. Ewald
von Kleist vermittelt die Bekanntschaft mit dem General
von Tauentzien. Rückkehr nach Berlin im Mai.

1759   Mitarbeit an Friedrich Nicolais Literaturorgan *Briefe, die
neueste Literatur betreffend*, Teil 1 – 4. Herausgabe von
Logaus *Sinngedichten* (zusammen mit Karl Wilhelm
Ramler). *Fabeln, Abhandlungen über die Fabel, Über
den Äsopus, Über den Phäder, Philotas. Ein Trauerspiel,
Faust* (Dramenfragment). – Österreicher und Russen be-
siegen Friedrich II. bei Kunersdorf. Schwere politische
und finanzielle Krise des preußischen Staates.

1760   *Briefe, die neueste Literatur betreffend*, Teil 5 – 7. Übersetzung von Stücken Diderots unter dem Titel *Das Theater des Herrn Diderot (Der Hausvater, Der natürliche
Sohn, Von der dramatischen Dichtkunst)*. Wahl zum
auswärtigen Mitglied der Berliner Akademie der Wissenschaften. 7. November: Lessing verläßt Berlin und wird
Gouvernementssekretär beim General von Tauentzien im

von Preußen besetzten Breslau. – Österreicher und Russen besetzen kurzfristig Berlin. Münzwertmanipulationen Friedrichs II. zur raschen Beschaffung von Geld, die nach dem Krieg zum Zusammenbruch des Markts führen.

1761   *Zerstreute Anmerkungen über das Epigramm.* – Preußen gewinnt die Schlacht bei Langensalza. Materielle Not der Kriegsdienste leistenden Volksschichten, Besatzungsabgaben der sächsischen Landstände in Millionenhöhe. Lessing führt die Korrespondenz über die neuen Münzprägungen in Sachsen.

1763   Friede zwischen Österreich, Preußen und Sachsen zu Hubertusburg. Preußen behält Schlesien, leidet schwer an den Kriegsfolgen. Entlassung der Freibataillone und der bürgerlichen Offiziere.

1764   Erkrankung Lessings in Breslau; er scheidet aus dem Amt als Gouvernementssekretär aus (November). Erneute Suche nach langfristiger Anstellung. Arbeit an *Minna von Barnhelm.* – Neues Münzgesetz in Preußen. Verbot des „Bauernlegens".

1765   Bewerbung um den Posten eines Bibliothekars an der königlichen Bibliothek in Berlin (endgültige Ablehnung durch Friedrich II. 1766). – Gründung der wichtigsten deutschen Kulturzeitschrift der Zeit durch Friedrich Nicolai: *Allgemeine deutsche Bibliothek* (bis 1806).

1766   *Laokoon oder über die Grenzen der Mahlerey und Poesie.* Lessing begleitet einen jungen Adligen auf einer Bildungsreise, lernt Justus Möser und Thomas Abbt kennen. Besuch bei Gleim. – Tod Johann Christoph Gottscheds. Wielands *Agathon* erscheint (1766/67).

1767   *Minna von Barnhelm oder das Soldatenglück* (Erstaufführung am 30. September in Hamburg). *Die Matrone von Ephesus, Lustspiel.* Band 1 der *Hamburgischen Dramaturgie.* Arbeit in Hamburg als künstlerischer Berater und Kritiker am neugegründeten Hamburgischen Nationaltheater. Finanzielles Scheitern dieser Unternehmung.

1768   *Briefe antiquarischen Inhalts,* Teil 1. 21. März: Auffüh-
        rung der *Minna von Barnhelm* in Berlin. – Tod von Her-
        mann Samuel Reimarus, dem profiliertesten Vertreter ei-
        ner radikalen Bibelkritik.

1769   *Hamburgische Dramaturgie,* Band 2, *Briefe antiquari-
        schen Inhalts,* Teil 2, *Wie die Alten den Tod gebildet.*
        Vorübergehender Aufenthalt in Braunschweig auf der
        Suche nach einer langfristigen Anstellung. – Tod Chri-
        stian Fürchtegott Gellerts und des pietistischen Dichters
        Gerhard Tersteegen.

1770   Begegnung mit Johann Gottfried Herder und Matthias
        Claudius. Im Mai übernimmt Lessing das Amt des Biblio-
        thekars der herzoglichen Bibliothek in Wolfenbüttel.

1771   *Vermischte Schriften,* Teil 1. Reise nach Hamburg und
        Verlobung mit Eva König, der Witwe eines Freundes.
        14. Oktober: Aufnahme in die Freimaurerloge ,,Zu den
        drei Rosen".

1772   *Emilia Galotti. Trauerspiel.* Erstaufführung in Braun-
        schweig zum Geburtstag der Herzogin. – Gründung des
        Göttinger Dichterbundes ,,Der Hain", Höhepunkt der
        empfindsamen Gefühlskultur in Deutschland. – Erste
        Teilung Polens zwischen Preußen, Österreich und Ruß-
        land. Gründung der ,,Seehandlung" in Berlin zur Mono-
        polisierung des Überseehandels.

1773   *Zur Geschichte und Literatur. Aus den Schätzen der Her-
        zoglichen Bibliothek zu Wolfenbüttel,* 1. und 2. Beitrag
        und Ergänzung. – Goethes *Götz von Berlichingen,* Klop-
        stock vollendet den *Messias.* Zusammenarbeit zwischen
        Herder und Goethe in *Von deutscher Art und Kunst.*

1774   *Zur Geschichte und Literatur ...,* 3. Beitrag (darin: *Von
        Adam Neusern, Von der Duldung der Deisten,* als erstes
        der sogenannten Reimarus-Fragmente) und Ergänzung. –
        Als wichtige geschichtsphilosophische Schrift der Zeit er-
        scheint Herders *Auch eine Philosophie der Geschichte zur
        Bildung der Menschheit.* Gründung des Dessauer Philan-
        thropinums durch J. B. Basedow.

1775   Abreise von Braunschweig nach Wien. 15. April: Beginn
        der italienischen Reise über Rom nach Neapel als Beglei-
        ter des Prinzen Leopold von Braunschweig. Tagebuch
        der Reise. Rückkehr um Weihnachten. – Beginn des
        nordamerikanischen Unabhängigkeitskrieges gegen Eng-
        land. „Verleih" von „Landeskindern" an England durch
        die deutschen Kleinfürsten, in Braunschweig mit Ein-
        nahme von Kopfprämien für gefallene Soldaten.

1776   Lessing wieder in Wolfenbüttel. Ein Angebot, am geplan-
        ten Nationaltheater in Mannheim mitzuwirken, schlägt er
        aus. 7. Oktober: Hochzeit mit Eva König. – Schau-
        spiele des „Sturm und Drang" von Klinger, Lenz und
        Wagner. 4. Juli: Annahme der nordamerikanischen Unab-
        hängigkeitserklärung und Deklaration der Menschen-
        rechte.

1777   *Zur Geschichte und Literatur . . .*, 4. Beitrag und Ergän-
        zung mit Anhang (darin: *Die Erziehung des Menschenge-
        schlechts, §§ 1 – 53, Gegensätze des Herausgebers* zu den
        ohne Verfassernamen abgedruckten Auszügen aus der
        Bibelkritik des Reimarus, den sogenannten Fragmenten,
        und Herausgabe von 1 – 5 der *Fragmente eines Unge-
        nannten, Über den Beweis des Geistes und der Kraft, Das
        Testament Johannis).* Sofortiges Echo auf die Publikation
        der *Fragmente,* zuerst in gelehrten Rezensionen, dann als
        orthodox-theologische Polemik. 4. Dezember: Geburt
        und Tod eines Sohnes.

1778   10. Januar: Tod Eva Lessings an den Folgen der Nieder-
        kunft. *Eine Duplik,* Streitschriften gegen den Hamburger
        Pastor Johann Michael Goeze *(Nötige Antwort, Eine Pa-
        rabel, Axiomata, Anti-Goeze 1 – 11). Ernst und Falk.
        Gespräche für Freymäurer, Neue Hypothese über die
        Evangelisten als bloß menschliche Geschichtsschreiber be-
        trachtet* (unveröffentlicht), *Historische Einleitung in die
        Offenbarung Johannis* (Bruchstück). Lessing gibt aus
        Reimarus' Schrift heraus: *Vom Zwecke Jesu und seiner
        Jünger.* 6. Juli: Entzug der zensurfreien Publikationser-

laubnis durch den Herzog, Verbot der weiteren Teilnahme an der Theologiedebatte.

1779   *Nathan der Weise. Ein dramatisches Gedicht* (Uraufführung 1783 in Berlin).

1780   *Die Erziehung des Menschengeschlechts* (Gesamtveröffentlichung), *Ernst und Falk* (Fortsetzung), *Die Religion Christi.* – Tod Maria Theresias; Joseph II. römisch-deutscher Kaiser. Einleitung von Reformen des sogenannten Aufgeklärten Absolutismus (bis 1781).

1781   15. Februar: Lessing stirbt in Braunschweig.

ANMERKUNGEN

7 Motto

„Tretet ein, denn auch hier sind Götter. Bei Gellius." Aulus Gellius, römischer Schriftsteller des 2. Jahrhunderts n. Chr., stellte in seinem Werk *Attische Nächte* Auszüge aus verschiedenen gelehrten Werken zusammen. Der Ausspruch wird dem griechischen Philosophen Heraklit zugeschrieben.

8 Personal

Aus Lessings Notizen zum *Nathan*: „In dem Historischen was in dem Stück zu Grunde liegt, habe ich mich über alle Chronologie hinweggesetzt; ich habe sogar mit den einzelnen Namen nach meinem Gefallen geschaltet. Meine Anspielungen auf wirkliche Begebenheiten sollen bloß den Gang meines Stückes motivieren."

Saladin: von Salah ed din – Heil des Glaubens. Seit 1171 Herrscher von Ägypten mit dem Titel Sultan = Selbstherrscher. Saladin eroberte 1187 Jerusalem, schloß 1192 mit dem englischen König Richard Löwenherz einen dreijährigen Waffenstillstand und starb 1193. Lessing hält sich nicht an den historischen Verlauf des 3. Kreuzzuges. Er nimmt z. B. an, daß Richard Löwenherz kurz nach dem Waffenstillstand den Krieg wiederaufgenommen habe.

Sittah: nach Sitt-alscham, dem tatsächlichen Namen von Saladins Schwester.

Recha: im Entwurf Rahel.

Nathan: Name eines Propheten zur Zeit Davids.

Daja: vorgesehen war Dinah. Lessing: „Daja heißt, wie ich ... sehe, soviel als Nutrix" (= Amme).

Tempelherr: Mitglied des 1119 gestifteten Templerordens. Tracht: weißer Mantel mit achteckigem roten Kreuz auf der Brust. Die Templer lebten nach strengen Regeln, u. a. Gelübde der Keuschheit. Ihre Hauptaufgaben waren der Schutz der Pilger und die Krankenpflege.

Derwisch: mohammedanischer Bettelmönch.

Patriarch: ,,Erzvater", Ehrentitel der Bischöfe von Konstantinopel, Alexandria, Antiochia, Jerusalem. Über das historische Vorbild, den Patriarchen Heraklius, schreibt Lessing folgende Notiz: ,,So hat der Patriarch Heraklius gewiß nicht in Jerusalem bleiben dürfen, nachdem Saladin es eingenommen. Gleichwohl nahm ich ohne Bedenken ihn daselbst noch an, u. bedaure nur, daß er in meinem Stück noch bei weitem so schlecht nicht erscheint, als in der Geschichte."

Emir: arabischer Titel für Stammesfürsten, später für Kalifen, dann allgemein für Herrscher.

Mamelucken: Leibwächter des Sultans, von Kind auf sorgfältig für diese Aufgabe erzogen, sprichwörtlich treue Soldaten.

9 *Babylon:* alte Stadt am Euphrat, wie *Damaskus* (Seite 11) eine der wichtigsten Handelsstädte des Vorderen Orients.

von der Hand sich schlagen: rasch erledigen.

13 *des Hauses Kundschaft:* Kenntnis des Hauses.

14 *Traun:* altertümelnd für wahrhaftig, gewiß.

keines irdischen: zu ergänzen: Geschlechts.

15 *aus seiner Wolke:* Aus F. C. Marins *Histoire de Saladin* (deutsch 1761) notierte sich Lessing: ,,Die Kreuzbrüder, die so unwissend als leichtgeläubig waren, streuten oft aus, daß sie Engel in weißen Kleidern, mit blitzenden Schwertern in der Hand, und in Sonderheit den heil. Georg zu Pferde in voller Rüstung vom Himmel hätten herabkommen sehen, welche an der Spitze ihrer Kriegsvölker gestritten hätten."

Muselmann: von arabisch *muslim* = Bekenner des Islam, allgemein: Mohammedaner.

launigen: launenhaft, hier: übellaunisch.

16 *Euphrat:* längster Strom Vorderasiens, er umschließt mit dem *Tigris* die fruchtbare Landschaft Mesopotamien (= Zweistromland). Der *Jordan* ist der größte Fluß Palästinas.

17 *Subtilitäten:* Spitzfindigkeiten.

18 *den ledern Gurt:* Die Tempelherren trugen als Zeichen der

ANMERKUNGEN   235

Keuschheit einen linnenen (nicht ledernen) Gürtel. Durch
Preisgabe von Gürtel und Dolch konnten sich die Tempelherren vom drohenden Tod freikaufen.

schließt für mich: stützt meine Ansicht, beweist.

viele zwanzig Jahre: weit mehr als zwanzig Jahre.

sein Geschwister: früher gebräuchliche Kollektivform.

19 *Ein Bug:* eine Biegung.

20 *Vergnügsam:* genügsam, bescheiden.

21 *Ein Franke:* Da die Kreuzzüge von Frankreich ausgingen,
setzte man Europäer mit Franke gleich.

23 *Al-Hafi:* arabisch „Barfüßler". Al-Hafi ist zwar Mohammedaner, doch womöglich Anhänger der altpersischen Za-
rathustra-Religion, ein Parse. Vgl. die zweite Anmerkung
zu Seite 26 und die dritte Anmerkung zu Seite 53.

Hinein mit euch: Als Muselmann darf der Derwisch die un-
verschleierten Frauen nicht sehen.

24 *Strumpf:* Strunk, Stummel, Stumpf.

25 *Wenn Fürsten Geier ...:* In den Materialien zum *Nathan*
notiert sich Lessing eine dem Aristoteles beigelegte Maxime:
„Es sei besser, daß ein Fürst ein Geier sei unter Äsern als ein
Aas unter Geiern."

Kommt an: Kommt her.

26 *Defterdar:* Großschatzmeister.

am Ganges: Lessing meint syrische Derwische, redet aber
von indischen Brahmanen oder indischen Parsi.

27 *Bei Hundertausenden:* zu Hunderttausenden.

29 *unverrückt:* immerfort, unverwandt.

Absein: Abwesenheit.

30 *Laienbruder:* Ein solcher hat nur das Gehorsamsgelübde
abgelegt und verrichtet im Kloster niedere Dienste. Die Anrede „Vater" kommt nur Mönchen zu.

melancholisches Geblüt: Die Schwermut, Melancholie,
wurde und wird wegen des Zusammenhangs zwischen psy-
chischen und physischen Zuständen auf eine Erkrankung
der Milz oder Galle zurückgeführt. Rosinen und Datteln
galten als gefährlich für die Milz.

31 *das rote Kreuz auf weißem Mantel:* rot als Zeichen für Mär-
tyrertod und Feindschaft gegen Ungläubige, weiß als Farbe
der Unschuld.

32 *Tebnin:* Festung bei Tyrus, 1187 von den Sarazenen erobert, dann von den Tempelrittern vergeblich belagert.
des Stillstands: des Waffenstillstands, der am 2. September
1192 auf drei Jahre und drei Monate geschlossen wurde.
Sidon: alte phönizische Hafenstadt, 1187 von Saladin besetzt, das heutige Saida.
Selbzwanzigster: mit neunzehn anderen.

34 *König Philipp:* Philipp II. August (1165–1223), König von
Frankreich. Er führte mit Richard Löwenherz 1190 den
Kreuzzug, den Friedrich Barbarossa begonnen hatte, nach
dessen Tod fort, war aber zur Spielzeit des Dramas (Ende
1192) wieder in Frankreich.
gemeinen: gewöhnlichen.

35 *ausgegattert:* ausgekundschaftet (durch ein Gatter beobachtet).
Saladins vorsichtger Vater: Jussuf Saladin Eyub, eine historische Persönlichkeit.
Maroniten: syrische Christen, Anhänger des heiligen Ma-
ron, die sich nach ihrem Ausschluß aus der katholischen
Kirche im 7. Jahrhundert dieser 1182 wieder angeschlossen
hatten.
Ptolemais: Hafenstadt am Vorgebirge Karmel, auch Akka
genannt, spielte in der Kreuzzugszeit eine wichtige Rolle.
Von Philipp II. und Richard Löwenherz im Jahre 1191 zu-
rückerobert.

36 *eingeleuchtet:* offenbar geworden.

37 *mein Paket nur wagen:* von französisch *risquer le paquet* =
eine Sache auf gut Glück wagen, den Auftrag durchführen.

38 *Warum:* worum.
Spezereien: Gewürze.
Sina: China.

39 *Kaiser Friedrich:* Friedrich I. Barbarossa ertrank 1190 auf
dem hier beschriebenen Kreuzzug. Ganz offensichtlich

kümmert sich Lessing nicht um die historische Chronologie, denn Daja ist ja viel länger als zwei Jahre in Nathans Haus.

plump: als Gegensatz zu galant, höfisch.

40 *Muß:* nach Lessings Sprachgebrauch im verneinten Satz = darf.

41 *in die Gabel:* Schachausdruck: ein Zug, der zwei Figuren gleichzeitig bedroht, so daß *eine* gegnerische Figur sicher verlorengeht.

42 *das warst ... Vermuten:* alte Konstruktion für: das hattest du nicht bedacht.

Dinar, Naserinchen: Dinar = große Goldmünze, Naseri = kleine Silbermünze.

Satz: Einsatz.

doppelt Schach: gleichzeitige Bedrohung von Dame und König.

Abschach: Durch Wegzug einer Figur bedroht eine hinter ihr stehende den gegnerischen König.

43 *die glatten Steine:* Der Koran verbietet die Nachbildung menschlicher und tierischer Gestalten. Statt mit Figuren spielen strenggläubige Moslems mit glatten bezeichneten Steinen, die viel Aufmerksamkeit erfordern.

Iman: mohammedanischer Geistlicher, Vorbeter.

44 *Richards Bruder:* Der englische König Richard Löwenherz (1157–99) soll seinen Bruder, den späteren König Johann I., in diesem Heiratspoker verplant haben, in dem Saladins Bruder Malek el Adel Richards Schwester heiraten sollte. Der Plan scheiterte am Einspruch der Bischöfe. Historisch belegt ist nur die beabsichtigte Vermählung von Saladins Bruder, der das Königreich Jerusalem bekommen sollte.

45 *Acca:* ein anderer Name für die wichtige Hafenstadt Ptolemais.

spielen sie den Mönch: heucheln sie Frömmigkeit.

48 *bescheiden:* einsichtig, maßvoll.

50 *Ein Kleid, ein Schwert ...:* von Marin, Lessings Quelle, überlieferter Ausspruch Saladins.

abbrechen, einziehn: sich etwas versagen, sich einschränken.

51 *drosseln:* mit einer Seidenschnur erdrosseln – die übliche Hinrichtungsart für Staatsbeamte. Andere Verbrecher wurden von unten nach oben aufgespießt.

Unterschleif: Unterschlagung.

Mich denkt: alte Konstruktion für: mir fällt ein.

53 *trotz Saladin:* ebenso viel wie Saladin, um die Wette mit Saladin.

sonder Ansehn: ohne Unterschied des Glaubens.

Parsi: Parsen, indische Anhänger des persischen Glaubens an Zoroaster (Zarathustra). Unklar ist, ob Lessing hier zu den drei bekannten Religionen eine vierte nehmen wollte.

gemeinen Juden: gewöhnlichen Juden.

im Gesetz: im Gesetz Moses.

bin ich ... übern Fuß ... gespannt: aus der Ringersprache übertragen: stehe ich auf gespanntem Fuße.

54 *Salomons und Davids Gräber:* Der jüdische Historiker Flavius Josephus (1. Jahrhundert n. Chr.) berichtet von unermeßlichen Schätzen in Davids Grab. Das Siegel Salomos bannte nach dem Talmud die Geister; wer es löste, hatte Zugang zu den Grabschätzen.

55 *Saumtier:* Lasttier, von mittelhochdeutsch *soum* = Last.

Haram: ältere Form für Harem, Frauengemach.

57 *Was gilt's?:* Angebot zu einer Wette.

58 *den prallen Gang:* den kräftigen (auf den Boden aufprallenden) Tritt.

Verzieht: verweilt, wartet.

61 *Ich find' auch hier Euch aus:* Ich durchschaue Euch auch hier.

Knorr (hochdeutsch), *Knuppe* (niederdeutsch): niedriger oder abgeholzter Baumstamm, vgl. auch Strunk, Stumpf.

Gipfelchen: hier pars pro toto für Bäumchen.

62 *das auserwählte Volk:* die Juden nach 5. Mose 7.

mich ... entbrechen: mich ... enthalten, mir ... versagen.

als hier, als itzt: in Palästina während der Kreuzzüge. In der

Hamburgischen Dramaturgie nennt Lessing die Kreuzzüge „unselige Raserei".

66 *Kundschaft:* (nähere) Bekanntschaft.

67 *Rückhalt:* Zurückhaltung.

68 *Beutel:* abgefüllte Geldsumme von 30000 Piastern.

69 *bekam der Roche Feld:* bekam die Turmfigur freie Bahn.

70 *Ghebern:* In I 3 spricht Al-Hafi von „meinen Lehrern", hier womöglich Setzerfehler. Die Gheber sind eine persische Sekte von Feueranbetern. Vielleicht hat Lessing aber auch die Parsen im Sinn, vgl. die dritte Anmerkung zu Seite 53.
Delk: Gewand eines Derwischs, arabisch *dalak.*

71 *ihm selbst zu leben:* sich selbst zu leben.

73 *sonderbaren Begriffe:* besonderen, persönlichen Begriffe.

74 *Nur schlägt er mir nicht zu:* nur bekommt er mir nicht.
hast du ... dich einverstanden: hast du ... übereingestimmt.

76 *verstellt – der Schreck:* entstellt – der Schreck.

77 *wo Moses ...:* nach 2. Mose 19 ff. In einer Schrift von Breuning von Buchenbach, *Orientalische Reyß* (1612), las Lessing einen Bericht, demzufolge die Pilger mehr Mühe hatten beim Abstieg vom Berg Sinai als beim Aufstieg (der auf einem ausgetretenen Weg vonstatten ging).

78 *Gefahr für mich:* Durch seine Liebe zu Recha beginnt der Tempelherr sein Gelübde zu brechen.

81 *stellen:* verstellen.
besorgen lassen: Sorge, Furcht erregen.
abzubangen: abbangen, „durch Bangemachen einem etwas ablisten", so Lessing in Anmerkungen zu Adelungs Wörterbuch.
die Netze vorbei: an den Netzen vorbei.

82 *Der Löwe:* Vgl. Lessings Fabel *Der Löwe mit dem Esel* (nach Phädrus).

86 *als ob die Wahrheit Münze wäre:* Zu Wahrheit als materiellem Besitz vgl. Lessings Schrift *Duplik:* „Nicht die Wahrheit, in deren Besitz irgend ein Mensch ist, oder zu sein vermeinet, sondern die aufrichtige Mühe, die er angewandt hat,

hinter die Wahrheit zu kommen, macht den Wert des Menschen."

aufs Brett nur zählen: Zum Geldzählen wurden eingerahmte Bretter benutzt. Bei den „uralten Münzen" wurde das Metall gewogen.

fodern: fordern.

dürft' er mich: brauchte er mich.

87 *Verbesserer der Welt und des Gesetzes:* Lessing notierte sich aus Marin, seiner Quelle über Saladin: „Unter den Titeln, deren sich Saladin bediente, war auch: Besserer der Welt und des Gesetzes."

90 *Bezeihen:* bezichtigen, anklagen.

91 *drücken:* unterdrücken, benachteiligen.

93 *große Post:* große Schuldsumme (italienisch *posta*).

94 *auszubeugen:* auszuweichen.

97 *spätre Fesseln:* die Gebote der Religion.

Mit Euern eigenen Gedanken: Der Tempelherr bezieht sich auf Nathans Andeutungen am Ende von II 5.

99 *Die Seele wirkt ...:* Bild aus dem Backhandwerk. Der aufgegangene Teig wird ineinandergeknetet.

100 *versichert:* seid versichert.

101 *Vorsicht:* Vorsehung.

102 *fiel nicht ein:* stimmte nicht zu.

104 *verlenken:* umlenken.

106 *rund:* gerade heraus, offen.

107 *Die Stange:* Im althergebrachten gerichtlichen Zweikampf trennte der Kampfrichter die Kämpfer mit einer Stange, wenn eine Benachteiligung sich ergab.

Mich einer Sorge nur gelobt: das Gehorsamsgelübde abgelegt.

108 *Prälat:* kirchlicher Würdenträger.

Zu Ehr' und Frommen: Zu Ehre und Nutzen.

110 *Ein Faktum oder eine Hypothes':* eine Tatsache oder eine Annahme.

Spiel des Witzes: geistreicher Einfall. Diese und weitere Redewendungen stammen aus Lessings Auseinandersetzung mit Pastor Goeze; Goezes Vorwürfe gegen Lessing liefen u. a. auf Unernst hinaus, auf Frivolität, auf Theaterlogik.

pro et contra: für und wider.

Diözes': Provinz unter Kirchenherrschaft, Gemeindegebiet.

fördersamst: unverzüglich.

111 *Apostasie:* Abfall vom Glauben.

was die Kirch' an Kindern tut: nämlich die Taufe.

112 *Kapitulation:* Vertrag, hier Abmachung beim Waffenstillstand. Der historische Waffenstillstandsvertrag sah eine derartige Abmachung nicht vor.

Gefährlich selber für den Staat: So auch die Argumente Goezes gegenüber der weltlichen Obrigkeit im Falle Lessings und des Kirchenkritikers Karl Friedrich Bahrdt. In Goezes Schrift *Etwas Vorläufiges gegen des Herrn Hofrats Lessings mittelbare und unmittelbare feindselige Angriffe* ... (1778) heißt es: „Nur derjenige kann Unternehmungen von dieser Art [wie Lessings Publikation der Fragmente des Reimarus] als etwas Gleichgültiges ansehen, der die christliche Religion entweder für ein leeres Hirngespinst, oder gar für einen schädlichen Aberglauben hält, und der nicht eingesehen hat, oder nicht einsehen will, daß die ganze Glückseligkeit der bürgerlichen Verfassung unmittelbar auf derselben beruhe, oder der den Grundsatz hat: Sobald ein Volk sich einig wird, Republik sein zu wollen, so darf es folglich die biblischen Aussprüche, auf welchen die Rechte der Obrigkeit beruhen, als Irrtümer verwerfen."

nichts glauben darf: das Recht hat, nicht zu glauben.

113 *Problema:* erdachter Streitpunkt, konstruierte Rechtsfrage.

Bonafides: „guter Glaube".

viel zurück: viel übrig.

das Armut: die Armen.

114 *Lilla:* arabisch Leila (= Nacht). Wie der Name Assad eine Erfindung Lessings.

116 *Ginnistan:* „so viel wie Feenland" (Lessing). Ort der Dämonen.

Div: Fee. Sonst eine Bezeichnung für einen bösen Geist.

Um mir: Um mich. Die Präposition „um" wird im 18. Jahrhundert oft mit dem Dativ gebraucht.

Jamerlonk: „das weite Oberkleid der Araber" (Lessing). Eigentlich jaghmurluk = türkischer Regenmantel.

Tulban: andere Form für Turban.

Filze: Filzkappe der Tempelherren.

119 *Dem allein …:* bezogen auf die vorangegangenen Worte, also auf Aberglauben.

So ein gemeiner Jude: ein so durchschnittlicher Jude.

120 *körnt:* lockt (wie einen Vogel mit Körnern).

verzettelt Christenkind: verirrtes Christenkind.

Der tolerante Schwätzer: Der von Toleranz Schwatzende.

121 *Schwärmer:* hier: religiöse Fanatiker. Anders gebraucht in I 1: Recha ist eine Schwärmerin, weil sie ihren Verstand durch das Gefühl ausschalten läßt.

Pöbel: im 18. Jahrhundert für die Unwissenden, Ungebildeten gebraucht. Daher kann Lessing sogar von „Hofpöbel" reden.

ohne Schweinefleisch: Die jüdischen Religionsvorschriften verbieten den Genuß von Schweinefleisch.

125 *Feuerkohlen …:* Ein Bild aus dem Neuen Testament, Römerbrief 12, 20.

So gib …: Nathan geht noch weiter als das Gebot aus Matthäus 5, 42: „Wenn jemand dich bittet, dem gib."

126 *annoch:* jetzt noch.

Buße: Entschädigung.

127 *Quarantana:* von *quarante* = 40. Bezeichnet die Wüste zwischen Jerusalem und Jericho, in der nach dem Bericht der Evangelisten Jesus vierzig Tage lang fastete. Zugleich Name des dort gelegenen Eremitenberges, arabisch Djebl karantel.

Jericho: Stadt im Jordantal, von Herodes dem Großen im 1. Jahrhundert v. Chr. prachtvoll ausgebaut.

Tabor: Auf dem Berg Tabor bei Nazareth wurde Jesus nach dem Bericht der Evangelisten verklärt. Die dort ge-

legenen Klöster und Kirchen wurden 1187 von Saladin zer-
stört.

wahre Sünde ...: nach Matthäus 12, 31 die einzige Sünde,
die nicht vergeben werden kann.

128 *Gazza:* heute Gaza, Stadt an der Straße von Israel nach
Ägypten.

Darun: südlich von Gaza an der Grenze gelegene Burg.

Askalon: Hafenstadt nördlich von Gaza, während der
Kreuzzüge heftig umkämpft.

130 *Gleisnerei:* geheuchelte Frömmigkeit.

Gath: Stadt nordwestlich von Jerusalem.

131 *Vorsicht:* Vorsehung, der göttliche Heilsplan.

133 *Eidam:* Schwiegersohn.

134 *nichts gesteckt:* nichts heimlich hinterbracht.

Vorsicht: hier im heute allein üblichen Wortsinn.

ist drum: hat das Nachsehen.

135 *Kahira:* Kairo.

Zeitung: Nachricht (sehr gebräuchlich im 18. Jahrhundert).

136 *Abtritt:* Tod.

137 *Lecker:* Laffe, Schlingel.

138 *Thebais:* die Stadt Thebai (heute Said) samt Umgebung in
Oberägypten.

139 *den Block geflößt:* im Vergleich von Rohmaterial und
Kunstwerk ein Bild für die Herkunft Rechas, über die ihre
Erziehung durch Nathan zu stellen ist.

sonder: ohne.

Aberwitz: Unsinn.

launisch: ärgerlich.

143 *Stöber:* Spürhund, Spion (vgl. aufstöbern).

144 *wurmisch machte:* ärgerte, wurmte.

Gauch: Narr.

auszubeugen: auszuweichen.

145 *So ähnlich immer sich erhält:* immer sich gleich bleibt.

147 *den lautern Weizen:* Bild nach Matthäus 13, 25.

148 *verhunzen:* verderben.

150 *kalte Buchgelehrsamkeit:* In Wolfenbüttel notierte sich Les-

sing: ,,Ich bin nicht gelehrt – ich habe nie die Absicht gehabt, gelehrt zu werden – ich möchte nicht gelehrt sein, und wenn ich es im Traume werden könnte. Alles, wornach ich ein wenig gestrebt habe, ist, im Falle der Not ein gelehrtes Buch brauchen zu können ... Der aus Büchern erworbene Reichtum fremder Erfahrung heißt Gelehrsamkeit. Eigne Erfahrung ist Weisheit. Das kleinste Kapitel von dieser ist mehr wert als Millionen von jener.''

151 *dreist:* offen.

schlecht und recht: schlicht und natürlich. Recha redet Sittah als hochgestellte Person in der 3. Person an.

154 *in die Richte:* den geraden, den nächsten Weg.

155 *Sie ist von sich:* sie ist außer sich, von Sinnen.

156 *Der mit uns um die Wette leben will:* Gemeint ist ein Ehemann.

Du wirst mir doch erlauben: Es verstößt gegen die Sitte, fremde männliche Personen ins Frauengemach zu bringen.

158 *gach:* jäh, rasch.

159 *so hat er meines Bruders ... nichts:* so hat er nichts von meinem Bruder.

160 *Leu:* Leo (= Löwe).

BIBLIOGRAPHISCHE HINWEISE

Erstdruck, Werkausgaben

Nathan der Weise. Ein dramatisches Gedicht, in fünf Aufzügen.
O. O. 1779 [Berlin: C. F. Voß = Erstdruck]

Sämtliche Schriften. Herausgegeben von Karl Lachmann.
3. Auflage besorgt durch Franz Muncker. 23 Bände. Stuttgart und Leipzig 1886–1924

Werke. Vollständige Ausgabe in 25 Teilen. Herausgegeben von Julius Petersen und Waldemar von Olshausen. Berlin und Wien 1925–35

Gesammelte Werke. Herausgegeben von Paul Rilla. 10 Bände.
Berlin und Weimar 1954–58. 2. Auflage 1968

Neuere Ausgaben

Werke. Herausgegeben von Kurt Wölfel. 3 Bände. Frankfurt am Main 1967. (*Nathan:* Band 1)

Werke. Herausgegeben von Herbert G. Göpfert. 8 Bände.
München 1970 ff. (*Nathan:* Band 2)

P. Demetz: Lessing: Nathan der Weise. Frankfurt am Main und Berlin 1966 (Dichtung und Wirklichkeit. Ullstein-Buch 5025)

Lessings ,,Nathan". Der Autor, der Text, seine Umwelt, seine Folgen. Herausgegeben von Helmut Göbel. Berlin 1977 (Wagenbachs Taschenbücherei 43)

Nathan der Weise. Ein dramatisches Gedicht in fünf Aufzügen.
Stuttgart 1977 (Reclams UB Nr. 3)

Dokumente, Forschungsgeschichte, Lessings Leben

Lessing im Urteile seiner Zeitgenossen. Zeitungskritiken, Berichte und Notizen, Lessing und seine Werke betreffend, aus den Jahren 1747–1781. Herausgegeben von Julius W. Braun. 3 Bände. Berlin 1884–97

Richard Daunicht: Lessing im Gespräch. Berichte und Urteile von Freunden und Zeitgenossen. München 1971

Briefe von und an G. E. Lessing. Herausgegeben von Franz Muncker. 5 Bände. Leipzig 1907

Lessing-Bibliographie. Bearbeitet von Siegfried Seifert. Berlin und Weimar 1973

Karl S. Guthke: Der Stand der Lessing-Forschung. Ein Bericht über die Literatur von 1932–1962. Stuttgart 1965 (Sonderdruck aus: Deutsche Vierteljahrsschrift für Literaturwissenschaft und Geistesgeschichte 38/1964)

Karl S. Guthke: Lessing-Literatur 1963–1968. In: Lessing-Yearbook 1/1969

Otto Mann und R. Straube-Mann: Lessing-Kommentar. Band I: Zu den Dichtungen und ästhetischen Schriften. München 1971

Wolfgang Drews: G. E. Lessing in Selbstzeugnissen und Bilddokumenten. Reinbek 1962 (Rowohlts Monographien 75)

Dieter Hildebrandt: Lessing. Biographie einer Emanzipation. München und Wien 1979

Lessings Leben und Werk in Daten und Bildern. Herausgegeben von Kurt Wölfel. Frankfurt am Main 1967

Neuere Darstellungen und Aufsatzsammlungen

Wilfried Barner und andere: Lessing. Epoche – Werk – Wirkung. 4. Auflage. München 1981 (Beck'sche Elementarbücher)

Gerhard und Sibylle Bauer (Herausgeber): G. E. Lessing.
Darmstadt 1968 (Wege der Forschung, Band CCXI)
Helmut Göbel: Bild und Sprache bei Lessing. München 1971
Karl Guthke: G. E. Lessing. 3. Auflage. Stuttgart 1980 (Samm-
lung Metzler)
Lessing und die Zeit der Aufklärung. Vorträge, gehalten auf der
Tagung der Joachim-Jungius-Gesellschaft der Wissenschaf-
ten, Hamburg, am 10. und 11. Oktober 1967, Göttingen 1968
Lessing in heutiger Sicht. Beiträge zur internationalen Lessing-
Konferenz 1976. Bremen und Wolfenbüttel 1977
Ariane Neuhaus-Koch: G. E. Lessing. Die Sozialstrukturen in
seinen Dramen. Bonn 1977
Paul Rilla: Lessing und sein Zeitalter. Berlin (DDR) 1958.
Neudruck München 1973
Jürgen Schröder: G. E. Lessing. Sprache und Drama. München
1972

Zur Wirkungsgeschichte

Herbert G. Göpfert (Herausgeber): Das Bild Lessings in der
Geschichte. Heidelberg 1981
Peter Demetz: Die Folgenlosigkeit Lessings. In: Merkur 25/1971,
Heft 2
Edward Dvoretzky (Herausgeber): Lessing. Dokumente zur
Wirkungsgeschichte 1755–1968. 2 Teile. Göppingen 1971/72
Gunter Grimm: Lessing im Schullektüre-Kanon. In: Germa-
nisch-Romanische Monatsschrift. Neue Folge 25/1974
Anita Liepert: Lessing-Bilder. Zur Metamorphose der bürgerli-
chen Lessing-Forschung. In: Deutsche Zeitschrift für Phi-
losophie 19/1971
Paul M. Lützeler: Die marxistische Lessing-Rezeption. Darstel-
lung und Kritik am Beispiel von Mehring und Lukács. In:
Lessing-Yearbook 3/1971
Franz Mehring: Die Lessing-Legende. Eine Rettung. Nebst
einem Anhang über den historischen Materialismus. Stuttgart

1893. Neudruck Berlin 1963, Frankfurt am Main 1974 (Ullstein-Taschenbuch 2854)

Horst Steinmetz (Herausgeber): Lessing, ein unpoetischer Dichter. Dokumente aus drei Jahrhunderten zur Wirkungsgeschichte Lessings in Deutschland. Frankfurt am Main und Bonn 1969

Neuere Untersuchungen zu *Nathan der Weise*

Gerhard Bauer: Revision von Lessings „Nathan". Anspruch, Strategie und Selbstverständnis der neuen Klasse. In: Lesen 2. Der alte Kanon neu. Herausgegeben von W. Raitz und W. Schütz. Opladen 1976

Klaus Bohnen: Nathan der Weise. Über das „Gegenbild einer Gesellschaft" bei Lessing. In: Deutsche Vierteljahrsschrift für Literaturwissenschaft und Geistesgeschichte 53/1979

Paul Hernadi: Nathan der Bürger. Lessings Mythos vom aufgeklärten Kaufmann. In: Lessing-Yearbook 3/1971

Dominik von König: Natürlichkeit und Wirklichkeit. Studien zu Lessings „Nathan der Weise". Bonn 1976

Wolfgang Kröger: Lessings „Nathan der Weise" – ein toter Klassiker? Interpretation. München 1980

Joachim Müller: Zur Dialogstruktur und Sprachfiguration in Lessings Nathan-Drama. In: Sprachkunst 1/1970

Hans Politzer: Lessings Parabel von den drei Ringen. In: G. und S. Bauer (Herausgeber): G. E. Lessing. Darmstadt 1968

Heinrich Stümke (Herausgeber): Die Fortsetzungen, Nachahmungen, Travestien von Lessings „Nathan der Weise". Berlin 1904

Hans-Friedrich Wessels: Lessings Nathan der Weise. Seine Wirkungsgeschichte bis zum Ende der Goethezeit. Königstein/Taunus 1979

Zu einzelnen Aspekten

Hendrik Birus: Poetische Namengebung. Zur Bedeutung der Namen in Lessings „Nathan der Weise". Göttingen 1978

Jörg Mathes (Herausgeber): Die Entwicklung des bürgerlichen Dramas im 18. Jahrhundert. Tübingen 1974

Arno Schilson: Geschichte im Horizont der Vorsehung. Lessings Beitrag zu einer Theologie der Geschichte. Mainz 1974

Albrecht Schöne (Herausgeber): Lessing contra Goeze. Stuttgart 1970 (Text + Kritik 26/27)

Helmut Schulze: Beiträge zur Geschichte der jüdischen Gemeinde in Wolfenbüttel. Teil 1. In: Braunschweigisches Jahrbuch 48/1967

Hinrich C. Seeba: Die Liebe zur Sache. Öffentliches und privates Interesse in Lessings Dramen. Heidelberg 1973

Gerhard Stadelmaier: Lessing auf der Bühne. Ein Klassiker im Theateralltag (1968–1974). Tübingen 1980

Kurt Wölfel: Moralische Anstalt. Zur Dramaturgie von Gottsched bis Lessing. In: R. Grimm (Herausgeber): Deutsche Dramentheorien. Band 1. Frankfurt am Main 1971

Zur Theater- und Literaturgeschichte

Aufklärung. Erläuterungen zur deutschen Literatur. Herausgegeben von Kollektiv für Literaturgeschichte im VEB Volk und Wissen. 3. Auflage. Berlin 1971

Rolf Engelsing: Der Bürger als Leser. Lesergeschichte in Deutschland 1500–1800. Stuttgart 1974

Helmut Kiesel und Paul Münch: Gesellschaft und Literatur im 18. Jahrhundert. Voraussetzungen und Entstehung des literarischen Marktes in Deutschland. München 1977

Heinz Kindermann: Theatergeschichte Europas. Band 4: Von der Aufklärung zur Romantik. Salzburg 1961

Rolf Rohmer: Lessing und das europäische Theater. In: Weimarer Beiträge 25/1979, Heft 11

Zur Geistes- und Sozialgeschichte

Karl Aner: Die Theologie der Lessing-Zeit. Halle 1929. Neu-
    druck Hildesheim 1964

Ehrhard Bahr (Herausgeber): Was ist Aufklärung? Thesen und
    Definitionen. Stuttgart 1974 (Reclams UB 9714)

Leo Balet und E. Gerhard: Die Verbürgerlichung der deutschen
    Kunst, Literatur und Musik im 18. Jahrhundert (1936).
    Herausgegeben von Gert Mattenklott. Frankfurt am Main
    1973 (Ullstein-Buch 2995)

Karl Biedermann: Deutschland im 18. Jahrhundert. 2 Teile in
    4 Bänden (1880). Neudruck Aalen 1969

Jürgen Habermas: Strukturwandel der Öffentlichkeit. Untersu-
    chungen zu einer Kategorie der bürgerlichen Gesellschaft.
    5. Auflage. Neuwied und Berlin 1971

Walther Hubatsch (Herausgeber): Das Zeitalter des Absolutis-
    mus 1600–1789. 4. Auflage. Darmstadt 1975 (Geschichte der
    Neuzeit 3)

Reinhart Kosellek: Kritik und Krise. Ein Beitrag zur Pathogenese
    der bürgerlichen Welt. 2. Auflage. Frankfurt am Main 1973

Hermann Samuel Reimarus: Apologie oder Schutzschrift für die
    vernünftigen Verehrer Gottes. Herausgegeben von G. Alex-
    ander. 2 Bände. Nachdruck Frankfurt am Main 1972

Max Weber: Die protestantische Ethik. I. Herausgegeben von
    J. Winckelmann. 2. Auflage. München und Hamburg 1969

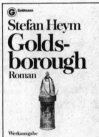